sangue mágico

As quatro palavras de poder. *Obedecer*, *Matar*, *Proteger* e *Morrer*. Palavras tão primitivas, perigosas e poderosas que comandavam a própria essência da magia. Ninguém sabia quantas delas existiam, de onde vinham ou por que possuíam tamanho poder sobre a magia. Até mesmo as pessoas que nunca usaram magia reconheciam seu significado e estavam sujeitas ao seu poder, como se as palavras fossem parte de uma memória racial antiga que todos nós carregávamos.

manifesto da coleção bang!

Este é o nosso compromisso com você:
Queremos ser a melhor coleção de
literatura fantástica do Brasil.
Vamos publicar apenas os grandes
livros dos grandes autores.
Todas as obras são válidas, desde que
ignorem as limitações do realismo.
Queremos mexer com a sua cabeça.
Mas um click não basta.
É preciso um Bang!

sangue mágico

livro 1 da série kate daniels

ilona andrews

Tradução de Flavia de Lavor

SAÍDA DE EMERGÊNCIA
livros para fugir da rotina

SAÍDA DE EMERGÊNCIA
livros para fugir da rotina

TÍTULO: *Sangue Mágico / nº 12 da Coleção Bang!*
AUTORIA: *Ilona Andrews*
EDITOR: *Luís Corte Real*

TRADUÇÃO: *Flavia de Lavor*
PREPARAÇÃO DE TEXTO: *Ana Cristina Rodrigues*
REVISÃO: *Patrícia Ferreira e Luis Américo Costa*
COMPOSIÇÃO: *Saída de Emergência, em caracteres Minion, corpo 12*
DESIGN E ILUSTRAÇÃO DA CAPA: *Saída de Emergência*
IMPRESSÃO E ACABAMENTO: *RR Donnelley*

CIP-BRASIL. CATALOGAÇÃO NA PUBLICAÇÃO
SINDICATO NACIONAL DOS EDITORES DE LIVROS, RJ

A581s Andrews, Ilona
Sangue mágico / Ilona Andrews; tradução de Flávia de Lavor. Rio de Janeiro: Saída de Emergência, 2015.
256 p.; 16 x 23 cm.

Tradução de: Magic bites
ISBN 978-85-67296-32-6

1. Vampiros - Ficção americana. 2. Ficção americana. I. Lavor, Flávia de. II. Título.

15-19142 CDD: 813
CDU: 821.111(73)-3

Rua Luiz Câmara, 443
Suplementar: Rua Felizardo Fortes, 420 – Ramos
21031-160 – Rio de Janeiro – RJ
Tel.: (21) 2538-4100
www.sdebrasil.com.br

SUMÁRIO

Para minhas filhas,
Anastasia e Helen

PREFÁCIO

Caros leitores,

Nós estamos muito entusiasmados com o fato de a Editora Saída de Emergência Brasil estar trazendo a nossa série de Kate Daniels até vocês. Eu digo "nós" porque na verdade existem dois de nós, Gordon e Ilona Andrews. Somos casados e escrevemos juntos. A série de Kate Daniels tem sido muito bem-sucedida e agora, olhando para trás, *Sangue Mágico* foi o começo de muitas coisas boas, mas no início não sabíamos aonde ele nos levaria. Na verdade, o livro quase não foi escrito.

Quando tivemos a ideia para a série de Kate Daniels, nós havíamos quase desistido de escrever. Ter seu primeiro livro publicado é uma conquista difícil. É como tentar encontrar um emprego. Você vai a entrevistas e leva seu currículo, mas ninguém está contratando e você volta para casa decepcionado. Nessa época, tínhamos dois filhos pequenos e nossos respectivos empregos. O nosso tempo livre era curto e tínhamos escrito alguns textos de fantasia que não deram em nada. Não fazia sentido tentar escrever novamente e trabalhar duro durante meses para não chegar a lugar algum. Mas a ideia de *Sangue Mágico* era muito intrigante.

Existem muitos livros de fantasia em que a magia está lentamente abandonando o mundo, o que sempre nos deixou muito tristes. Então, uma noite nós estávamos fazendo um brainstorming e, de alguma forma, começamos a pensar: "E se, em vez disso, a magia voltasse? E não apenas voltasse, mas inundasse o mundo inteiro, como um furacão catastrófico invisível? O que aconteceria?"

A partir dessa conversa, o mundo de *Sangue Mágico* nasceu. É um lugar que sofreu um apocalipse mágico. A magia o inunda como a maré, incontrolável e sem aviso, e depois desaparece tão depressa como apareceu. Quando a magia está no auge, os aviões caem do céu, os carros param e a energia elétrica falta. Quando a mágica some, as armas de fogo voltam a funcionar e os feitiços falham.

É um mundo perigoso e volátil. A magia se alimenta da tecnologia, atacando os arranha-céus até que a maioria deles tomba e desmorona, deixando apenas suas ruínas. Monstros vagueiam pelas ruas destruídas; lobisomens espreitam suas presas; e os Mestres dos Mortos, necromantes impulsionados por sua sede de conhecimento e riqueza, comandam vampiros sedentos de sangue com suas mentes, como se os mortos-vivos fossem carrinhos de controle remoto.

Nesse mundo, vive Kate Daniels. Kate gosta um pouco de mais de usar sua espada e tem dificuldade de controlar o que fala. A magia em seu sangue a torna um alvo, e ela passou a maior parte da vida se escondendo no meio da multidão. Mas Kate possui uma grande vantagem: ela tem muita força de vontade e é capaz de mover montanhas para manter um amigo seguro. Ela é perigosa, leal e não se leva muito a sério, porque, mesmo nos momentos mais sombrios, Kate geralmente encontra um pouco de humor e esperança para continuar.

Esperamos que vocês gostem de ler sobre suas aventuras tanto como nós adoramos escrevê-las. Bem-vindos ao mundo de Kate Daniels.

AGRADECIMENTOS

Sou muito grata a minha editora na Ace Books, Anne Sowards, pela excelente orientação editorial, grande bondade e paciência em todas as vezes que precisei de confiança, que foram muitas. Também gostaria de agradecer ao meu agente, Jack Byrne, da Sternig & Byrne Literary Agency, por seus maravilhosos conselhos e apoio inabalável. Agradeço a Annette Fiore e Kristen del Rosario, as designers, e Chad Michael Ward, o artista, pela capa e o design fantásticos; a Megan Gerrity, a produtora editorial, e sua equipe por tornar este livro possível; e a Maggie Kao, assessora de imprensa da Ace, por todo o trabalho duro.

Agradeço muito a Charles Coleman Finlay, Ellen Key Harris-Braun e Jenni Smith-Gaynor, da Online Writing Workshop for Science Fiction, Fantasy, and Horror, por acreditarem no meu trabalho antes de todo mundo. Agradeço a Deanna Hoak por responder às minhas perguntas intermináveis. E um grande agradecimento a todos que leram e comentaram a primeira versão deste trabalho: Hannah Wolf Bowen, Jeff Stanley, Nora Fleischer, Lawrence Payne, Mark Jones, Del Whetter, Steve Orr, A. Wheat, Betty Foreman, Catherine Emery, Elizabeth Hull, Susan Curnow, Richard C. Rogers, Aaron Brown, David Emanuel, Jodi Meadows, Christiana Ellis, Kyri Freeman, Elizabeth Bear, Mary Davis e, especialmente, Charlene L. Amsden.

Por fim, gostaria de me desculpar com a cidade de Atlanta, cuja bela arquitetura foi tão maltratada por mim em nome da licença artística.

CAPÍTULO 1

Eu estava sentada à mesa da minha cozinha escura, olhando para uma garrafa de vinho com limonada Boone's Farm, quando uma flutuação de magia começou. Meus feitiços tremularam e se desvaneceram, deixando minha casa sem defesas. A TV ligou sozinha, extraordinariamente alta na casa vazia.

Ergui uma sobrancelha para a garrafa e apostei com ela que outro boletim urgente havia entrado no ar.

A garrafa perdeu.

— Boletim urgente! — anunciou Margaret Chang. — O Procurador-Geral adverte todos os cidadãos que qualquer tentativa de evocação ou outras atividades que resultem no aparecimento de um ser sobrenatural poderoso poderá ser perigosa para vocês mesmos e para os demais.

— Não brinca — eu disse para a garrafa.

Margaret continuou com a lenga-lenga enquanto eu mordia meu sanduíche. Quem eles estavam enganando? Nenhuma força policial seria capaz de reprimir todas as evocações. Era necessário um mago qualificado para conseguir detectar uma evocação em andamento. Mas só se precisava de um idiota semianalfabeto com um pouco de poder e uma vaga ideia de como usá-lo para tentar realizar uma. Antes que você percebesse, um deus eslavo de três cabeças estaria causando estragos no centro de Atlanta, o céu choveria cobras aladas e a SWAT imploraria por mais munição. Eram tempos perigosos. Porém, em tempos mais seguros, eu seria uma mulher desempregada. O seguro mundo tecnológico pouco se interessaria por uma mercenária que vendia magia como eu.

Quando as pessoas tinham algum problema envolvendo magia, o tipo de problema que a polícia não conseguiria ou preferia não enfrentar, elas procuravam a Associação dos Mercenários. Caso o trabalho fosse da minha área, então a Associação me procurava. Fiz uma careta e esfreguei o quadril. Ainda doía depois do último trabalho, mas a ferida cicatrizara mais rápido do que eu esperara. Fora a primeira e última vez que eu concordara em lutar contra a Lagarta de Impala sem armadura de corpo inteiro. Na próxima vez, é melhor me equiparem com um traje de contenção de nível quatro.

Uma onda gélida de medo e repulsa me atingiu. Meu estômago revirou, enviando ácidos que cobriram a minha língua com um sabor amargo. Arrepios percorreram a minha espinha e os pelos da minha nuca ficaram eriçados.

Alguma coisa ruim estava na minha casa.

Larguei o sanduíche e apertei o botão "mudo" no controle remoto. Na tela, Margaret Chang estava acompanhada por um homem com rosto severo, corte de cabelo militar e olhos de ardósia. Um policial. Provavelmente da Divisão de Atividades Paranormais. Coloquei a mão sobre a adaga que repousava no meu colo e fiquei quieta.

Escutando. Esperando.

Nenhum som perturbava o silêncio. Uma gota d'água se formou na superfície suada da garrafa e deslizou por seu lado brilhante.

Algo grande rastejou pelo teto do corredor até chegar à cozinha. Fingi não vê-lo. Parou um pouco atrás de mim, à esquerda, então não tive problemas em fingir.

O intruso hesitou, voltou-se e se fixou no canto, onde o teto encontrava a parede. Ficou lá parado, preso ao revestimento por enormes garras amareladas, quieto e silencioso como uma gárgula em plena luz do sol. Tomei um gole da garrafa e a ajustei de maneira que pudesse ver o reflexo da criatura. Nua e sem pelos, ela não possuía uma única grama de gordura no corpo macilento. A pele estava tão esticada sobre os músculos duros que ameaçava arrebentar. Parecia uma camada fina de cera derretida sobre um modelo de anatomia.

O espetacular Homem-Aranha.

O vampiro ergueu a mão esquerda. As garras cortaram o ar de um lado a outro, como agulhas de crochê curvadas. Girou a cabeça como um cachorro e me estudou com os olhos iluminados por um tipo específico de loucura, nascida da sede bestial por sangue, livre de quaisquer pensamentos ou restrições.

Com um único movimento, voltei-me para trás e lancei a adaga. A lâmina negra cortou cuidadosamente a garganta da criatura.

O vampiro ficou paralisado. As garras amareladas pararam de se mover.

O sangue púrpura e grosso se avolumou em torno da lâmina e deslizou lentamente pela carne nua do pescoço do vampiro, manchando seu peito e gotejando no chão. Suas feições se retorceram, tentando se metamorfosear em um rosto diferente. Ele abriu a boca, exibindo duas presas curvas como foices de marfim em miniatura.

— Isso foi muita falta de consideração, Kate — disse a voz de Ghastek pela garganta da criatura. — Agora terei que alimentá-lo.

— É puro reflexo. Escute um sino, coma. Veja um morto-vivo, empunhe uma faca. É a mesma coisa, sério.

O rosto do vampiro ficou repuxado como se o Mestre dos Mortos que o controlava tentasse fechar os olhos.

— O que você está bebendo? — perguntou Ghastek.

— Vinho com limonada.

— Você pode comprar coisa melhor.

— Não quero nada melhor. Eu gosto disso. E prefiro fazer negócios por telefone, e com você, nem isso.

— Eu não quero contratá-la, Kate. Esta é apenas uma visita social.

Encarei o vampiro, desejando poder enfiar minha faca na garganta de Ghastek. Seria muito bom cortar a carne dele. Infelizmente, ele estava num salão blindado a quilômetros de distância.

— Você gosta de me sacanear, não é, Ghastek?

— Gosto muito.

A pergunta de um milhão de dólares era "Por quê?".

— O que você quer? Fale logo, minha bebida está ficando quente.

— Estava apenas pensando aqui — disse Ghastek, num tom neutro mordaz peculiar. — Quando foi que você viu seu guardião pela última vez ?

A indiferença na voz dele me provocou arrepios.

— Por quê?

— Motivo nenhum. Como sempre, foi um prazer.

Com um salto poderoso, o vampiro se soltou da parede e voou pela janela aberta, levando minha faca com ele.

Peguei o telefone, resmungando, e disquei para a Ordem dos Cavaleiros da Ajuda Misericordiosa. Nenhum vampiro seria capaz de atravessar meus feitiços com a magia no auge. Ghastek não tinha como saber quando a magia diminuiria, então ele deveria estar vigiando a minha casa há algum tempo, esperando que meus feitiços de defesa falhassem. Tomei um gole da garrafa. Aquilo significava que um vampiro estava se escondendo por perto quando voltei para casa na noite passada, e eu não o vi nem o senti. Que tranquilizador. Podia muito bem escrever "Alertas somos nós" na minha identidade de mercenária.

Um toque. Dois. Três. Por que ele me perguntaria sobre Greg?

O telefone estalou e uma voz feminina austera proferiu um texto decorado:

— Filial de Atlanta da Ordem, como posso ajudar?

— Eu gostaria de falar com Greg Feldman.

— Seu nome?

Uma nota indistinta de ansiedade pulsou na voz dela.

— Eu não tenho que dizer o meu nome — falei no receptor. — Quero falar com o cavaleiro-místico.

Após uma pausa, uma voz masculina disse:

— Por favor, identifique-se.

— Não — eu disse com firmeza. — Página sete do seu Estatuto, terceiro parágrafo: "Todo cidadão tem o direito de procurar o aconselhamento de um cavaleiro-místico sem medo de represálias ou necessidade de identificação." Como cidadã, insisto que você me coloque em contato com o cavaleiro-místico agora ou especifique a hora em que ele estará disponível.

— O cavaleiro-místico morreu — disse a voz.

O mundo parou. Escorreguei por sua imobilidade, assustada e abalada. Minha garganta doía. Ouvi meu coração batendo no peito.

— Como? — Minha voz soou calma.

— Ele foi morto no cumprimento do dever.

— Quem o matou?

— A questão ainda está sob investigação. Veja bem, se você pudesse me dizer seu nome...

Desliguei o telefone e coloquei o receptor na base. Olhei para a cadeira vazia à minha frente. Há duas semanas, Greg se sentara nessa cadeira, mexendo o seu café. A colher fizera pequenos círculos precisos, sem nunca tocar os lados da caneca. Por um momento, consegui visualizá-lo bem ali, enquanto a lembrança invadia a minha mente.

Greg estava olhando para mim com os olhos castanhos-escuros pesarosos como os de um ícone religioso.

— Por favor, Kate. Deixe de lado a sua aversão por mim por alguns instantes e escute o que eu tenho a lhe dizer. Faz sentido.

— Eu não tenho aversão a você. Seria simplificar demais as coisas.

Ele assentiu, com aquela expressão paciente no rosto que deixava as mulheres loucas.

— Claro. Eu não tive a intenção de desdenhar ou simplificar seus sentimentos. Apenas gostaria que nos concentrássemos na essência do que tenho a dizer. Você poderia escutar, por favor?

Reclinei-me e cruzei os braços.

— Pode falar.

Ele pôs a mão no bolso da jaqueta de couro e tirou um rolo de pergaminho. Colocou-o sobre a mesa e o desenrolou lentamente, segurando com a ponta dos dedos para mantê-lo esticado.

— Este é o convite da Ordem.

Joguei as mãos para o alto.

— Pronto, pra mim chega.

— Permita-me terminar — falou. Não parecia zangado. E não me disse que eu estava agindo como uma criança, embora eu soubesse que estava. Isso me deixou ainda mais irritada.

— Muito bem.

— Daqui a algumas semanas, você fará vinte e cinco anos. O fato em si não possui muito significado, mas em termos de readmissão à Ordem tem certo peso. É muito mais difícil entrar depois dos vinte e cinco anos. Não impossível. Apenas mais difícil.

— Eu sei. Eles me enviaram folhetos.

Ele largou o pergaminho e se reclinou na cadeira, entrelaçando os dedos longos. O pergaminho continuou aberto apesar de toda lei da física ditar que se enrolasse novamente. Greg às vezes se esquecia da física.

— Nesse caso, você está ciente das sanções sobre a idade.

Não era uma pergunta, mas respondi mesmo assim:

— Sim.

Ele suspirou. Foi um movimento minúsculo, perceptível somente por aqueles que o conheciam bem. Eu sabia pela maneira que ele estava sentado, muito quieto, esticando o pescoço ligeiramente, que já adivinhara minha decisão.

— Gostaria que você reconsiderasse — disse ele.

— Acho que não vai dar.

Por um momento pude ver a frustração nos seus olhos. Nós dois sabíamos o que não fora dito: a Ordem fornecia proteção, e proteção para alguém da minha linhagem era da máxima importância.

— Posso perguntar o porquê? — indagou ele.

— Aquilo não é para mim, Greg. Não sei lidar com hierarquia.

Para ele, a Ordem era um lugar de refúgio e segurança, um lugar de poder. Seus membros se comprometiam com os valores da Ordem completamente, servindo-a com tamanha dedicação que a organização em si não parecia uma reunião de indivíduos, mas uma entidade pensante e incrivelmente poderosa. Greg a adotara e ela o acolhera. Eu lutei contra ela e quase perdi.

— Cada minuto que eu passava lá, sentia que havia menos de mim mesma — disse. — Como se eu estivesse encolhendo. Minguando. Tive que sair e não vou voltar.

Greg olhou para mim com os olhos escuros profundamente tristes. Na penumbra da minha pequena cozinha, a beleza dele era surpreendente. De uma maneira perversa, estava feliz por minha teimosia forçá-lo a vir me visitar e por ele agora estar sentado numa cadeira a apenas alguns centímetros de mim, como um anjo imortal, elegante e melancólico. Nossa, como me odiei por essa fantasia de menininha.

— Se você puder me dar licença — disse eu.

Ele piscou, surpreso com minha formalidade, então se levantou suavemente.

— É claro. Obrigado pelo café.

Eu o levei até a porta. Lá fora havia escurecido e a luz intensa do luar cobria a grama do meu jardim de tons prateados. Ao lado do portão, hibiscos brancos brilhavam nos arbustos como estrelas.

Observei Greg descer os três degraus de concreto até o jardim.

— Greg?

— Sim? — Ele se voltou. A magia irradiava dele como um manto.

— Nada. — Fechei a porta.

Aquela era a minha última lembrança dele, de pé sobre o gramado inundado de luar e revestido de magia.

Oh, céus.

Eu me embalei com os braços, querendo chorar. As lágrimas não vinham. Minha boca ficara seca. O último elo com a minha família fora cortado. Não sobrara mais ninguém. Eu não tinha mãe, nem pai, e agora nem Greg. Cerrei os dentes e fui fazer as malas.

CAPÍTULO 2

A magia voltou enquanto eu estava colocando os itens básicos na bolsa, e tive que usar a Karmelion em vez do meu carro habitual. Uma caminhonete enferrujada e em más condições, de cor verde bile e sem o farol esquerdo, a Karmelion só tinha uma vantagem: andava com água impregnada de magia e podia ser dirigida durante uma onda mágica. Ao contrário dos carros normais, a caminhonete não roncava nem produzia nenhum dos sons que as pessoas esperavam que um motor fizesse. Em vez disso, rosnava, zunia e emitia trovões ensurdecedores com uma regularidade deprimente. Não fazia ideia de quem a chamara de Karmelion ou por quê. Comprara-a num ferro-velho com o nome rabiscado no para-brisa.

Para minha sorte, em um dia normal a Karmelion precisa percorrer apenas cinquenta metros até Savannah. Hoje eu a forcei através da linha ley, o que não era tão ruim já que levava quase direto até Atlanta, mas o percurso pela cidade não fez muito bem à caminhonete. Agora Karmelion estava esfriando no estacionamento atrás de mim, gotejando água e transpirando magia. Levaria uns bons quinze minutos até eu conseguir reaquecer o gerador, mas tudo bem. Eu planejava ficar por aqui um bom tempo.

Eu odiava Atlanta. Odiava cidades, e ponto.

Fiquei parada na calçada e vigiei o pequeno e antigo prédio de escritórios que supostamente abrigava a filial de Atlanta da Ordem dos Cavaleiros da Ajuda Misericordiosa. A Ordem se esforçava para esconder seu verdadeiro tamanho e poder, mas nesse caso tinha exagerado.

O prédio, uma estrutura de concreto de três andares, se erguia como um polegar ferido entre as mansões de tijolos que o cercavam. Os muros mostravam manchas alaranjadas de ferrugem causadas pela água da chuva que gotejava do telhado de metal pelos buracos nas calhas. Grossas grades de metal protegiam as pequenas janelas, encobertas por venezianas pálidas atrás do vidro empoeirado.

Tinha que existir outra instalação na cidade. Um lugar onde a equipe de apoio trabalhava enquanto os agentes de campo apresentavam uma fachada modesta para o público. Teria um enorme arsenal de última geração, uma rede de computadores e um banco de dados com arquivos sobre qualquer pessoa de poder — mágico ou mundano. Em algum lugar daquele banco de dados o meu nome estaria colocado em seu próprio lugar, o nome de uma rejeitada, indisciplinada e imprestável. Do jeito que eu gostava.

Toquei o muro. A cerca de meio centímetro dentro do concreto, meu dedo encontrou uma resistência elástica, como se eu estivesse tentando apertar uma bola de tênis. Um débil brilho prateado pulsou na minha pele e retirei a mão. O edifício estava altamente protegido contra magia hostil. Se alguém com muita energia lançasse uma bola de fogo contra ele, provavelmente ela ricochetearia sem nem chamuscar as paredes cinzentas.

Abri um pouco das portas duplas de metal e entrei. Uma passagem estreita se estendia à minha direita, terminando numa porta que ostentava uma enorme placa vermelha e branca que dizia: "somente Pessoal Autorizado". Minha outra opção era subir as escadas que levavam para o andar de cima.

Subi os degraus, notando que estavam surpreendentemente limpos. Ninguém tentou me impedir. Ninguém me perguntou por que eu estava lá.

Olhe para nós, somos prestativos e inofensivos, vivemos para servir a comunidade e até deixamos qualquer um entrar na nossa sede.

A necessidade de um edifício despretensioso eu podia entender, mas os registros públicos declaravam que a filial inteira consistia em nove cavaleiros: um protetor, um sagrado, um investigador, três defensores e três guardiões. Nove pessoas, supervisionando uma cidade do tamanho de Atlanta. Tá.

A escada terminava num hall com uma única porta de metal pintada de verde-claro. Uma pequena adaga brilhava fragilmente sobre a sua superfície na altura do meu olhar. Bater não me pareceu uma boa ideia, então abri a porta e entrei.

Um longo corredor se estendia à minha frente, oferecendo uma variedade de cores para descansar os meus olhos: cinza e cinza, e ainda mais cinza. O carpete finíssimo era cinza-claro; as paredes eram pintadas em dois tons de cinza: mais claro em cima com uma passadeira cinza-escura na parte de baixo. Os pequenos lustres das lâmpadas elétricas no teto pareciam cinzentos também. Sem dúvida o decorador escolhera um vidro especificamente fosco por razões estéticas.

O lugar parecia não ter um grão de poeira. Havia várias portas dispostas ao longo do corredor, provavelmente levando a escritórios individuais. No final, uma grande porta de madeira sustentava um escudo esmaltado de preto. No meio do escudo, um leão de aço se empinava, brilhante de tão polido. O cavaleiro-protetor. Exatamente o cara que eu precisava encontrar.

Marchei pelo corredor, mirando o escudo e olhando de relance para dentro das portas abertas quando passava por elas. À minha esquerda avistei um pequeno arsenal. Um homem musculoso e baixo estava sentado num banco de madeira polindo uma dha. A grande lâmina da pequena espada vietnamita brilhava levemente enquanto ele passava um pano com óleo no metal azulado. À direita se encontrava um escritório pequeno mas imaculado. Um homem negro e alto vestido com um terno caro estava sentado atrás da mesa, falando ao telefone. Ele me viu, deu um sorriso cortês automático e continuou falando.

No lugar dele eu também mal olharia para mim. Estava com minhas roupas de trabalho: calça jeans larga o suficiente para que eu conseguisse dar um chute num homem mais alto que eu, camisa verde e tênis de corrida confortáveis. A Matadora descansava em sua bainha às minhas costas, parcialmente escondida pela minha jaqueta. O cabo do sabre se projetava acima do meu ombro esquerdo, encoberto pelo cabelo preso numa trança grossa. A trança era trabalhosa — batia nas minhas costas quando eu corria e era um ponto excelente para me agarrarem durante uma luta. Se fosse um pouco menos vaidosa, eu a teria cortado, mas já sacrificara roupas mais femininas, maquiagem e lingeries bonitas em nome da praticidade. De jeito nenhum eu também desistiria do meu cabelo.

Cheguei à porta do protetor e ergui a mão para bater.

— Um momento, querida — disse a austera voz feminina que eu ouvira pelo telefone ontem.

Olhei na sua direção e vi um pequeno escritório obstruído por arquivos. Uma mesa grande ocupava o meio da sala e uma mulher de meia-idade estava de pé em cima dela. A mulher era alta, aprumada e muito magra, com um halo de cabelo cacheado pintado de cinza platinado. Vestia um terninho azul elegante. Um par de sapatos da mesma cor descansava ao lado da cadeira que devia ter usado para subir na mesa.

— Ele está em reunião, querida — disse. Ela ergueu as mãos e continuou a trocar a lâmpada da lanterna mágica afixada no teto próxima à luz elétrica. — Você não tem hora marcada, certo?

— Não, senhora.

— Bem, você está com sorte. Ele está livre pela manhã. Por que você não me diz seu nome e o motivo da visita e veremos o que podemos fazer?

Esperei até ela terminar com a lanterna, contei que estava lá para saber sobre Greg Feldman e lhe dei o meu cartão de visita. Ela o olhou, não demonstrou nenhuma reação e apontou para trás de mim.

— A sala de espera é ali, querida.

Eu me virei e andei até a sala, que era só outro escritório equipado com um sofá de couro negro e duas cadeiras. Uma mesa encostada na parede ao lado da porta oferecia uma cafeteira e duas pilhas de xícaras de cerâmica. Um pote de açúcar e duas caixas de rosquinhas da Duncan's também se encontravam sobre a mesa. Minha mão tremeu na direção das rosquinhas, mas me controlei. Qualquer um que tinha o prazer de provar uma das rosquinhas do velho escocês descobria rápido que era impossível comer uma só, e entrar no escritório do protetor coberta de calda de chocolate não era a maneira certa de causar boa impressão.

Encontrei um lugar seguro perto da janela, longe das rosquinhas, e olhei através das grades para o pequeno trecho de céu nublado, emoldurado pelos telhados. A Ordem da Ajuda Misericordiosa oferecia exatamente o que seu nome sugeria: ajuda misericordiosa para qualquer pessoa que pedisse. Se você pudesse pagar, eles lhe cobrariam; e, caso você não pudesse, enfrentariam qualquer merda por você de graça. Oficialmente, sua missão era proteger a humanidade contra qualquer perigo, seja por meio de magia ou de armas. O problema era que, para eles, a definição de perigo era bastante flexível e às vezes a ajuda misericordiosa significava cortar a sua cabeça.

A Ordem saía impune de muita coisa. Seus membros eram muito poderosos e a tentação de depender deles era muito grande. Ela foi endossada pelo governo como a terceira parte do triunvirato de aplicação da lei. A Divisão Policial de Atividades Paranormais, a Unidade de Defesa Militar Sobrenatural e a Ordem dos Cavaleiros da Ajuda Misericordiosa deveriam interagir bem entre si e manter o público a salvo. Na realidade, não acontecia exatamente dessa forma. Os cavaleiros da Ordem eram prestativos, competentes e letais. Ao contrário dos mercenários da Associação, não eram motivados por dinheiro e mantinham suas promessas. No entanto, também emitiam juízos e acreditavam que sempre sabiam de tudo.

Um homem alto entrou na sala de espera. O fedor me alcançou antes mesmo de vê-lo, um odor persistente e enjoativo de lixo podre. O homem vestia um comprido sobretudo marrom manchado de tinta e gordura e lambuzado com tantas variedades de comida e lixo que ele parecia o jovem Joseph em seu manto de mil cores. O casaco estava aberto na frente permitindo a visão de uma aberração de camisa: azul e vermelha com listras verdes em xadrez. As calças cáqui imundas estavam presas por suspensórios laranja. Ele usava velhas botas de paraquedista com biqueiras de aço e luvas de couro cortadas nas falanges dos dedos. E, na sua cabeça, um chapéu de feltro do tipo Fedora antiquado e inacreditavelmente sujo e manchado. O cabelo grosso e despenteado caía em mechas frouxas sob o chapéu.

Ele me viu e tirou o chapéu, segurando a aba entre o indicador e o dedo médio da maneira que algumas pessoas seguram o cigarro, e eu pude ver seu rosto de relance: rugas profundas, barba de três dias e olhos pálidos, ligeiros e frios. Não havia nada especialmente ameaçador na maneira em que me olhava, mas alguma coisa naqueles olhos me fez querer levantar as mãos acima da cabeça e recuar de mansinho até que fosse seguro fugir correndo dali.

— Senhooora — cumprimentou com voz arrastada.

Assustou-me como o diabo. Sorri para ele.

— Bom dia.

Minha saudação soou como algo do tipo "Calma, cachorrinho". Eu teria que me espremer para passar por ele e chegar até a porta.

A recepcionista veio me salvar.

— Você pode entrar agora, querida — chamou ela.

O homem deu um passo para o lado, curvando-se levemente, e eu passei por ele. Uma parte da minha jaqueta roçou no sobretudo dele, provavelmente apanhando bactérias suficientes para nocautear um pequeno exército, mas eu não me afastei.

— Prazer em conhecê-la — murmurou ele enquanto eu passava.

— Prazer em conhecê-lo também — disse e escapei para o escritório do patrono.

Entrei numa sala grande, com pelo menos o dobro do tamanho dos escritórios que vira até agora. Pesadas cortinas cor de vinho cobriam as janelas, deixando entrar luz suficiente apenas para criar uma escuridão confortável. Uma enorme mesa de madeira de cerejeira polida dominava a sala, tendo em cima uma caixa de papelão, um peso de papel de madeira com o emblema dos Texas Rangers no topo e um par de botas de caubói marrom. Os pés dentro das botas pertenciam a um homem de ombros largos, reclinado numa cadeira de couro negro ouvindo alguém falar com ele pelo telefone. O cavaleiro-protetor.

Em alguma fase da vida deve ter sido muito forte, mas agora os músculos estavam encobertos pelo que meu pai costumava chamar de "gordura firme". Ele ainda era um homem forte e grande, e era possível que conseguisse se mover rapidamente se precisasse, apesar da saliência evidente na sua cintura. Vestia calças jeans e uma camisa azul-marinho com franjas. Eu nem sabia que ainda fabricavam camisas assim. As roupas do tempo do Velho Oeste eram feitas para homens magros com chicotes nas mãos. Elas faziam o patrono parecer Gene Autry depois de se empanturrar de bolinhos recheados.

O protetor olhou para mim. Ele tinha o rosto largo com um queixo quadrado enorme e olhos azuis penetrantes sob as sobrancelhas pesadas. O nariz era deformado por ter sido quebrado vezes de mais. O chapéu escondia o cabelo, ou, mais provável, a falta de cabelo, mas podia apostar que o que restava era grisalho e curto.

Ele me indicou uma das pequenas cadeiras vermelhas diante da mesa. Eu me sentei, olhando para dentro da caixa de papelão, que continha uma rosquinha de geleia comida pela metade.

O protetor voltou a ouvir o interlocutor ao telefone, então olhei em volta do escritório. Uma estante grande, também de madeira de cerejeira escura, erguia-se na parede oposta. Acima dela, avistei um mapa de madeira do Texas decorado com faixas de arame farpado. Letras douradas gravadas debaixo de cada peça anunciavam o nome do fabricante e o ano.

Ele terminou a conversa desligando o telefone sem dizer uma só palavra.

— Se você tem alguma papelada para me mostrar, a hora é esta.

Mostrei para ele minha identificação de mercenária e meia dúzia de recomendações. Ele folheou as páginas.

— Água e Esgoto, hein?

— Sim.

— Tem que ser durona ou burra para descer aos esgotos hoje em dia. Então, qual das duas você é?

— Não sou burra, mas, se disser que sou durona, você vai achar que é presunção minha, então vou apenas sorrir enigmaticamente.

Dei o meu melhor sorriso enigmático. Ele não se jogou aos meus pés, nem beijou meus sapatos e prometeu me dar o mundo. *Devo estar ficando enferrujada.*

O protetor cerrou os olhos ao ver a assinatura.

— Mike Tellez. Eu já trabalhei com ele. Você presta serviços a ele com regularidade?

— Mais ou menos.

— Qual foi o problema dessa vez?

— Pedaços grandes de equipamentos estavam sendo arrancados. Disseram que estava com um filhote de marakihan.

— São seres marinhos — disse ele. — Morrem em água doce.

Um obeso relaxado que come rosquinhas de geleia de supermercado, usa camisas com franjas e sabe identificar uma criatura mágica obscura sem pensar duas vezes. Cavaleiro-protetor. Perito extraordinário em camuflagem.

— Você descobriu qual era o problema de Mike? — perguntou ele.

— Sim. Era Lagarta de Impala.

Se ele ficou impressionado, não demonstrou.

— Você a matou?

Muito engraçado.

— Não, apenas deixei claro que ela não era bem-vinda.

As lembranças voltaram de uma vez só e por um momento eu tropeçava novamente pelo túnel escuro inundado de excremento líquido e sujeira que subia até meus quadris. A minha perna esquerda ardia de dor e eu seguia em frente, me arrastando, enquanto atrás de mim o corpo gigantesco da Lagarta derramava sangue no esgoto. O sangue verde e grudento girava em redemoinho na superfície, cada uma de suas células um organismo minúsculo consumido com um único propósito: se reunir. Não importava quantas vezes ou qual a distância a que essa criatura reaparecia, era sempre a mesma Lagarta de Impala. Existia apenas uma e ela se regenerava interminavelmente.

O protetor colocou minha papelada sobre a mesa.

— Então, o que você quer?

— Estou investigando o assassinato de Greg Feldman.

— Sob que autoridade?

— A minha.

— Entendo. — Ele se recostou. — Por quê?

— Tenho minhas razões.

— Você o conhecia pessoalmente?

Ele fez a pergunta num tom perfeitamente neutro, mas era bem claro o que queria dizer. Fiquei feliz em desapontá-lo.

— Sim. Ele era amigo do meu pai.

— Entendo — repetiu ele. — Seu pai não estaria disponível para dar um depoimento?

— Ele já morreu.

— Sinto muito — disse ele.

— Não sinta, você não o conhecia.

— Você tem alguma coisa que comprove a sua relação com Greg Feldman?

Eu poderia facilmente lhe fornecer provas do nosso trabalho juntos. Se ele procurasse o meu nome em seus arquivos, descobriria que Greg patrocinara minha inscrição na Ordem, mas não queria ir nessa direção.

— Greg Feldman tinha trinta e nove anos de idade. Ele era um homem intensamente reservado, e não gostava de ser fotografado. — Dei a ele um pequeno retângulo de fotografia. — Essa é uma foto minha com ele no dia da minha formatura no ensino médio. Há uma foto idêntica no apartamento dele. Está localizada na sua biblioteca, na terceira prateleira da estante central.

— Eu já a vi — disse o protetor.

Que maravilha.

— Pode me devolver, por favor?

Ele me devolveu a foto.

— Você sabia que está nomeada como beneficiária no testamento de Greg Feldman?

— Não.

Eu aceitaria de bom grado um momento para lidar com minha culpa e gratidão, mas o cavaleiro-protetor continuou a discursar.

— Ele legou seus bens financeiros à Ordem e à Academia. — Ele me observou à espera de uma reação. Será que achava que eu me importava com o dinheiro de Greg? — Todo o resto, a biblioteca, as armas, os objetos de poder, é seu.

Fiquei muda.

— Investiguei você na Associação — disse ele. Os olhos azuis me colocaram no meu lugar. — Disseram-me que você é capaz, mas desesperada por dinheiro. A Ordem está pronta para lhe fazer uma oferta generosa pelos itens em questão. Você verá que a soma é mais que suficiente.

Era um insulto e nós dois sabíamos. Pensei em lhe dizer que, se não fosse por caubóis de Oklahoma e prostitutas mexicanas tendo um pouco de diversão, não existiria nenhum texano, mas isso seria contraproducente. Não se chamava um cavaleiro-protetor de filho da puta em seu próprio escritório.

— Não, obrigada — disse com um sorriso agradável.

— Tem certeza? — Seus olhos me mediram de cima a baixo. — Você parece precisar de dinheiro. A Ordem lhe pagará mais do que você ganharia leiloando tudo. Meu conselho é que aceite a oferta. Compre um par de sapatos novos.

Olhei para meus tênis surrados. Eu gostava deles. Poderia lavá-los com água sanitária. Tiraria o sangue na hora.

— Acha que eu deveria comprar sapatos iguais aos seus? — perguntei, olhando para as botas. — De repente até ganho uma camisa de caubói com franjas de brinde. Talvez até um cinto.

Seus olhos brilharam de raiva.

— Você tem a boca grande.

— Quem, eu?

— Falar é fácil. O que você pode fazer?

Saia justa. Proceda com cautela. Reclinei-me na cadeira.

— O que posso fazer, senhor? Não farei nada para ameaçar ou contrariar o cavaleiro-protetor em seu próprio escritório, não importa o quanto ele me insulte. Isso seria estúpido e altamente prejudicial à minha saúde. Vim aqui em busca de informações. Só quero saber no que Greg Feldman estava trabalhando quando morreu.

Por um momento, nós ficamos parados nos encarando.

O cavaleiro-protetor inspirou profundamente e disse:

— Você sabe alguma coisa sobre trabalho investigativo?

— Claro. É só irritar as pessoas envolvidas até que o culpado tente fazer com que você vá embora.

Ele fez uma careta.

— Você sabia que a Ordem está investigando esse assunto?

Em outras palavras: "Vá embora, mocinha, e deixe que pessoas mais competentes resolvam isso."

— Greg Feldman era minha única família — disse. — Vou encontrar quem ou o que o matou.

— E vai fazer o que depois?

— Penso nisso quando o momento chegar.

Ele entrelaçou os dedos das mãos.

— Algo capaz de derrotar o cavaleiro-místico é bastante poderoso.

— Não por muito tempo.

Ele pensou sobre isso por um momento.

— Acontece que eu poderia utilizar os seus serviços — disse ele.

Isso foi inesperado.

— Por que diabos você iria querer trabalhar comigo?

Ele me deu o que deve ter considerado seu sorriso enigmático. Isso me lembrou de um urso pardo despertado em pleno inverno.

— Tenho meus motivos. Eis o que vou fazer por você. Você ganhará um adesivo da Ajuda Mútua na sua identificação, o que deve lhe abrir algumas portas. Poderá usar o escritório de Greg. E terá acesso ao arquivo aberto e ao relatório da polícia.

Arquivo aberto significava que eu pegaria o caso como Greg o recebeu: os fatos objetivos e pouca ou nenhuma conclusão. Eu teria que refazer os passos dele. Era muito mais do que eu esperava.

— Obrigada — disse.

— O arquivo não sai do prédio — disse ele. — Nada de cópias nem de citações. Você fará um relatório completo para mim e somente para mim.

— Sou obrigada a cumprir a Lei de Divulgação de Informação da Associação — disse.

Ele dispensou o que eu disse com um aceno de mão.

— Já cuidei disso.

Desde quando? Esse cavaleiro-protetor estava se esforçando muito para ajudar uma mercenária imprestável. Por quê? Pessoas que me faziam favores sempre me deixavam nervosa. Por outro lado, a cavalo dado não se olham os dentes. Mesmo se você o ganhou de um caipira gordo vestindo uma camisa com franjas.

— Oficialmente você não tem nenhuma relação comigo — disse ele. — Estrague tudo e você se torna *persona non grata*.

— Entendido.

— Conversa encerrada — disse ele.

Lá fora a recepcionista acenou para mim e pediu minha identificação. Eu dei a ela e a observei colar um pequeno adesivo metálico da Ajuda Mútua, o "carimbo" oficial do interesse da Ordem pelo meu humilde trabalho. Algumas portas se abririam para mim e outras iriam bater na minha cara. Ora, o que eu poderia fazer?

— Não se incomode com Ted — disse a recepcionista, devolvendo minha identificação. — Ele é rude às vezes. Meu nome é Maxine.

— Eu sou Kate. Você me indicaria o escritório do falecido cavaleiro-místico?

— Com prazer. É o último à direita.

— Obrigada.

Ela sorriu e voltou ao trabalho, toda entusiasmada.

Cheguei ao escritório de Greg e olhei da porta. Algo não parecia certo.

Uma janela quadrada derramava a luz do sol sobre o chão, uma mesa estreita e duas cadeiras velhas. À esquerda, uma estante profunda preenchia todo o comprimento da parede, ameaçando cair sob o peso dos volumes meticulosamente dispostos. Quatro arquivos de metal da minha altura se erguiam na parede oposta. Pilhas de arquivos e papéis se amontoavam nos cantos, ocupavam as cadeiras e sufocavam a mesa.

Alguém mexera nos papéis de Greg. E o fizera cuidadosamente. O lugar não fora revirado, mas alguém inspecionara cada um dos arquivos e não os devolvera ao seu devido lugar; em vez disso empilhara tudo na primeira superfície horizontal disponível. Esses eram os papéis particulares dele. Por algum motivo, a ideia de alguém tocar as coisas de Greg, estudá-las e ler os pensamentos dele após sua morte me incomodava.

Atravessei a porta e senti um feitiço de proteção se fechar atrás de mim. Símbolos arcanos faiscaram com um brilho laranja pálido, formando padrões complexos no carpete cinza. Longas linhas entrelaçadas conectavam os símbolos, se cruzando e serpenteando pelo quarto, suas interseções marcadas por pontos vermelhos radiantes. Greg selara a sala com o próprio sangue, e mais ainda, ele a codificara para mim, caso contrário eu não conseguiria ver o feitiço. Agora, qualquer magia que eu fizesse dentro da sala ficaria nela, sem deixar nenhum eco escapar para fora da porta. Demorava semanas para se executar um feitiço dessa complexidade. A julgar pela intensidade das linhas brilhantes, absorveria um eco imenso. Por que ele faria isso?

Caminhei entre os arquivos até a estante. Ela continha uma edição antiga do *Almanaque de Criaturas Místicas*, uma versão ainda mais antiga do *Dicionário Arcano*, uma *Bíblia*, uma bela edição do *Alcorão* encadernada em couro e gravada a ouro, vários outros volumes religiosos e uma cópia fina de *A rainha das fadas*, de Spenser.

Fui até os arquivos de metal. Como esperado, estavam vazios. As prateleiras estavam marcadas com o código exclusivo de Greg, que eu não conseguia decifrar. Não importava realmente. Peguei a pilha mais próxima e, com cuidado, deslizei a primeira pasta sobre a armação de metal.

Duas horas depois, eu terminara com os papéis no chão e nas cadeiras e estava pronta para começar com as pilhas que cobriam a mesa quando um envelope grande de papel manilha me deteve. Repousava no topo da pilha central de maneira que o meu nome, escrito com caneta hidrográfica preta na letra cursiva de Greg, ficasse claramente visível.

Depositei as pilhas no chão, puxei uma cadeira e esvaziei o envelope na superfície da mesa. Duas fotografias e uma carta. Na primeira foto, dois casais posavam lado a lado. Reconheci meu pai, um homem ruivo, pesadão, de enormes ombros largos, com um braço ao redor da mulher que deveria ser minha mãe. Algumas crianças têm lembranças dos pais falecidos, a sombra de uma voz, um cheiro, uma imagem. Eu não me lembrava de nada, era como se ela nunca tivesse existido. Meu pai não guardava nenhuma fotografia dela — deve ter sido muito doloroso para ele — e eu sabia apenas o que ele me contara. Ela era bonita, ele me dissera, e tinha longos cabelos louros. Olhei para a mulher na fotografia. Era pequena e delicada. As feições correspondiam a sua compleição, bem formadas, delicadas, mas desprovidas de fragilidade. Mostrava-se confiante, numa pose natural e confortável, banhada por um tipo de fascínio mágico e perfeitamente consciente do seu poder. Ela era linda.

Tanto meu pai como Greg diziam que eu me parecia com ela, mas não importava o quanto estudasse a imagem, não conseguia enxergar nenhuma semelhança. Minhas feições eram mais fortes. Minha boca era maior, e eu não fazia beicinho de jeito nenhum. Consegui herdar a cor dos olhos, castanho-escuros, mas tinham um formato diferente, amendoados e ligeiramente alongados. E minha pele era de um tom mais escuro. Se eu aplicasse bastante delineador e rímel, poderia facilmente passar por uma cigana.

Era mais do que isso — o rosto da minha mãe tinha uma suavidade feminina. O meu não, pelo menos não comparado com o dela. Se ficássemos lado a lado em uma sala cheia de pessoas, ninguém olharia para mim. E, caso alguém parasse para conversar comigo, ela conseguiria lhe roubar a atenção com um sorriso.

Bonita... Tá certo. Belo eufemismo, pai.

Por outro lado, se as mesmas pessoas tivessem que escolher uma de nós para chutar um bandido no joelho, eu seria a escolhida sem dúvida alguma.

Ao lado de minha mãe e meu pai, Greg estava com uma linda mulher asiática. Anna. Sua primeira esposa. Ao contrário de meus pais, aqueles dois permaneciam um pouco afastados, cada um mantendo uma distância quase imperceptível, como se suas individualidades fossem pegar fogo se eles se tocassem. Os olhos de Greg estavam pesarosos.

Coloquei a fotografia virada para baixo sobre a mesa.

A outra foto era minha, com cerca de nove ou dez anos de idade, mergulhando num lago pelos ramos de um álamo gigantesco. Não sabia que ele tinha essa foto, nem sequer me lembrava de quando foi tirada.

Li a carta, umas poucas linhas escritas no pedaço de papel branco, uma parte do poema de Spenser.

"Um dia, escrevi o nome dela no costão,
Mas as ondas vieram e o levaram com a correnteza.
Novamente eu o escrevi com uma segunda demão,
Mas a maré veio e fez das minhas dores sua presa."

Abaixo, quatro palavras foram escritas com o sangue de Greg:

Amehe
Tervan
Senehe
Ud

As palavras irradiavam um fogo vermelho. Um espasmo poderoso me atacou. Meus pulmões se contraíram, o quarto ficou turvo e através da densa neblina as batidas do meu coração soaram tão altas quanto o badalo de um sino de igreja. Um emaranhado de forças circulava ao meu redor, me enredando numa bagunça de correntes de energia elástica escorregadias. Estiquei a mão e me apoderei delas, que me levaram adiante, para dentro do amálgama de luz e som. A luz me impregnava e explodia dentro da minha mente, enviando uma miríade de faíscas através da minha pele. O sangue em minhas veias brilhava como metal fundido.

Perdida. Perdida no turbilhão de luz.

Minha boca se abriu, lutando para liberar uma palavra. Não conseguia formá-la e pensei que iria morrer, mas então a pronunciei, despejando meu poder com um som fraco:

— *Hesaad.* — *Minha.*

O mundo parou de girar e encontrei meu lugar nele. As quatro palavras se erguiam diante de mim. Eu tinha que pronunciá-las. Dominei o meu poder e disse as palavras, determinando sua vontade, forçando-as a se tornarem minhas.

— *Amehe. Tervan. Senehe. Ud.*

O fluxo de energia diminuiu. Eu estava olhando para o pedaço de papel branco. As palavras desapareceram e uma pequena poça carmim se espalhou pela folha. Eu a toquei e senti o formigamento da magia. Era o meu sangue. Meu nariz estava sangrando.

Puxando um curativo do meu bolso, onde sempre carregava alguns, apertei-o contra o nariz e me reclinei na cadeira. Mais tarde eu queimaria as bandagens. O relógio no meu pulso marcava doze horas e dezessete minutos. De alguma forma, naqueles poucos instantes, eu perdera quase uma hora e meia.

As quatro palavras de poder. *Obedecer*, *Matar*, *Proteger* e *Morrer*. Palavras tão primitivas, perigosas e poderosas que comandavam a própria essência da magia. Ninguém sabia quantas delas existiam, de onde vinham ou por que possuíam tamanho poder sobre a magia. Até mesmo as pessoas que nunca usaram magia reconheciam seu significado e estavam sujeitas ao seu poder, como se as palavras fossem parte de uma memória racial antiga que todos nós carregávamos.

Não era suficiente apenas conhecê-las; você precisava possuí-las. Quando se tratava de aquisição de palavras de poder, não havia segunda chance. Ou você as conquistava, ou morria tentando, o que explicava por que tão poucos magos eram capazes de utilizá-las. Uma vez que você as tornava suas, elas lhe pertenciam para sempre. Precisavam ser pronunciadas com grande precisão e utilizá-las demandava muita energia, o que deixava o mago próximo da exaustão. Greg e meu pai me avisaram que era possível resistir às palavras de poder, mas até agora não tive a oportunidade de usá-las contra um oponente que conseguisse. Elas eram o último recurso, quando tudo mais falhava.

Agora eu tinha seis palavras. Quatro dadas por Greg e outras duas: *Minha* e *Libertar*. Meu pai as ensinara para mim há muito tempo. Eu tinha doze anos e quase morri tornando-as minhas. Desta vez tinha sido muito fácil.

Talvez o poder do sangue aumentasse com a idade. Gostaria que Greg estivesse vivo para poder perguntar a ele.

Olhei de relance para o chão. As linhas alaranjadas do feitiço de Greg enfraqueceram tanto que eu mal conseguia vê-las. Elas absorveram tudo o que podiam.

As palavras clamavam em minha cabeça, se deslocando e saltando enquanto tentavam encontrar seu lugar. O último presente de Greg. Mais precioso do que qualquer coisa que ele pudesse ter me dado.

Lentamente, percebi que alguém estava me observando. Olhei para cima e vi um homem negro e magro à porta. Ele sorrira para mim quando passei pelo seu escritório cerca de três horas atrás.

— Você está bem? — perguntou.

— Disparei um feitiço residual — resmunguei, com a gaze ainda cobrindo meu nariz. — Acontece. Eu estou bem.

Ele me olhou.

— Tem certeza?

— Sim.

Ok, sou uma idiota incompetente, agora vá embora.

— Trouxe a pasta com o arquivo de Greg. — Ele não fez nenhum movimento para entrar na sala. Inteligente. Se eu tinha disparado uma armadilha preparada por Greg, ele também poderia ser atingido. — Sinto muito ser tão tarde. Estava com um dos nossos cavaleiros.

Andei até ele e peguei o arquivo de suas mãos.

— Obrigada.

— Sem problemas. — Olhou para mim por um momento e foi embora.

Vasculhei a mesa de Greg à procura de um espelho. Todo mago que se preza tinha um espelho à mão. Muitos feitiços o exigiam. O de Greg era um retângulo fixado numa moldura de madeira simples. Vi minha imagem e quase deixei a gaze cair. Meu cabelo brilhava. Ele irradiava uma fraca luminescência bordô, que se movia quando eu corria minhas mãos através dele, como se cada fio individual de cabelo estivesse revestido com tinta fluorescente. Balancei a cabeça, mas o brilho não enfraqueceu. Resmungar com ele também não ajudou em nada, e eu não tinha a menor ideia de como poderia me livrar daquilo.

Escondi-me no canto mais distante da sala, invisível da porta, e abri o arquivo. Se você não consegue fazer algo desaparecer, espere até que se canse.

Na última vez em que assimilei palavras de poder fiquei exausta. Agora me sentia alegre, inebriada de magia. A energia me preenchia e eu me esforçava para contê-la. Queria saltar, correr, fazer algo. Em vez disso, tinha que me esconder em um canto e me concentrar no arquivo à minha frente.

O arquivo continha o relatório de um legista, o resumo de um boletim policial, algumas observações apressadas e várias fotos da cena do crime. Uma foto panorâmica mostrava dois corpos estendidos no asfalto: um cadáver duro, pálido e nu; o outro, uma bagunça de tecidos estraçalhados. Encontrei o close do cadáver estropiado primeiro. Estava deitado de bruços e com os braços esticados sobre um pano encharcado de sangue. Algo lhe rasgara o peito, quebrara o esterno e o arrancara com uma força inacreditável. A cavidade do peito estava exposta, a massa brilhante e úmida do coração esmagada, escura contra os restos esponjosos dos pulmões e do amarelado das costelas quebradas. O braço esquerdo, arrancado do encaixe no ombro, se pendurava por um filamento ensanguentado.

A próxima foto mostrava o close da cabeça. Os olhos tristes que eu conhecia tão bem olhavam para a câmera e diretamente para mim. Céus. Li a legenda. Esse pedaço de carne humana agredida era tudo o que restava de Greg.

Um nó subiu pela minha garganta. Lutei contra ele por alguns segundos agonizantes e o forcei a descer. Esse não era Greg. Era somente o seu cadáver.

A foto seguinte me forneceu um olhar mais atento ao outro corpo. Esse parecia intocado, exceto pela cabeça, que estava faltando. Um fragmento quebrado da coluna vertebral se projetava do pescoço rodeado por pedaços de tecido rasgado. Não havia nenhuma outra evidência da cabeça. Também não havia quase nenhum sangue. E deveria haver litros do mesmo. O corpo estava deitado de lado e tanto a carótida como a jugular foram cortadas, então para onde foi todo o sangue?

Achei mais quatro fotos do cadáver e as coloquei lado a lado no chão. A pele do cadáver, branca como o mármore, se esticava firmemente sobre sua musculatura como se o corpo não tivesse gordura, só músculos. Não havia um único fio de cabelo na epiderme. O escroto parecia enrugado e anormalmente pequeno. Eu precisava de um close da mão, mas não havia nenhum. Alguém tinha dado mole. Porém, não importava muito, já que todos os outros sinais estavam lá. Mesmo sem ver as unhas, a conclusão era óbvia. Eu estava olhando para um vampiro morto.

Os vampiros são mortos por definição, mas esse tinha cessado a sua existência de morto-vivo. Nem mesmo Ghastek, com todos os seus poderes de necromancia, poderia consertar um vampiro sem cabeça. O importante agora era saber a quem pertencia esse vampiro. Os membros da Nação costumavam marcar seus mortos-vivos. Se este fosse marcado, a marca não estaria visível em nenhuma das fotos que o fotógrafo idiota tirara.

O que conseguiria matar um vampiro e um cavaleiro-místico? O vampiro, muito veloz e capaz de enfrentar uma equipe da SWAT sem ajuda, seria uma presa difícil por si só. Seria quase impossível derrotar o vampiro e Greg juntos. E, ainda assim, lá estavam eles, ambos mortos.

Reclinei-me na cadeira para pensar. O assassino teria de possuir um poder imenso. Ele teria que ser mais rápido do que um vampiro, forte o suficiente para arrancar a cabeça de um corpo e capaz de se proteger da magia de Greg. De memória, a lista de possíveis assassinos era bastante curta.

A primeira opção era que a Nação poderia ter decidido matar Greg e usara um de seus vampiros como isca. Um vampiro antigo nas mãos de um Mestre dos Mortos experiente e capaz era uma arma como nenhuma outra. Se houvesse mais de um, eles poderiam ter matado Greg e um dos seus chupadores de sangue. Era caro e improvável, já que Greg era particularmente habilidoso contra vampiros, mas não era impossível.

A segunda, pela condição do corpo devastado de Greg, indicava metamorfos. Aquele tipo de dano só poderia ter sido feito por garras e dentes — e mais de um par deles. Talvez fosse um lupino, um metamorfo raivoso. Os corpos daqueles afligidos com o Vírus Lupoide, ou Vírus-L, ansiavam pela matança indiscriminada, enquanto suas mentes procuravam conter a sede de sangue. Se a mente vencesse a batalha contra o corpo, o metamorfo se tornaria um Homem Livre do Código, vivendo dentro de uma bem estruturada e altamente disciplinada Matilha. Se o corpo vencesse a mente, o metamorfo se tornaria um lupino, um assassino canibal enlouquecido pelos hormônios, caçando tudo e sendo caçado por todos.

A teoria do lupino era ainda menos provável do que a teoria da Nação. Primeiro, o vampiro estava intocado, com exceção do pescoço, e os lupinos estraçalhavam tudo com um frenesi maníaco. Segundo, Greg teria matado mais de um deles, mas nenhum outro corpo foi encontrado na cena do crime. Em terceiro lugar, se o assassino fosse um lupino, ou, mais provavelmente, vários deles, teria deixado uma tonelada de evidências na cena do crime, desde saliva e pelos até o próprio sangue. O escritório do médico-legista tinha perfis genéticos de quase todos os tipos de metamorfos conhecidos. Até onde eu podia ver, o arquivo não continha nenhum documento mostrando que o DNA de algum metamorfo fora encontrado na cena do crime.

Esfreguei o rosto, mas isso não me deu melhor compreensão sobre o que acontecera. Provavelmente, os assassinatos não foram cometidos por nenhuma das opções que imaginei e, por enquanto, eu tinha que deixar assim mesmo.

O relatório da autópsia confirmava que o cadáver decapitado pertencia a um *Homo sapiens immortuus*, um vampiro. Era um nome irônico, já que a mente humana morria no momento em que o vampirismo se apoderava do ser. Os vampiros não sentiam pena nem medo, não podiam ser treinados e não possuíam ego. Comparando níveis de desenvolvimento, eles se assemelhavam aos insetos, possuindo sistema nervoso e ainda assim sendo incapazes de formar pensamentos. Uma fome insaciável de sangue os governava e eles massacravam tudo no caminho em sua ânsia para saciá-la.

Franzi a testa. O arquivo não continha nenhum raio-m. Todas as cenas de crime envolvendo morte ou agressão eram rotineiramente examinadas à procura de magia. Tecnicamente, a polícia e a MSDU poderiam exigir acesso a este arquivo e recebê-lo através de uma ordem judicial. O fato de que faltava um raio-m significava que ele mostrava alguma coisa que a Ordem não queria revelar ao público em geral. A menos que o mesmo cretino que tirara as fotos tivesse conseguido de alguma forma jogar o raio-m no lixo.

A única página restante no arquivo listava vários nomes femininos. Sandra Molot, Angelina Gomez, Jennifer Ying, Alisa Konova. Nenhum deles me era familiar, e nenhuma explicação sobre a lista era oferecida.

Olhei novamente para o meu cabelo e percebi que ele não estava mais brilhando. Dei uma corrida rápida até a mesa e disquei o número listado no boletim policial.

Uma voz rouca atendeu ao telefone. Apresentei-me e pedi para falar com o detetive encarregado.

— Estou investigando o assassinato do cavaleiro-místico.

— Nós já falamos com vocês — disse o homem do outro lado. — Leia o maldito boletim.

— Você não falou comigo, senhor. Agradeceria muito se você pudesse responder algumas perguntas. Dois minutos.

O telefone fez um som metálico e ouvi o sinal de desligado. Grande cooperação entre agências.

Meu relógio indicava doze horas e cinquenta e oito minutos. Ainda dava tempo de ir até o necrotério. O período obrigatório de um mês de espera para vampiros mortos estava longe de terminar e o adesivo da AM iria assegurar que eu não teria problemas para examinar o corpo do sugador de sangue.

Fechei a pasta, coloquei-a no arquivo mais próximo e saí.

...

O necrotério ficava no centro da cidade. Do outro lado, passando a vasta extensão da Praça Sem Nome, erguia-se a cúpula dourada do edifício do Capitólio. O antigo necrotério fora destruído duas vezes, primeiro por um Mestre dos Mortos traidor e depois por um golem, o mesmo que criara a Praça Sem Nome quando reduzira a entulho cinco quarteirões da cidade na tentativa fracassada de atravessar os feitiços de proteção do Capitólio.

Até agora, seis anos depois, a Câmara Municipal se recusava a renomear o espaço vazio em torno do Capitólio, com o raciocínio de que, enquanto ele não tivesse nome, ninguém poderia invocar nada lá.

O novo necrotério foi construído sob o princípio do "melhor de três." Uma instalação de última geração — parecia o filho bastardo de uma prisão com uma fortaleza — e um pouco de castelo medieval para compor o cenário. Os moradores brincavam dizendo que, se o edifício do Capitólio fosse atacado novamente, a Assembleia Legislativa poderia simplesmente correr pela praça e se esconder no necrotério. Olhando para ele, eu também conseguia acreditar nisso. Um edifício severo e ameaçador, pairava entre as fachadas ornamentadas das sedes corporativas como o anjo da morte no chá das cinco. Os vizinhos empresariais não estavam felizes com sua presença na vizinhança, mas não podiam fazer nada a respeito. O necrotério recebia mais visitantes do que todos eles. Sinal dos tempos.

Subi a escadaria larga diante das colunas de granito e atravessei a porta giratória para chegar ao saguão. As janelas altas deixavam entrar muita luz, mas não conseguiam banir a tristeza completamente. Ela se reunia nos cantos e ao longo das paredes, à espera de algum transeunte distraído para lhe puxar os pés. Um piso polido de granito cinzento cobria o chão. Dois corredores irradiavam da parede oposta, ambos inundados pela luz azulada das lanternas de energia. O piso de granito terminava ali, substituído por linóleo amarelado.

O ar cheirava a morte. Não era exatamente o odor nauseante de carne apodrecida, mas um tipo diferente de fedor; de cloro, formol e outros medicamentos amargos, reminiscentes do cheiro de um hospital, apesar de que ninguém confundiria os dois. Em um hospital, a vida dava seus sinais. Aqui, só sua ausência podia ser sentida.

Havia um balcão de informações entre os dois corredores. Fui até ele e me apresentei ao funcionário de uniforme verde. Ele olhou para a minha identificação e assentiu com a cabeça.

— Ele está no 7C. Você sabe onde é?

— Sim. Já estive aqui antes.

— Bom. Pode ir em frente, vou chamar alguém para abrir para você.

Peguei o corredor direito até chegar num lance de escadas e desci para o porão. Passei pela seção B até alcançar sua extremidade, onde um portão de aço barrava minha entrada.

Depois de cinco minutos, passos apressados ecoaram no corredor e uma mulher vestindo uniforme verde e avental manchado virou a esquina correndo. Ela carregava um fichário grosso de três elos numa das mãos e um chaveiro chacoalhante na outra. Algumas mechas finas de cabelo louro escapavam da rede de cabelo. Círculos escuros rodeavam seus olhos e a pele do seu rosto era um pouco flácida.

— Desculpe — falei.

— Não, não se preocupe — disse ela, mexendo nas chaves. — Não faz mal dar uma volta.

Ela destravou o portão e deixou-me passar. Seguimos até uma porta de aço reforçada. Ela abriu duas fechaduras, recuou e gritou:

— Sou eu, Julianne, quem a comanda, e você cumprirá as minhas ordens. Abra!

A magia ondulou sutilmente enquanto o feitiço liberava a porta. Julianne a abriu. Lá dentro, sobre uma mesa de metal rebitada no piso, estava deitado um corpo nu. Duro contra o aço inoxidável, ele tinha um tom estranho de pálido, meio rosado, como se tivesse sido descolorido. Uma cinta de aço prateado envolvia o peito do cadáver. Uma corrente tão grossa como meu braço se esticava da argola até um aro no chão.

— Geralmente, nós só os prendemos com uma coleira, mas este aí... — Julianne apontou com a mão.

— É. — Olhei de relance para o coto do pescoço.

— Não é que ele vá se levantar nem nada. Não sem a cabeça. Ainda assim, se acontecer alguma coisa... — Ela acenou em direção ao círculo azul do botão de alarme na parede mais próxima. — Você está armada?

Desembainhei a Matadora. Julianne se afastou da lâmina cintilante.

— Opa! Certo, isso vai funcionar.

Deslizei o sabre de volta para sua bainha.

— Um segundo corpo foi trazido com este.

— Sim. É bem difícil se esquecer daquele.

— Alguma evidência?

— Boa tentativa. — sorriu Julianne. — Isso é confidencial.

— Entendo — disse. — E um raio-m?

— Também é confidencial.

Eu suspirei. Greg, com seus olhos escuros e rosto perfeito, mutilado e quebrado, trancado num cubículo neste lugar solitário e asséptico. Lutei contra o desejo de me curvar e embalar o espaço vazio contra o peito.

Julianne tocou meu ombro.

— Quem era ele para você? —perguntou ela.

— Meu guardião — disse. Aparentemente, meus esforços para soar imparcial tinham fracassado de maneira espetacular.

— Vocês eram próximos?

— Não. Nós costumávamos ser.

— O que aconteceu?

Dei de ombros.

— Cresci e ele se esqueceu de notar.

— Ele tinha filhos?

— Não. Sem esposa, sem filhos. Só eu.

Julianne olhou para o corpo do vampiro com repulsa.

— E eu achava que a Ordem teria sensibilidade suficiente para atribuir o caso a alguém sem relação com essa bagunça.

— Eu me ofereci.

Ela me deu um olhar estranho.

— E essa agora. Espero que saiba o que está fazendo.

— Eu também. Não há nenhuma chance de você me deixar ver o raio-m?

Ela apertou os lábios, pensando.

— Você ouviu isso?

Balancei a cabeça.

— Acho que tem alguém no portão. Vou ver o que é. Vou deixar meu fichário aqui. Agora, estes relatórios são confidenciais. Não quero você bisbilhotando. Em particular, não quero que você leia os relatórios do dia três deste mês. Nem que tire cópias deste arquivo. — Ela se virou e saiu da sala.

Folheei as anotações. Havia oito autópsias no dia três. Encontrar a de Greg não foi difícil.

A evidência consistia em quatro pelos. Na coluna de origem alguém escrevera: NIPDF. Não identificado, possivelmente um derivado felino. Não era um metamorfo felino. Eles o teriam indexado como *Homo sapiens* com gênero específico *felidae*.

A longa folha de papel do raio-m vinha em seguida. O tremor das minhas mãos fez com que ela se desdobrasse, apresentando um gráfico desenhado pelas agulhas delicadas do leitor mágico. As linhas coloridas do gráfico ondulavam, um sinal claro de muitas influências mágicas colidindo em um ponto. Era inconclusivo pelo mais indulgente dos padrões e nenhum tribunal o admitiria como evidência. O pequeno cabeçalho no topo o identificava como uma cópia. Ah, bom.

Apertei os olhos, tentando entender. O corpo de Greg continuara a liberar magia mesmo após sua morte e o leitor a registrara como uma linha torta cinza, às vezes de três centímetros de largura, às vezes quase invisível. O profundo corte roxo irregular através dela só poderia ser a magia do vampiro. Olhei mais atentamente. Havia uma terceira linha, na verdade uma série de linhas fracas seguindo em intervalos irregulares através da leitura. A mais longa tinha cerca de meio centímetro e sua cor era indeterminada. Ergui o gráfico para que a luz da lâmpada no teto incidisse sobre ele. A tinta se destacou. Amarelo. O que era amarelo?

Repuxei o gráfico, rasgando-o ao longo das linhas perfuradas, e o guardei na minha pasta. Julianne voltou logo depois.

— Não havia ninguém lá. Bem, vou deixar você fazer o seu trabalho.

Ela pegou o fichário e saiu, deixando-me com o cadáver do vampiro. Coloquei um par de luvas médicas e me aproximei do corpo. O posicionamento das marcas dependia da personalidade do Mestre dos Mortos. Phillian marcava seus vampiros com um grande Olho de Hórus no meio da testa. Constance os marcava na axila esquerda. Já que a testa deste aqui estava convenientemente desaparecida, ele poderia pertencer a Phillian. Teoricamente. Comecei a procurar a marca.

As axilas estavam limpas, assim como o peito, a coluna vertebral, as costas, as nádegas, o interior das coxas e os tornozelos. O único lugar que faltava era o escroto, então abri as pernas do vampiro. Os testículos diminuíam imediatamente após a morte do humano e continuavam a encolher durante a vida do vampiro. Havia um estudo sobre como datar os chupadores de sangue com base no tamanho dos órgãos reprodutivos. Eu não me importava com a idade deste aqui, mas, a julgar pelos sinais, ele deveria ter uns cinquenta anos. E estava limpo. Sem marcas. No entanto, havia uma cicatriz que fazia um sulco na base do lado esquerdo do escroto. Parecia ter sido suturado.

Um rápido olhar ao redor me disse que eu não encontraria nenhum bisturi nesta sala. Desembainhei a Matadora. Ela fervia, pressentindo o morto-vivo. Fios finos de fumaça pálida emanavam da lâmina.

— Não comece a gotejar — murmurei, e pressionei a ponta da lâmina contra a cicatriz.

O tecido morto-vivo chiou quando a lâmina afundou na carne. Eu a deixei cortar cerca de um centímetro e retirei o sabre, deixando uma incisão limpa. Pegando a aba da pele, puxei-a suavemente até se soltar da virilha, revelando uma cicatriz lisa de queimadura com cerca de três centímetros de largura por dois centímetros de altura. No meio da cicatriz havia uma marca feita a fogo, uma seta com um círculo no lugar da ponta. A marca de Ghastek. Por que não fiquei surpresa?

— Você sabe que existem multas por mutilar cadáveres? — disse uma voz masculina.

Eu me virei, com a lâmina na mão. Um homem alto estava encostado à soleira da porta. Vestia um uniforme de médico, o que significava que tinha mais direito de estar aqui do que eu.

— Cuidado aí — disse ele.

— Desculpe — disse, e abaixei o sabre. — Não gosto ser surpreendida.

— Nem eu. Exceto por mulheres atraentes. — Ele parecia ter trinta e poucos anos. A listra colorida em seu ombro era laranja brilhante. Autorização de nível três. O crachá afixado na roupa confirmava: eu tinha encontrado a droga de um supervisor de unidade.

Um supervisor de unidade poderia me tornar uma *persona non grata* no necrotério mais rápido do que eu poderia piscar.

O homem esperou até eu terminar de olhar para o crachá e estendeu a mão esquerda.

— Meu nome é Crest.

Tirei a luva esquerda sem largar a Matadora e apertei a mão dele.

— Kate. Você tem um primeiro nome ou é só Crest?

— Tenho, mas não gosto dele.

Um cara engraçado. Talvez eu saísse dessa sem ganhar um olho roxo por cortar um cadáver.

— É um vampiro — disse. — Eu estava procurando a marca.

— E encontrou?

— Sim.

Ele se aproximou da mesa para analisar meu trabalho. Mudei de lugar para ficar na frente dele. O doutor Crest era realmente atraente. Cabelo ruivo, alto e bastante musculoso, a julgar pelos antebraços. Rosto agradável, aberto e honesto, com feições grandes e bem definidas e belos olhos cor de mel. A boca carnuda era extremamente sensual. Um sujeito atraente, embora não possuísse uma beleza clássica, mas mesmo assim... Ele levantou os olhos do corpo, sorriu e tornou-se bonito.

Sorri de volta, tentando irradiar integridade e decência de caráter. É isso aí, vou ser muito legal com você, senhor, então, por favor, não me expulse do necrotério.

— Interessante — disse ele. — Nunca vi uma marca escondida dessa maneira.

— Nem eu.

— Você vê muitos vampiros no seu ramo de trabalho?

— Infelizmente.

Eu o peguei olhando para mim e ele baixou o olhar para o corpo.

— Dr. Crest?

Ele piscou.

— Sim?

— Preciso avisar a Julianne sobre a marca? — Era o mínimo que podia fazer.

— Não. Eu mesmo posso contar a ela se você estiver com pressa.

Um pequeno alarme disparou na minha cabeça. O doutor era um pouco gentil demais. Teria que me assegurar de que Julianne recebera minha mensagem.

Crest parecia intrigado com o cadáver.

— Um lugar sórdido para se colocar uma marca.

Ghastek era uma pessoa sórdida.

— Verdade.

Mais uma pausa.

— Deixe-me acompanhá-la até lá em cima — disse ele.

Que encantador. Ele estava querendo ter certeza de que eu não continuaria mutilando cadáveres. Dei-lhe um sorriso arrasador.

— Claro.

Ele não ficou admirado. Droga, era a segunda vez que meu sorriso falhava hoje.

Saímos, caminhando lado a lado. Esperei enquanto ele trancava a grade atrás de nós.

— Então, o que você faz aqui, Dr. Crest?

Ele fez uma careta.

— Acho que você pode chamar de caridade.

Fiz a pergunta:

— Caridade?

— Sim. Realizo cirurgia reconstrutiva. — Olhou para mim como se estivesse com medo de que eu fosse pedir uma plástica no nariz. — Deixo os cadáveres apresentáveis. Nem todos podem pagar, então faço de graça aqui duas vezes por semana.

Assenti com a cabeça.

— São crianças, na maioria — disse ele. — Dilaceradas e mutiladas. Não é uma visão bonita. Um desperdício.

Chegamos ao piso superior. Ele esperou enquanto eu falava com o funcionário e anotava o telefone de Julianne, em seguida me acompanhou até a porta.

— Então, vou ver você de novo? — perguntou.

— Espero que não na mesa de operação — disse e saí do prédio. Enquanto andava na direção da Karmelion, podia sentir Crest me observando.

Um homem estava encostado na minha caminhonete. Ele vestia uma camisa cinza-escuro, calça jeans preta, botas macias e um casaco preto que pretendia ser uma capa. Enquanto eu estava no necrotério, o sol atravessara as nuvens, inundando as ruas de luz. Ele parecia desprezar os raios de sol — não era um homem, mas um retângulo de escuridão contra a mortalha da luz solar.

Uma mulher que subia a rua atravessou para longe dele. As pessoas não o encaravam; na verdade, elas se concentravam tanto em ignorar sua presença que alguém podia deixar uma nota de vinte dólares cair no chão e ninguém notaria.

Os olhos do homem seguiam meus movimentos. Parei a alguns metros de distância e olhei para ele.

Ele colocou a mão no bolso interno do casaco e jogou para mim o que parecia ser uma longa fita amarela. Eu a apanhei no ar. O corpo frio e liso se enrolou no meu pulso, e a cabeça da cobra serpenteou para atacar meu rosto. Apertei seu pescoço com os dedos da mão esquerda e a paralisei a dez centímetros da minha bochecha. A língua de cobra dançou entre os lábios escamosos. Membranas vermelhas como sangue e tingidas de roxo despontavam de ambos os lados da cabeça, abrindo-se como as asas de uma borboleta enorme. O filhote de cobra alada estremeceu, tentando alçar voo, mas eu o segurei firme.

— Me desculpe, Jim.

Ele esticou os braços, indicando algo com cerca de um metro de largura. O casaco se abriu o suficiente para mostrar os músculos do seu peito sob o tecido da camisa.

— O ninho era deste tamanho, Kate. — A voz dele tinha o tom suave e quase melodioso de um homem menos perigoso e muito mais bonito. Contrastava com a cara feia de buldogue. — Você está me devendo e me deu um bolo. Tive que fazer o trabalho sozinho.

A cobra se contorceu numa débil tentativa de afundar as presas no meu braço. Os longos dentes triangulares não continham veneno, mas a mordida doía como o inferno.

— Greg morreu — disse.

Houve uma pequena pausa antes de ele perguntar:

— Quando?

— Há dois dias. Ele foi assassinado.

— Você está no caso?

— Sim.

Ficamos imóveis por um tempo, presos num silêncio desconfortável. Ele desencostou da minha caminhonete, movendo-se com a graça animal que somente um metamorfo experiente conseguia ter.

— Se precisar de alguma coisa, sabe onde me encontrar.

Concordei com a cabeça e o observei subir as escadas do necrotério.

— Jim?

Ele me olhou por cima do ombro, desconfiado.

— O quê?

— O que você está fazendo no necrotério?

— Assunto da Matilha — disse ele e seguiu em frente.

Todos tinham assuntos para tratar no necrotério hoje em dia. Até mesmo Jim. Eu ainda lhe devia um favor por ele me tirar de um poço de lama cheio de neve derretida e de hidras no inverno passado. Ele era a coisa mais parecida com um parceiro que eu tinha. De vez em quando nós dividíamos os trabalhos como mercenários da Associação. Desta vez eu dera um bolo nele. Teria que compensá-lo. Mas primeiro precisava descobrir quem matara Greg. Para isso, tinha que saber o que o vampiro de Ghastek estava fazendo na cena do crime.

Aliviei a pressão sobre o pescoço da cobra e a lancei com suavidade para o ar. A serpente despencou e então levantou voo. Subiu mais e mais alto, muito acima dos telhados à luz do sol, até que finalmente desapareceu de vista.

Quando estiver em dúvida e com necessidade de informações, encontre um dedo-duro e o coloque contra a parede até ele falar. Aquela era uma das poucas técnicas investigativas que eu conhecia. Na verdade, essa e a de "incomodar os principais envolvidos até a parte culpada decidir matar você" resumia a coisa toda para mim. Cuidado comigo, Sherlock.

Eu definitivamente estava em dúvida e precisava de informações sobre o vampiro morto de Ghastek, e sabia exatamente quem colocar contra a parede. Ele tinha cabelo espetado, usava couro preto e se chamava de Bono em homenagem a um cantor há muito esquecido. Ele também era oficial de Ghastek.

Se você tivesse talento para a necromancia ou necronavegação, o cuidado e comando dos mortos, qualificava-se como aprendiz. Quando adquiria um pouco de conhecimento, se tornava um oficial. Para seguir adiante, necessitava de poder genuíno e determinação para ter sucesso. A maioria dos membros da Nação nunca recebia o diploma de oficial. Bono estava no segundo ano. Seu conhecimento dos mortos era quase enciclopédico. Na última vez em que nos encontramos, ele me dera um artigo para meu Almanaque sobre uma criatura eslava devoradora de cadáveres chamada upir. Mas eu tinha o pressentimento de que sua experiência terminava na teoria. Meu palpite era de que ele não se tornaria um Mestre dos Mortos tão cedo.

Bono era fácil de encontrar. Ele frequentava o Andriano's, um lugar bastante tranquilo para um bar, ao contrário dos estabelecimentos recém-reformados de Atlanta Underground, onde os bares eram mais barulhentos e a maioria das boates tinha a palavra "dor" no nome. O Andriano's se localizava num lugar agradável na Avenida Euclid, em Little Five Points, e atendia uma clientela de classe média.

O rosto bonito, o cabelo e a jaqueta de Bono garantiam que ele fosse notado. As mulheres gostavam de sua companhia. E ele também gostava delas, mas sua ênfase estava na quantidade. Eu nunca o vira duas vezes com a mesma mulher. De vez em quando, alguém tentava lhe chutar o traseiro e deixava algumas manchas do próprio sangue no chão e nos móveis. Uma pessoa que passara seus anos de formação cuidando de uma criação de vampiros era difícil de combater.

Eu poderia ir direto à fonte e perguntar a Ghastek sobre seu vampiro. O problema era que para confrontá-lo eu teria que entrar no Cassino, o quartel-general da Nação. E entrar no Cassino significava encontrar Nataraja, o grande líder da Nação na cidade, chefe e supervisor de Ghastek. Nataraja era o pior tipo de verme, porém tinha uma sensibilidade excepcional para a magia. Acho que ele não sabia muito bem o que sentia quando eu estava por perto, mas queria muito descobrir. Sempre que nos encontrávamos, ele tentava me forçar a dar uma demonstração de poder. E eu não podia me arriscar a isso, especialmente agora com as quatro novas palavras de poder martelando na minha cabeça. Teria de ir ao Cassino em breve, mas, por enquanto, falar com o oficial de Ghastek seria suficiente.

Eram quase onze horas da noite quando cheguei ao Andriano's. Bono raramente aparecia antes de escurecer e eu usara esse tempo para levar a caminhonete para casa e voltar com Betsi, meu velho Subaru caindo aos pedaços. Parecia que ia ficar presa na cidade por um bom tempo. Já que a magia cairia, como sempre, eu precisaria de um carro que funcionasse com tecnologia.

Paguei cinquenta dólares para rebocar Betsi até o apartamento de Greg. Eu estava no ramo errado.

Entrei no Andriano's. O bar estendia-se pelo comprimento do salão, resguardado por uma fileira de bancos altos. Dois clientes olhavam para suas bebidas no canto mais distante. Uma loura com maquiagem demais sorvia um drinque com frutas em um copo de marguerita. Através da porta em arco eu conseguia ver o segundo salão, lotado de cabines privativas vermelhas que Andriano deve ter roubado de uma lanchonete de fast-food.

O barman, de braços compridos e cabelos escuros, acenou para mim. Magro e fleumático, com um rosto fino e inteligente, ele parecia mais um acadêmico do que um barman. Seu nome era Sergio e ele sabia o tamanho certo da fatia de limão que se colocava numa Corona, o que fazia dele um homem que valia a pena conhecer. Eu lhe passei duas notas de vinte. Sergio levantou uma sobrancelha para mim.

— Para quê isso?

— No caso de alguma coisa se quebrar. Bono e eu vamos ter uma conversinha. Ele está aqui?

Sergio apontou em direção ao salão com cabines e deu de ombros, guardando o dinheiro.

— Fique longe das janelas — disse ele. — São caras demais para você.

O salão dos fundos era parcamente iluminado por lanternas de energia. Bono preferia uma cabine no canto, a mais distante da porta. Esperei um momento, investigando o lugar, e avistei o cabelo preto espetado. Marchei decidida na direção da cabine.

Bono tinha companhia. A julgar pelo sorriso místico de "olha-querida-eu-sou-um-estudante-de-magia" nos lábios, estava com companhia feminina. Não importava.

Ele pausou o flerte para olhar ao redor da sala e reparou em mim. Deve ter visto alguma coisa de que não gostou, porque o sorriso sumiu de seu rosto. Ele se endireitou na cadeira.

Coloquei a mão atrás das costas. Meus dedos agarraram o cabo da Matadora e a desembainhei em um movimento suave e fluido. Bono desceu a mão da mesa, tateando em busca de uma arma. Ele carregava uma pistola Colt nove milímetros no bolso da jaqueta.

Parei diante da cabine. Uma ruiva magra em um vestido curto tomara-que-caia estava sentada na frente de Bono. Coloquei o sabre sobre a mesa. Bono "fedia" a vampiros e o sabre brilhou fracamente, uma fatia de luar contra a madeira escura. A ruiva arregalou os olhos. O rosto de Bono descontraiu-se um pouco, mas ele continuou a me encarar.

— Ei, Bono — disse. — Que bom te ver. Fodeu algum cadáver recentemente?

A última esperança de uma noite relaxante desapareceu de seu rosto.

— Nenhum que seja da sua conta.

A ruiva se levantou da cabine e foi embora, tentando resgatar algum resto de dignidade. Bono deu um olhar pensativo para o traseiro em retirada e se virou para mim.

— Você a assustou. Não foi legal, Kate.

Levantei uma sobrancelha para ele e deslizei no assento desocupado pela ruiva.

— Você leu o artigo que lhe dei? — perguntou ele.

— Não.

— Pois deveria, Kate. Você deveria ler sobre os upiri.

Percorri a lâmina da Matadora com o dedo. Doeu um pouco quando a descarga de magia tocou minha pele.

— Quero saber sobre a morte do cavaleiro-místico. Quero saber por que um dos sugadores de sangue de Ghastek estava na cena do crime. Quero saber quem o estava comandando e o que viu. Quero saber o que arrancou a cabeça dele. E o que mais você achar necessário acrescentar.

Bono mostrou as garras.

— Você está um pouco irritadinha hoje, não?

Minha mão fechou-se sobre o cabo do sabre.

— Você não tem noção.

Ele se reclinou.

— Vá em frente — disse ele. — Quer brincar? Enfio esse sabre no seu rabo.

Dei um sorriso forçado para ele.

— Você não consegue me derrotar, Bono. Vá em frente e tente. Você indica os socos que vai dar, deixa o ombro esquerdo desprotegido e sua arma não vale porra nenhuma sem magia. Então, vamos lá. Mostre o que pode fazer.

Vi os olhos dele e soube que meu sorriso tinha se transformado em uma careta de raiva.

— Preciso mesmo machucar alguma coisa. Vai me fazer bem. — Eu estava quase rindo, era difícil me conter. — Dê motivo. Vamos lá, Bono. Só me dê a porra de um motivo.

A magia cresceu em torno de mim, extraída do ambiente pelas emanações do meu sangue. Se magia tivesse cor, eu estaria no meio de um turbilhão vermelho. A Matadora irradiava uma cor prata brilhante, alimentando-se da minha raiva. Ela queria cortar carne quente e eu estava prestes a deixá-la fazer isso.

Bono piscou os olhos. Ele sentiu o influxo mágico e sugou o ar para os pulmões com uma inspiração aguda.

— Você é louca.

— Muito.

Seu rosto se acalmou, e eu soube que tínhamos nos afastado de um penhasco. A luta não aconteceria hoje.

Bono inclinou-se para a frente.

— E se eu dissesse que nós não temos nenhum envolvimento com a morte do cavaleiro-místico? E, mesmo se tivéssemos, não temos de falar com você.

O proverbial "nós". Ruminei aquilo por um tempo e disse:

— Nesse caso, vou me levantar e andar até o bar, onde darei dois telefonemas. Primeiro, vou ligar para o cavaleiro-protetor, para quem trabalho agora, e contar que um vampiro pertencente a Ghastek está envolvido no assassinato do cavaleiro-místico. Contarei que tentaram esconder sua marca, o que é ilegal, e que o oficial de Ghastek se recusou a discutir o assunto comigo e me ameaçou de morte. Então, ligarei para Ghastek e informarei que sei por que o mundo começou a desabar ao seu redor. E vou explicar-lhe que a razão é você.

Ele me encarou.

— Pensei que tivéssemos boas relações. Nós nos cumprimentamos. Não perturbamos um ao outro. Compartilhei minha pesquisa com você.

Dei de ombros.

— Você não vai fazer isso — disse ele com segurança. — Sabe o que Ghastek faria comigo. Você é uma boa pessoa.

— O que exatamente no meu histórico faz você pensar que eu seja uma boa pessoa?

Ele não soube responder e balançou a cabeça.

— Por que eu?

— Por que não? Conte o que eu quero saber e vou embora. Ou vou ferir você de uma maneira ou outra.

Bono estava encurralado. Sem ter para onde ir, a não ser fora do ringue.

— Eles são chamados de sombras — disse ele, o rosto bonito marcado de resignação. — Vampiros com marcas escondidas. Ghastek não é o único a usá-los, mas ele os usa muito, se você entende o que quero dizer.

— O que aquele em particular estava fazendo?

— Seguindo o cavaleiro-místico. Não sei por quê.

— Quem o estava comandando?

Bono hesitou.

— Merkowitz.

— O que ele viu?

Bono espalmou as mãos.

— O seu palpite é tão bom quanto o meu. Você sabe o que acontece com um comandante quando o vampiro que está comandando morre?

Eu tinha uma vaga ideia, mas informação nunca era demais.

— Explique.

— A menos que você se proteja, sofrerá o choque da morte. Ou seja, achará que sua cabeça está sendo arrancada, o que deixará seu cérebro muito confuso. Acrescente a isso a explosão de merda que o cavaleiro-místico lançou e mais a magia que o atacante emitiu, e você terá Merkowitz. Nunca gostei do idiota. Tenho que admitir que ele fica ótimo como vegetal.

Aquilo acabou com minhas esperanças.

— Não reage?

— Tanto quanto uma parede de tijolos.

— Quanto tempo ele ficará assim?

— Estão trabalhando nele agora, mas ninguém sabe quando ele sairá dessa. É difícil convencer alguém de que não está morto quando sua mente decidiu o contrário.

— A Nação tem alguma ideia de quem teria poder suficiente para matar um cavaleiro-místico e um vampiro dessa maneira?

Bono olhou para a parede.

— Preciso de um nome — eu disse.

— Corwin. Você não ouviu isso de mim. — Ele se levantou com um movimento fluido e foi embora.

Esperei alguns minutos, fui até ao bar e bebi uma Corona gelada com uma rodela de limão. Eu assustara Bono.

Uma pequena parte de mim se sentiu mal por isso. A maior parte se lembrava de que ele comandava vampiros como carreira e chutava os adversários quando já estavam no chão.

O rosto de Greg me veio à mente. Tomei um grande gole de Corona. Sentia-me derrotada e cansada. Que dia longo... Esperava mais do que Bono tinha me dado. Ainda assim, eu tinha um nome. E tinha o banco de dados de Greg, onde podia procurar por ele. O dia não fora um desperdício total.

A escuridão encobria as escadas do edifício de apartamentos de Greg. Nenhuma lâmpada iluminava os degraus de concreto. Quando cheguei ao primeiro andar, vi o porquê — as lâmpadas elétricas explodiram. Acontecia às vezes durante uma flutuação intensa nos lugares onde a magia era muito forte. As lâmpadas mágicas fluorescentes geralmente davam conta do trabalho, funcionavam convertendo a magia do ambiente em luz fraca e azulada, mas esta noite também estavam apagadas. A flutuação deve ter sido muito forte e os conversores das lâmpadas tinham superaquecido e queimado.

Senti-me estranha voltando à casa de Greg. Não exatamente desconfortável, mas tampouco feliz por estar lá. Infelizmente, não tinha escolha. Eu teria que passar algum tempo nesta cidade podre e precisava de uma base. O apartamento de Greg era perfeito: seus feitiços de proteção foram codificados para mim e ele tinha uma boa coleção de ervas essenciais, livros de referência e outras coisas úteis. Seu arsenal era decente, mas ele gostava de armas em bastão, enquanto eu preferia espadas. Clavas e martelos exigiam muita força. Eu era uma mulher forte, mas não nutria ilusões. Em uma competição de força contra um homem do meu tamanho e com o mesmo treinamento, ele acabaria comigo. A minha sorte era que pouquíssimos homens tinham o meu treinamento.

Subi as escadas escuras, fantasiando sobre comida e um bom banho. O feitiço que protegia a porta do apartamento vibrou com o toque da minha mão e ela se abriu com uma pulsação azul. Entrei, tirei os sapatos e fui até a cozinha. A vantagem de ter uma espada mágica era que suas secreções liquefaziam a carne dos mortos-vivos. A desvantagem era que a lâmina precisava ser alimentada pelo menos uma vez por mês, ou se tornaria frágil demais e quebraria.

Tirei um aquário de um metro de comprimento do fundo do armário e encontrei o saco de ração que mantinha no apartamento de Greg para um caso de emergência. Marrom acinzentada, a ração se assemelhava a farinha de rosca. A maior parte era mesmo farinha de trigo, mais raspas de metais como cobre, ferro e prata e conchas do mar moídas até virar um pó fino, junto com farinha de carne, ossos e calcário.

Enchi o aquário com água, adicionei uma xícara de ração e dissolvi a mistura com uma longa colher de pau até a solução ficar turva e não haver nenhum pedaço de ração preso no fundo. Quando terminei, mergulhei o sabre e lavei as mãos.

A luzinha vermelha da secretária eletrônica estava piscando. Não deveria estar, já que a magia estava no auge. A magia era uma coisa engraçada. Às vezes os telefones funcionavam, outras, não.

Sentei-me na cadeira e apertei o botão da secretária eletrônica. A voz ansiosa de Anna preencheu a sala:

— Kate, sou eu.

Sentei-me mais ereta. Anna não estava ansiosa. Talvez tenha sido a morte de Greg. O divórcio tinha dez anos, mas ela ainda deveria sentir algo por ele.

— Ouça atentamente, enquanto eu me lembro. — A exaustão se insinuava em sua voz e percebi que ela acordara de uma visão. O fato de saber que eu estaria no apartamento de Greg era tão evidente para ela que nem se incomodou em comentar. Às vezes, ser clarividente era muito útil.

— Uma floresta — disse a voz de Anna. — Muito verde, muito saudável, no final da primavera ou início do verão. O ar cheira a umidade. Há ídolos altos de madeira sob algumas das árvores. Eles são antigos. O tempo suavizou as bordas das esculturas. Os ídolos mudam de forma. Um deles parece um velho, mas também um urso com chifres, segurando algo... talvez um pires com água. Outro velho está postado em cima de um peixe, acho que ele tem uma roda na mão. Um homem com três rostos, os olhos cobertos, sentado à sombra. Mal consigo vê-lo.

O primeiro era Veles; o terceiro, Triglav. Panteão eslavo. Eu teria que pesquisar o segundo.

— Um homem está diante deles, rodeado por uma ninhada de filhos. Tem algo muito *errado* com eles. Eles não se encaixam, não são humanos nem animais, nem vivos nem mortos. Atrás dele estão seus servos. Eles têm cheiro de morte-vida. — Anna respirou fundo. — O homem está se masturbando. À direita, há algo aparecendo e desaparecendo. Uma criança, talvez? À esquerda, você está sentada de pernas cruzadas na grama comendo um cadáver.

Que lindo.

— Eu sei que Greg morreu — disse ela. — Sei que você está procurando o assassino. Você deve largar esse caso, Kate. Sei que você vai me ignorar, mas tenho que avisá-la. Isso não é bom, Kate. Não é nada bom.

CAPÍTULO 3

Acordei oito horas mais tarde, cansada e com enxaqueca. Pretendia ligar para Anna, mas em vez disso eu caíra na cama e meu corpo desligara meu cérebro pelo resto da noite.

O telefone já não funcionava mais. Sentei-me na cama e olhei para ele. Até agora, eu conseguira algumas informações sobre um pelo, mas não a espécie verdadeira; algumas linhas que poderiam ou não ser resultado de um defeito no leitor-m; e o nome de um personagem noturno dado sob pressão por um oficial da Nação que faria qualquer coisa para se livrar de mim. Além disso, havia um provável pelo felino num vampiro morto, o que colocava a Matilha e a Nação em rota de colisão. Imaginei dois colossos se digladiando por toda a cidade, como monstros num filme de terror antigo, e eu como um mosquito no meio deles.

Seria um banho de sangue ao qual a maior parte da cidade não sobreviveria. Logo, o truque não era sobreviver, mas impedir que aquilo acontecesse.

No meu devaneio, o mosquito chutava um colosso no saco e acertava o outro com um soco no queixo.

Tentei o telefone novamente. Ainda não funcionava. Eu o xinguei e fui me vestir.

Uma hora depois entrei no escritório de Greg. Ninguém me desafiou. Ninguém olhou e me perguntou por que cargas d'água o caso ainda não fora resolvido, ou por que cheguei tão tarde. A falta de drama foi muito decepcionante.

Consultei o banco de dados de Greg. Os arquivos não continham nenhuma pasta com o nome de "Corwin", mas no último encontrei uma pilha de pastas marcadas com um ponto de interrogação, então as examinei na tênue esperança de encontrar algo. Qualquer coisa. Caso contrário, teria que agarrar as pessoas na rua e gritar: "Você conhece Corwin? Onde ele está?"

As pastas protegiam as observações de Greg, escritas em seu código particular. Franzi a testa enquanto estudava uma nota indecifrável atrás da outra. "Glop. Ag. Bl.-7". "Bl" só poderiam ser balas. "Ag" poderia ser argentium, prata. O que raios significava "Glop"?

Minhas esperanças diminuíram enquanto folheava página após página, e, quando me deparei com aquilo, meu cérebro quase não o registrou. Em uma única página, estava rabiscado "Corwin" e ao lado do nome havia dois desenhos. Um deles era uma execução muito desajeitada de uma luva com lâminas afiadas saindo dos dedos. O outro era um rabisco bizarro contra um semicírculo escuro. Olhei para o rabisco. Não significava nada para mim.

O telefone tocou.

Olhei para ele. Tocou novamente. Eu me perguntei se deveria atender.

O interfone ligou e a voz de Maxine disse:

— Você deveria, querida. É para você.

Como ela sabia? Eu atendi.

— Alô?

— Olá, raio de sol — disse a voz de Jim.

— Estou meio ocupada.

Virei a pasta de lado e contemplei o rabisco. Nada ainda.

— Não me diga — disse ele.

— Sim. Nada de trabalho para mim.

— Não foi por isso que liguei.

Franzi a testa e virei a pasta de cabeça para baixo.

— Sou toda ouvidos.

— Alguém quer conhecer você — disse ele.

— Diga para entrar na fila — resmunguei. O rabisco quase se parecia com alguma coisa.

— Não estou brincando.

— Você nunca brinca porque está sempre muito ocupado provando que é durão. Fala sério, capa de couro preto. No meio da primavera em Atlanta? Além do mais, não tenho tempo para conhecer ninguém.

Jim abaixou a voz e falou muito nitidamente cada palavra:

— Pense com muito cuidado. Você realmente quer dizer não para o *cara*?

A maneira como ele disse "cara" chamou minha atenção. Parei e pensei bem sobre que tipo de "cara" faria Jim usar aquele tom de voz.

— O que eu fiz para merecer a atenção do Senhor das Feras? — perguntei secamente.

— Você está sentada no escritório do cavaleiro-místico, não é?

Touché.

O Senhor das Feras era o Rei da Matilha, o senhor dos metamorfos, e ele governava seus irmãos com mão de ferro. Poucos já o viram e a menção de seu título era suficiente para fazer o metamorfo mais barulhento se calar. Em outras palavras, ele era precisamente o tipo de cara que meu pai e Greg tinham me avisado para evitar. Cerrei os dentes, pensando numa maneira de me safar daquilo. Teria de visitar o quartel-general da Nação mais cedo ou mais tarde para saber mais sobre o vampiro. Mas, até agora, nada exigia que eu entrasse no covil da Matilha.

— Sua segurança está garantida — disse Jim. — Eu vou estar lá.

— Esse não é o motivo — murmurei. Tinha que haver uma maneira de recusar esse convite. Olhei para o rabisco teimoso.

— Veja bem — disse Jim, fazendo uma tentativa óbvia de soar razoável —, considere...

— Diga que eu o encontrarei hoje à noite em algum lugar isolado — disse. —Responderei suas perguntas se ele responder as minhas.

— De acordo. Às onze horas, na esquina da Unicorn com a Décima Terceira.

Ele desligou. Tamborilei os dedos na mesa. Finalmente entendi o rascunho. A silhueta da cabeça de um lobo uivando para o semicírculo da lua. O símbolo da Matilha. Corwin pertencia à Matilha.

Havia uma questão sobre Maxine para cuidar. Eu me concentrei e sussurrei tão baixo que não consegui me ouvir. Comunicadores de verdade conseguiam se concentrar o suficiente para transmitir seus pensamentos sem vocalização, mas eu ainda precisava mover os lábios como uma idiota.

— Maxine?

— Sim, querida? — disse a voz de Maxine na minha cabeça.

— Houve outras ligações para mim?

— Não.

— Obrigada.

— De nada.

Coloquei o arquivo de volta no lugar e saí do escritório. Maxine era telepata. E poderosa. Daqui em diante, não pensaria em nada lá dentro.

Fui embora rapidamente, quase correndo pelas escadas. Não era fácil me acostumar com a ideia de ter alguém vasculhando a minha cabeça.

Voltei para o apartamento. Sentei-me no chão, me inclinei contra a porta e respirei fundo. A vida inteira fui ensinada a ficar longe do caminho dos poderosos. Não chame atenção para si mesma. Não se mostre.

Proteja o seu sangue, pois ele a trairá. Se você sangrar, limpe-se e queime o pano. Queime as bandagens. Se alguém obtiver um pouco do seu sangue, mate-o e destrua a amostra. No início, era uma questão de sobrevivência. Mais tarde tornou-se uma questão de vingança.

Conhecer o Senhor das Feras significava mergulhar de cabeça na política sobrenatural de Atlanta. Ele era um dos pesos-pesados. Eu poderia escolher não me encontrar com ele.

Tudo o que tinha que fazer era desistir. Seria tão fácil. Uma visão de mim, de cócoras sobre um cadáver humano, enchendo a boca de pedaços de carne mole, passou diante dos meus olhos.

O apartamento estava em silêncio. Senti a presença de Greg. Tudo ali estava impregnado com sua vitalidade, com o que o fazia ser quem era. Ele era como meu pai, direto, inflexível, fazendo suas coisas sem nunca se preocupar sobre o que mundo pensaria.

Eu não podia deixar pra lá. Iria descobrir quem o matou e puni-los, se não por Greg, então por mim, caso contrário não seria capaz de me olhar no espelho.

Quando a vida encurrala você e não oferece escapatória, quando seus amigos, sua amante e sua família o abandonam, quando você está no fundo do poço, em pânico, sozinho e perdendo a cabeça, sabe que daria qualquer coisa para fazer seus problemas desaparecerem. Então, desesperado e ávido, você virá para a Avenida Unicorn, buscando salvação em suas magias e segredos. Você fará qualquer coisa, pagará qualquer preço. A Avenida Unicorn o acolherá, envolverá você com seu poder, resolverá seus problemas e lhe cobrará o preço. E então você aprenderá o que "qualquer coisa" realmente significa.

Toda cidade tem um daqueles bairros — lugares perigosos e sinistros — tão traiçoeiros que até mesmo os criminosos que atacam outros criminosos os evitam. A Avenida Unicorn era um desses lugares. Com trinta quarteirões de largura e oito de profundidade, ela atravessava o que costumava ser o centro da cidade como um punhal. Lá erguiam-se arranha-céus parcialmente desmoronados, testemunhas silenciosas da tecnologia do passado, as ruínas do GLG Grand, do Promenade II e do One Atlantic Center, corroídos até as estruturas pela magia. O entulho bloqueava as ruas e o esgoto transbordava de canos quebrados, formando correntes de água fétida. A magia se acumulava ali, perdurando mesmo durante as ondas de tecnologia mais fortes, e coisas horríveis que fugiam da luz se refugiavam lá, entre as carcaças enegrecidas dos edifícios destruídos. Magos lunáticos, lupinos cruéis e perversos que temiam a morte na mão da implacável Matilha, satanistas e necromantes desmoralizados, todos corriam para a Unicorn, pois, se conseguissem chegar lá e sobreviver, não haveria policial neste mundo que os forçaria a sair. A Avenida Unicorn cuidava dos seus moradores.

Um lugar infernal para um encontro.

Dirigi até a Décima Quarta, estacionei a Karmelion em um beco isolado e caminhei os dois quarteirões restantes. Logo adiante, havia um muro de pedra desmoronado, uma tentativa lamentável de algum idiota no Conselho Municipal de conter a Avenida Unicorn. Subi sobre os destroços. Um grande bloco de concreto barrava o meu caminho. Parecia escorregadio, quase viscoso, e saltei sobre ele.

Aqui, até o luar se enfurecia e rosnava como um cão raivoso, e a magia mordia sem dar aviso.

Cinco minutos mais tarde, uma placa afixada no lado de uma casa abandonada anunciava que eu chegara ao meu destino, a esquina da Décima Terceira com a Unicorn. Na minha frente, um antigo condomínio de apartamentos olhava para a rua com janelas vazias. À direita, um emaranhado de estrutura de concreto e aço marcava as ruínas de um edifício de escritórios. Os escombros bloqueavam a rua, enterrando o piso sob o entulho. A rua estava livre do lado esquerdo, mas envolta na escuridão. Fiquei quieta, esperando, ouvindo.

O luar se derramou sobre as ruínas. A escuridão espessa e retinta se acumulava nos nichos e buracos e se estendia, misturando-se à luz e produzindo penumbras que confundiam o limite entre o real e o imaginário. A paisagem misteriosa parecia falsa, como se os edifícios arruinados tivessem desaparecido, deixando para trás sombras traiçoeiras de si mesmos. Nas profundezas da Avenida Unicorn, algo uivou, dando voz a uma alma torturada. Meu coração disparou.

Algo ou alguém me observava da escuridão. Senti seu olhar me oprimir como um peso físico. Segundos se arrastaram, seguidos de minutos. Depois de um tempo, olhei de relance para o relógio. Estava parado.

Em algum lugar na escuridão rondava o Senhor das Feras. Eu não sabia como ele era. Não sabia qual era sua espécie. Poucas pessoas fora da Matilha afirmavam conhecê-lo e ninguém parecia disposto a relatar a experiência. A única certeza era o seu poder. Pela última contagem, ele comandava uma força de trezentos e trinta e sete metamorfos somente em Atlanta. Não estava no comando por ser o mais inteligente ou popular; governava porque, dentre esses 337, ele era inquestionavelmente o mais forte. O Senhor das Feras comandava pelo direito do poder; ou seja, ele ainda não conhecera ninguém capaz de chutar-lhe o traseiro.

Entre os metamorfos, os lobos eram os mais numerosos, em seguida vinham as raposas, os chacais, os ratos e depois as hienas e os felinos menores: linces, gatos e guepardos. Havia formas mais exóticas também, como os búfalos e as serpentes, mas os búfalos formavam seu próprio Rebanho no Centro-Oeste e as serpentes eram solitárias. Todas as formas de fera eram maiores do que suas contrapartes naturais; um metamorfo médio em forma de lobo chegava perto dos cem quilos, enquanto o lobo-cinzento natural pesava quarenta quilos a menos. Do ponto de vista biológico, a transformação de um ser humano de setenta quilos em um animal de cem quilos não fazia o menor sentido, mas, quando se tratava de transmutação, a massa flutuante era a menor das anomalias. A magia não podia ser medida nem explicada em termos científicos, pois crescia através da destruição dos próprios princípios naturais que tornavam possível a ciência tal como as pessoas a conheciam.

Outro uivo rompeu o silêncio, ainda muito longe para ser uma ameaça. O Senhor das Feras, o líder, o macho alfa, tinha que impor sua posição tanto pela determinação quanto pela força física. Teria que enfrentar qualquer desafio ao seu governo, então era improvável que se transformasse em lobo. Um lobo teria pouca chance contra um felino. Os lobos caçavam em bando, sangrando suas vítimas e as perseguindo até a exaustão, enquanto os felinos eram predadores solitários, concebidos para matar rapidamente e com precisão letal. Não, o Senhor das Feras teria de ser um gato, um jaguar ou um leopardo. Talvez um tigre, apesar de todos os casos conhecidos de transmutação em tigres ocorrerem na Ásia e ser possível contá-los nos dedos.

Ouvi rumores sobre o Kodiak de Atlanta, uma lenda sobre um urso-pardo enorme e cheio de cicatrizes de lutas rondando as ruas em busca de criminosos da Matilha. A Matilha, como qualquer organização social, tinha seus infratores. O Kodiak era seu carrasco. Talvez Sua Majestade se transformasse em urso. Droga. Eu deveria ter trazido mel.

Minha perna esquerda estava ficando com câimbra. Depositei o peso do corpo sobre o outro pé...

Um rosnado baixo de aviso congelou meus movimentos. Vinha do buraco escuro no prédio do outro lado da rua e se insinuava através das ruínas, despertando antigas lembranças de um tempo em que os seres humanos eram criaturas sem pelos e patéticas, encolhendo-se sob a chama fraca da primeira fogueira e vasculhando a noite com olhos assustados, porque ela escondia predadores monstruosos e famintos. Meu subconsciente gritou em pânico. Lutei contra o medo e estalei o pescoço, lentamente, um lado e depois o outro.

Uma sombra esguia se moveu no canto do meu olho. À esquerda e acima de mim, um gracioso jaguar se esticava sobre o bloco de concreto, uma elegante estátua envolta no metal líquido do luar.

Homo Panthera onça. O predador que abate sua presa com um único salto.

Olá, Jim.

O jaguar olhou para mim com olhos cor de âmbar. Lábios felinos se esticaram em um sorriso surpreendentemente humano.

Ele poderia rir se quisesse. Não sabia o que estava em jogo.

Jim virou a cabeça e começou a lamber a pata.

Com o sabre firme na mão, atravessei a rua e entrei na abertura. A escuridão me engoliu por inteira.

Senti o cheiro de almíscar persistente dos felinos. Então, não é um urso afinal de contas.

Onde ele estava? Examinei o prédio, perscrutando as trevas. O luar entrava pelas frestas nas paredes, criando uma miragem de crepúsculo e completa escuridão. Eu sabia que ele estava me observando. Se divertindo.

A diplomacia nunca fora meu forte e minha paciência tinha se esgotado. Eu me agachei e chamei:

— Aqui, gatinho, vem cá, gatinho.

Dois olhos dourados flamejaram na parede oposta. Uma forma se agitou dentro da escuridão e se ergueu, levando os olhos para o alto até que se elevaram acima de mim. Uma única pata enorme moveu-se sob o luar, levantando poeira do chão imundo. Garras tenebrosas lançaram-se para a frente e se recolheram. Um ombro gigantesco se seguiu, com a pelagem cinza marcada por listras esfumadas. O corpo imenso deu um passo para a frente, vindo em minha direção, e eu perdi o equilíbrio e caí de bunda na sujeira. Deus do céu, aquilo não era apenas um leão. Essa coisa tinha pelo menos um metro e meio de altura até o ombro. E por que ele era listrado?

O gato colossal andou ao meu redor, metade na luz e metade na sombra, com a juba negra sacudindo enquanto se movia. Eu me levantei com dificuldade e quase esbarrei no focinho cinzento. Nós olhamos um para o outro, o leão e eu, nossos olhares no mesmo nível. Então me virei e comecei a limpar a poeira do meu jeans da maneira mais indigna.

O leão desapareceu em um canto escuro. Um sussurro de poder pulsou pelas paredes, mexendo com os meus sentidos. Se eu não fosse mais esperta, diria que ele acabara de mudar de forma.

— Gatinho, gatinho? — perguntou uma voz sensata de homem.

Dei um salto. Nenhum metamorfo passava de animal para ser humano sem tirar um cochilo. Para uma meia-forma, sim, mas homens-fera tinham dificuldade para falar.

— É — disse. — Você me pegou desprevenida. Na próxima vez, vou trazer leite e brinquedos com catnip.

— Se houver uma próxima vez.

Eu me virei e lá estava ele, vestindo uma camiseta larga e calças de moletom. Um metamorfo recatado, que original. Você nem saberia que ele tinha mudado, exceto pelo brilho reluzente de umidade em sua pele.

Ele me examinou lentamente, me avaliando, formando uma opinião sobre mim.

Eu poderia corar acanhadamente ou fazer o mesmo com ele. Escolhi não corar.

Alguns centímetros mais alto que eu, o Senhor das Feras dava a impressão de poder intricado. Postura relaxada e equilibrada. Cabelos louros, cortados curtos demais para agarrar. À primeira vista, ele parecia ter vinte e poucos anos, mas seu físico o traía. Os ombros tensionavam a camiseta. As costas eram largas e musculosas, mostrando o poder e a força que um homem desenvolvia aos trinta anos.

— Que tipo de mulher cumprimenta o Senhor das Feras com um "Aqui, gatinho"? —perguntou ele.

— Uma muito especial. — murmurei a resposta óbvia. Em algum momento eu teria que olhar nos olhos dele. Melhor fazer isso o quanto antes.

O Senhor das Feras tinha um queixo forte e quadrado. Seu nariz era estreito, com uma ponte disforme, como se tivesse sido quebrada mais de uma vez e não tivesse sarado direito. Considerando os poderes regenerativos dos metamorfos, alguém deve ter batido em seu rosto com uma marreta.

Nossos olhares se encontraram. Faíscas douradas dançavam em seus olhos cinzentos. Seu olhar me fez querer curvar a cabeça e desviar os olhos.

Ele me observou como se eu fosse um lanche novo e interessante.

— Eu sou o Senhor das Feras Livres — disse.

— Percebi. — Talvez ele esperasse que eu fizesse uma reverência.

Ele se inclinou para a frente um pouco, intrigado comigo como se eu fosse um inseto estranho.

— Por que um cavaleiro-protetor contrataria uma mercenária sem reputação para investigar a morte de seu cavaleiro-místico?

Eu lhe dei meu melhor sorriso enigmático.

Ele fez uma careta.

— O que você descobriu? — perguntou.

— Não tenho autorização para contar isso. — Não com um suspeito sendo da Matilha.

Ele se inclinou mais um pouco para a frente, deixando o luar incidir sobre seu rosto. Seu olhar era direto e difícil de sustentar. Nossos olhares se cruzaram e eu cerrei os dentes. Cinco segundos de conversa e ele já me dava o olhar alfa. Se começasse a estalar os dentes, eu teria de correr. Ou apresentá-lo ao meu sabre.

— Você me dirá agora o que sabe — disse ele.

— Ou?

Ele não disse nada, então elaborei:

— Veja bem, este tipo de ameaça normalmente vem acompanhada de um "ou". Ou um "e". "Diga o que sabe e eu permitirei que você viva" ou algo assim.

Os olhos dele faiscaram em dourado. Seu olhar era insuportável agora.

— Posso fazer você implorar para me dizer tudo o que sabe — disse ele, e sua voz era um rosnado baixo. Arrepios de terror percorreram a minha espinha.

Apertei o punho da Matadora até minha mão doer. Os olhos dourados estavam queimando a minha alma.

— Não sei — ouvi minha própria voz dizer —, você me parece meio fora de forma. Há quanto tempo não cuida do próprio trabalho sujo?

Sua mão direita contorceu-se. Músculos cresceram sob a pele esticada e o pelo saiu dos poros, cobrindo o braço. Garras deslizaram dos dedos engrossados. A mão se transformou sobrenaturalmente rápido. Pulei para trás e ela roçou meu rosto, sem deixar cicatriz. Uma mecha de cabelo caiu sobre minha bochecha esquerda, cortada da trança. As garras se retraíram.

— Acho que ainda me lembro como — disse ele.

Uma centelha de magia correu dos meus dedos para o punho da Matadora e explodiu pela lâmina, cobrindo o metal liso com um brilho branco leitoso. Não que o brilho realmente fizesse alguma coisa de útil, mas impressionava bastante.

— Quando você quiser dançar — eu disse.

Ele sorriu, lento e preguiçoso.

— Não está mais rindo, hein, menina?

Ele era impressionante, tinha de admitir. Virei a lâmina, aquecendo meu pulso. O sabre desenhou uma elipse brilhante no ar, jogando gotas minúsculas de luminescência no chão sujo. Uma delas caiu perto dos pés do Senhor das Feras e ele se afastou.

— Imagino se toda essa transformação não o deixou lento.

— Traga seu espeto de churrasco e descobriremos.

Nós rodeamos um ao outro, com os pés levantando leves nuvens de poeira do chão sujo. Eu queria lutar com ele, pelo menos para saber se conseguiria me proteger.

Seus lábios se separaram, liberando um rosnado. Brandi a lâmina, analisando a distância entre nós.

Se nós lutássemos e eu sobrevivesse, nunca descobriria quem matou Greg. A Matilha acabaria comigo. Isso não levaria a nada. Eu não tinha escolha a não ser engolir o orgulho. Parei e abaixei a lâmina. As palavras não queriam sair da minha boca, mas me forcei a dizê-las:

— Desculpe. Adoraria brincar, mas não sou meu próprio chefe por enquanto.

Ele sorriu.

Fiz o melhor que pude para ignorar a condescendência que vi estampada no rosto dele.

— Meu nome é Kate Daniels. Greg Feldman era meu guardião legal e a coisa mais parecida com família que tive por muitos anos. Quero encontrar o canalha que o matou. Não posso me dar ao luxo de lutar com você e não quero exibir. Só quero saber se a Matilha teve algum envolvimento com a morte de Greg. Assim que achar o assassino, ficarei mais do que feliz em fazer sua vontade.

Ofereci-lhe minha mão. Ele parou, me estudando, e então o pelo se desfez, absorvido pelos folículos que o produziram. O Senhor das Feras pegou minha mão na sua palma humana e a apertou.

— É justo. Neste momento, eu também não sou eu mesmo — ele disse. Sendo o Senhor das Feras, ele provavelmente nunca era.

O dourado em suas íris diminuiu até virar manchas pequenas. Seu controle era inacreditável. O metamorfo mais adaptado podia escolher entre três formas: humana, animal e homem-fera. Alterar uma parte do corpo para uma forma mantendo o resto em outra, como ele fizera, era incrível. Antes desta noite, eu diria que não podia ser feito.

O Senhor das Feras sentou-se no chão sujo. Não tive escolha senão imitá-lo, sentindo-me uma idiota por limpar meus jeans antes.

— Se eu provar que a Matilha não tinha nenhum interesse em matar o cavaleiro-místico, você partilhará as informações comigo?

— Sim.

Ele enfiou a mão no casaco de moletom, tirou uma pasta de couro preto fechada com zíper e me ofereceu. Estendi a mão, mas ele retraiu a sua antes de os meus dedos tocarem o couro macio. Eu me perguntei se era mais rápido que eu. Seria interessante descobrir.

— Isso fica entre nós — disse ele.

— Entendido.

Peguei a pasta e a abri. Dentro havia fotos. Fotos de cadáveres, alguns humanos, outros parcialmente animais, todos mutilados e sangrentos. O vermelho brilhante e horrível dominava as imagens, tornando-as difíceis de analisar. Examinei as fotografias mesmo assim. Cadáver após cadáver após cadáver, despedaçados, estripados, encharcados de sangue. Aquilo me deixou enjoada.

— Sete — murmurei, segurando as fotos pela beirada como se o sangue nelas pudesse manchar meus dedos. — Seus conhecidos?

— Todos eles. — Ele se aproximou para tocar numa das fotos. — Este aqui. Zachary Stone. O rato-alfa. Um filho da mãe duro e cruel.

Tentei enxergar além do sangue, concentrando-me nas lesões.

— Alguma coisa o mastigou.

— Alguma coisa mastigou cinco deles. E teria mastigado os outros dois também se não tivesse sido afugentada.

Uma luz se acendeu na minha cabeça.

— Greg estava trabalhando nisto.

— Sim. E mantendo segredo. A Nação quer poder. Eles o cobiçam da mesma maneira que os vampiros cobiçam o sangue. Eles nos veem como rivais e atacarão qualquer fraqueza. Admitir que não conseguimos cuidar dos nossos seria uma fraqueza. Nataraja ficaria todo excitado se soubesse.

— Você acha que eles são os responsáveis?

— Não sei — disse ele, com o rosto triste. — Mas vou descobrir.

Fazia sentido. A Ordem não gostava muito da Matilha, que era organizada e perigosa demais para o seu gosto, mas, confrontada com uma escolha entre a Nação e os metamorfos, ela ficaria do lado dos últimos. Greg poderia estar seguindo um vampiro quando algo o matou, impedindo-o de revelar o que vira ou estava prestes a ver. O vampiro pode ter sido pego no meio de uma luta. Ou o vampiro poderia estar seguindo Greg quando algo o matou porque ele estava chegando perto demais. Ou...

— Eu gostaria de conversar com Corwin — disse.

Seu rosto não mostrou nenhuma reação.

— Ele é suspeito?

Não havia motivo para mentir.

— Sim.

— Feito — disse ele. — Você terá a sua conversa. Nas nossas instalações.

— Tudo bem.

— Eu fiz minha parte — disse ele.

Peguei o raio-m que roubara do necrotério e o abri em cima da poeira.

— O que estou procurando? — perguntou ele.

— Isto aqui — Apontei para as linhas amarelas.

— Parece um defeito do leitor.

— Acho que não.

Ele franziu a testa.

— O que registraria amarelo?

— Não sei. Mas conheço um especialista que deve saber.

— Você tem algo a mais para continuar, além disso?

Havia o pelo, e pensei em não lhe contar sobre isso. Uma mulher prevenida vale por duas. E ele não me dissera nada que eu não conseguiria saber pelo cavaleiro-protetor. Teoricamente. Ainda assim, o Senhor das Feras me poupara muito trabalho e eu duvidava que a textura do cabelo de Corwin pudesse ser alterada tão severamente a ponto de a análise de DNA não combinar com a amostra.

O Senhor das Feras olhou para as fotografias, passando de uma para outra com lentidão acentuada. Ele parecia quase humano. Percebi que estava ficando tendenciosa. Tendenciosa contra Nataraja e sua faculdade de devotos da morte, com sua indiferença cínica a tragédias e assassinatos. Para eles, um vampiro morto e um oficial em coma significavam a perda de um investimento, cara e inconveniente, mas em última análise, não emocionalmente dolorosa. O homem diante de mim, por outro lado, tinha perdido amigos. Eram pessoas que ele conhecia bem e que se colocaram sob seu comando. O dever supremo do líder da Matilha era proteger os da sua espécie — e ele falhara com eles. Enquanto olhava para os instantâneos de suas mortes, seu rosto refletia determinação e raiva, uma raiva fria e cristalizada, nascida da culpa e do sofrimento. Havia uma palavra antiga para esse tipo de raiva. Ira.

Disso eu entendia. Eu a sentia cada vez que pensava em Greg. Teria de ter muito cuidado de agora em diante, porque não era mais neutra. Se o Senhor das Feras tivesse realmente matado Greg, eu teria mais dificuldade de me convencer de sua culpa.

Pensar que eu tinha encontrado uma afinidade com o Senhor das Feras. Que bonitinho. A morte de Greg estava me deixando maluca. Talvez eu pudesse cortar a cabeça do assassino enquanto o Senhor das Feras o segurava.

— Vários pelos foram encontrados na cena do crime — eu disse. — O médico-legista não sabe o que pensar sobre isso. Eles contêm fragmentos de sequências genéticas humanas e felinas. Não pertencem a nenhum tipo de metamorfo conhecido pelos analistas do necrotério. É estranho demais e não, eu não tenho a impressão exata dos pares de base.

— Nataraja sabe disso?

— Acho que sabe — disse. — Um de seus oficiais me deu o nome de Corwin. Não me disse que achavam que ele fez isso, mas é óbvio que sim.

Um pequeno músculo se contorceu no rosto do Senhor das Feras, como se ele quisesse emitir um rosnado selvagem.

— Imagino.

— Está satisfeito? — perguntei.

Ele assentiu.

— Por enquanto. Eu ligo para você.

— Não venho mais aqui — disse. — A Avenida Unicorn me dá arrepios.

Seus olhos brilharam novamente.

— É mesmo? Acho que é relaxante. Um cenário cinematográfico. Luar.

— Eu nunca me importei com cenários cinematográficos. Da próxima vez, gostaria de receber um convite oficial.

Ele largou os instantâneos.

— Posso ficar com isso? — perguntei.

Ele balançou a cabeça.

— Não. É suficiente que eles existam.

Eu me virei para ir embora e parei diante do buraco na parede arruinada.

— Uma última coisa, Vossa Majestade. Eu gostaria de saber que nome colocar no meu relatório, algo mais curto do que digitar "O Líder da Facção Sulista de Metamorfos". Como devo chamar você?

— Senhor.

Rolei os olhos.

Ele encolheu os ombros.

— É curto.

A noite estava se provando bem difícil e não mostrava sinais de terminar. Saí, escalando a pilha de entulho. Jim tinha sumido.

Algo tocou meu ombro. Eu me voltei e vi o Senhor das Feras olhando para mim do buraco a três metros de distância.

— Curran — disse ele, como se me concedesse uma dádiva. — Você pode me chamar de Curran.

Ele desapareceu na escuridão. Esperei por um momento para me certificar de que se fora. Ninguém pulou sobre mim das sombras.

Além da Unicorn, eu conseguia ver a luz azulada das lanternas de energia da cidade. Hora de levar o raio-m para o meu especialista. Ele não se importava com visitas de madrugada.

Champion Heights era um lugar fácil de encontrar. Era praticamente o único arranha-céu ainda de pé. Já foi chamado de Lenox Pointe, mas passou por tantas renovações e mudou tantas vezes de proprietário que seu antigo nome foi completamente esquecido. Aninhado entre sempre-vivas artisticamente podadas, o edifício de dezessete andares de tijolo vermelho e concreto pairava sobre as lojas e bares de Buckhead como uma torre mística. Uma névoa pálida agarrava-se a suas paredes e varandas, embaçando as frias bordas fabricadas, enquanto uma teia de feitiços trabalhava incansavelmente para convencer a própria magia que o alimentava que o arranha-céu não era nada além de uma grande rocha. Uma distorção, efeito colateral do trabalho dos feitiços, desigualmente distribuída pela estrutura, e seções do arranha-céu pareciam com porções de um penhasco íngreme de granito.

O encantamento deve ter custado uma pequena fortuna e, embora ele tivesse mantido o arranha-céu em pé até agora, não havia nenhuma garantia de que continuaria a fazê-lo. Eu achava que sim. A instalação inteira tinha aquela falta de lógica bizarra, própria da magia complexa. Para entendê-la era necessária uma mente com um toque específico — como acontecia com a física quântica. Fosse qual fosse o futuro de Champion Heights, os proprietários já tinham recuperado seu investimento várias vezes. Muitos casais ficariam felizes em se aposentar com o dinheiro que eles cobravam por um ano de aluguel.

Estacionei a Karmelion entre os Cadillacs, distintos Lincolns e mecanismos estranhos projetados para transportar seus motoristas durante as ondas de magia. Não havia maneira confortável de se carregar um raio-m, então o dobrei e coloquei entre as páginas do meu Almanaque. O vento noturno chegou trazendo odores através das distâncias: um toque de fumo de madeira, o aroma de carne grelhada. Atravessei o estacionamento e subi as escadas de concreto, ladeadas por alguns arbustos graciosos, até chegar às portas giratórias de vidro. O vidro encantado perdia um pouco da sua transparência, mas não tive dificuldade para distinguir as grades de metal pesado que bloqueavam o pátio e a jaula pequena com o guarda que apontava uma arma de choque para mim.

Apertei o botão do interfone à minha esquerda. Ele sibilou.

— Décimo quinto andar, apartamento cento e cinquenta e oito, por favor.

A voz do guarda voltou, distorcida pela estática:

— Código, por favor.

— Adiante ele seguiu no momento predestinado, o forte Scyld para o abrigo de Deus.

Sem o código ele me deixaria do lado de fora enquanto consultava o cento e cinquenta e oito, e mesmo assim não entraria sem ser revistada e entregar a Matadora. Separar-me do meu sabre não era uma opção.

A grade de metal deslizou para o lado.

— Siga.

Uma porta giratória me garantiu acesso ao pátio, inundado pela luz das lanternas de energia. Meus passos, ruidosos no piso ladrilhado de granito vermelho polido, ecoaram pelos cantos. Aproximei-me do elevador. A magia ainda estava no auge, mas eu já visitara Champion Heights no meio de uma flutuação de magia antes. O elevador funcionava, não importavam as circunstâncias.

Um luxuoso carpete verde forrava o décimo quinto andar. O pelo era mais grosso que muitos colchões que já vira. Afundando-me nele, caminhei até a porta de metal de número 158, apertei o botão da campainha e bati, no caso de a magia ter entrado em curto-circuito. Não havia ninguém em casa.

Uma caixa de metal de leitor de cartão eletrônico, de cerca de quinze por sete centímetros, protegia a porta. Como tudo no Champion Heights, a fechadura não era o que parecia, mas magia disfarçada de tecnologia. A Matadora silvou enquanto saía de sua bainha e eu deslizei a lâmina na fenda estreita do leitor de cartão eletrônico. Concentrando-me no sabre, coloquei a mão sobre a lâmina. Um choque de magia pulsou dos meus dedos.

Abra!

A fechadura fez um barulho e a porta pesada cedeu sob a pressão da minha mão. Guardando a Matadora, entrei e tranquei a porta atrás de mim.

Alcancei a lanterna mágica, virei o interruptor redondo e uma grande língua de chama azul se acendeu, iluminando o apartamento. Nunca poderia trabalhar como decoradora. Minha casa era um caos confortável, meus móveis não combinavam entre si, mas eram altamente funcionais. As propriedades estéticas de qualquer peça eram secundárias. A sua conveniência e luxo para mim significava ter uma pequena mesa ao lado do sofá para aparar uma luminária e uma caneca de café.

Não era o caso aqui. No momento em que pisei no apartamento, ficou claro que seu dono tinha criado o ambiente com um objetivo deliberado em mente. Eu estava olhando para anos de compras seletivas feitas por uma pessoa para quem a palavra "liquidação" não tinha significado. O mobiliário, o tapete, os esparsos ornamentos — tudo combinado para apresentar um todo característico, e olhar para eles produzia a mesma sensação de ver a reconstrução de uma savana africana em um zoológico. Era um habitat harmonioso mas alienígena de vidro, aço e pelúcia branca, todo feito de elipses e curvas. Três portas saíam da sala, uma para o quarto, outra para o banheiro com pia dupla e chuveiro e a terceira para o laboratório.

A névoa dos feitiços não afetava a vista do interior e enormes janelas ofereciam uma visão de Atlanta à meia-noite, sob o céu negro interminável. A luz fraca das lanternas de energia acariciava o vidro das janelas, tornando-o invisível, e permeava a escuridão lá fora como se o apartamento em si fosse apenas mais um pedaço do céu noturno, definido por vidro e pedra, mas não separado do mundo lá fora. Se eu ficasse muito perto da janela, poderia imaginar que estava voando acima da cidade.

Enquanto observava, a tecnologia voltou. Milhares de pequenas luzes se acenderam como joias entre as dobras de veludo negro, e as lâmpadas das ruas inundaram a avenida abaixo de mim com o sol artificial. A lanterna mágica piscou e se apagou, e as brilhantes luzes elétricas acenderam-se dentro do apartamento, dissolvendo a ilusão e me separando da escuridão infinita. O vidro tornou-se impenetrável, e fiquei confinada dentro dele como se estivesse presa no meio de uma jaula transparente. De repente me senti vulnerável, então apaguei todas as luzes, exceto a de uma luminária de vidro opaco e aço.

Lavei o rosto e os braços até os cotovelos, secando-os com uma toalha branca e fofa que encontrei pendurada num gancho perto da pia, e me sentei no sofá ultramoderno. A pergunta de Curran me incomodava: por que o cavaleiro-protetor contrataria uma mercenária sem reputação para investigar a morte de Greg? À primeira vista, não fazia nenhum sentido. Eu finalmente consegui deixar meu ego de lado e refletir sobre isso. Um dos membros da Ordem fora morto, um homem muito conhecido e de poder substancial. Eles não cuidariam do assunto. Eles trariam um cruzado.

Os cruzados serviam a Ordem como o equivalente de um bisturi. Há uma infecção desagradável prestes a estourar — coloque um cruzado para fazer o trabalho. Solitários, altamente qualificados e letais, eles eram ótimos no que faziam e, depois de terminarem, voltavam para o lugar de onde vieram. Ted esperava que eu "investigasse o crime", ou seja, esperava que eu fizesse muito barulho e atraísse atenção para mim mesma, enquanto o cruzado trabalhava silenciosamente sob minha cortina de fumaça. Aquilo me irritou por uns dois segundos, mas no final ambas as partes conseguiam o que queriam: Ted tinha seu para-raios e eu procurava o assassino de Greg. Todos saíam ganhando.

Abri o Almanaque, puxei o raio-m e o recorte dobrado do artigo que Bono me dera de entre as páginas do livro. Olhando para o raio-m uma última vez, o coloquei sobre a mesa de vidro, desdobrei o artigo e comecei a ler. O proprietário do apartamento chegaria em breve. Ele raramente ficava na rua depois das duas horas — achava que três da manhã dava azar.

Eram quase duas horas quando um táxi subiu a avenida. Coloquei binóculos nos olhos.

A porta do táxi se abriu e uma loura pisou na calçada. Era alta e muito esguia. O vestido preto curto aderia aos quadris estreitos e à cintura longa, alargando-se de modo a envolver habilmente seios que pareciam grandes demais para o corpo dela. O cabelo platinado caía liso sobre seus ombros.

O rosto era perfeitamente formado, com bochechas proeminentes, nariz aquilino, olhos enormes e boca volumosa. Enquanto andava para o arranha-céu, seu rosto tinha uma expressão que em alguém menos atraente seria chamada de escárnio. Elegante, graciosa e arrogante em sua beleza, ela era como um jovem cavalo puro-sangue, soberba, cruel e um desafio irresistível para qualquer homem.

Um transeunte solitário parou, impressionado com a visão dela. Acho que ele assoviou, mas não poderia dizer com certeza. A loura ignorou sua presença com naturalidade; para ela, ele simplesmente não existia. Guardei os binóculos e voltei para o meu Almanaque.

Cinco minutos depois, a fechadura fez um barulho e a loura entrou pela porta. Ela me viu e parou. O desdém desapareceu.

— Ah, que bom. Tenho algo para você.

Outra vez não.

Ela foi até a cozinha, tirou várias latas de proteína do armário e as colocou sobre o balcão. Às latas, juntaram-se um saco de damascos secos, outro de açúcar, uma barra de chocolate e um liquidificador. Ela pegou uma caixa de ovos da geladeira e quebrou três dentro do liquidificador. Seguiram-se dois punhados de damascos, várias xícaras de açúcar, o chocolate e o conteúdo de pelo menos seis latas.

— Água gelada — murmurou a loura, acenando para a bebida que eu segurava. — Você poderia pegar algo do bar.

— Eu queria água — disse.

A loura sorriu, com uma expressão estranha em seu rosto, e ligou o liquidificador. As lâminas giraram, convertendo o conteúdo em uma pasta grossa e uniforme. Desligou o liquidificador, tirou a tampa com um giro e bebeu direto do copo.

— Quanto tem aí, cerca de dois litros e meio? — perguntei.

Ela parou de beber por um momento.

— Perto de três litros, na verdade.

Ela terminou e, sem a menor cerimônia, puxou o vestido pela cabeça. Olhei para meu livro novo.

— Ficou constrangida? — riu a loura, tirando a meia-calça.

— Não, só estou lhe dando um pouco de privacidade. — E na esperança de perder o momento glorioso em que meu estômago ficaria revirado e eu vomitaria.

— Você poderia admitir logo que eu a deixo enjoada.

— Também tem esse detalhe.

— Gosta dela? — perguntou a loura.

Olhei para cima e a vi nua.

— Nada mal para uma rainha do gelo. Os seios são grandes demais.

A loura fez uma careta.

— É, eu sei.

— Por que uma mulher? — perguntei.

— Porque eu trabalho com informações, Kate, e os homens tendem a contar seus segredos para mulheres bonitas. — Ela sorriu. — Como você bem sabe.

— Eu geralmente tenho que ameaçar os homens com danos corporais antes de eles me contarem segredos.

— Então, lamento muito por esses homens. Eles obviamente têm mau gosto. Você sabe quem fabrica os conversores das nossas lanternas de energia?

— Não faço ideia.

— Existem quatro empresas, na verdade. Até o final da semana a Câmara Municipal vai decidir qual delas ganhará o contrato para os próximos três anos. No momento, há três pessoas nesta cidade que sabem em quem eles irão votar.

— Deixe-me adivinhar, você é uma delas?

A loura não respondeu, mas seu sorriso se abriu só um pouco, permitindo um breve vislumbre dos dentes brancos. Até uma idiota em finanças como eu sabia que o preço desse tipo de informação deveria ser astronômico.

Os músculos dela se moveram, esticando e torcendo, como se um emaranhado de vermes andasse sob sua pele. Meu estômago revirou. Cerrei os dentes e tentei manter meu jantar onde estava. A pélvis da loura mudou, seus ombros ficaram largos e as pernas engrossaram, enquanto os seios se dissolveram formando um enorme peito masculino. As fibras musculares se estenderam, moldando pernas poderosas e braços enormes. Os ossos de seu rosto se distenderam, o nariz ficou mais largo, o queixo se tornou forte e quadrado. A cor dos olhos escureceu para um azul intenso e penetrante. O cabelo se dissolveu e cresceu novamente, desta vez se tornando castanho-escuro. Eu pisquei e um homem apareceu diante de mim. Musculoso, com a precisão definida de um halterofilista profissional, era alto e muito bem dotado. Olhos azuis me observavam do rosto plano de um lutador nato — sem ângulos ou ossos salientes para quebrar com um soco. Só faltava uma armadura para ele ganhar a lealdade de qualquer horda de bárbaros.

— O que você acha? — perguntou ele, com a voz grave e imponente.

Olhei para ele.

— Impressionante, mas um pouco demais.

Ele se inclinou em minha direção, os olhos azuis embaçados com uma promessa que eu tinha certeza de que ele poderia cumprir. Tentei não pensar no quarto.

— Demais?

— Sim. Eu gosto da ameaça. É muito masculino, mas ele parece ser do tipo que treparia com qualquer coisa à vista e ainda me chamaria de "vagabunda".

O rei bárbaro esfregou a ponta do nariz.

— O que exatamente a fez chegar a essa conclusão?

— Não tenho certeza. Algo nos olhos, acho.

— Então, isso é um não?

— É um não.

— Terei que trabalhar nele.

O bárbaro murchou, com a musculatura impressionante emagrecendo para uma compleição mais enxuta. O cabelo desapareceu, deixando a cabeça careca, e o rosto se alongou, com olhos escuros inteligentes e um nariz grande. O homem que eu conhecia como Saiman caminhou até o bar e encheu um copo d'água da torneira da pia.

— Negócios? — disse ele, olhando para o raio-m.

— Sim.

Ele assentiu com a cabeça, bebeu e encheu o copo mais uma vez.

— Não sinto nenhum vestígio de magia — disse eu. — E mesmo assim você não parece ter problema em se metamorfosear. Como?

Ele levantou uma sobrancelha — um gesto tão meu que eu podia jurar que ele o copiara. Era provável. Saiman muitas vezes imitava os trejeitos de seus clientes. Ele o fazia conscientemente, sabendo que iria irritá-los.

— A palavra chave é "parece". A metamorfose agora requer concentração, enquanto, durante a onda de magia, flui naturalmente. Mas, respondendo a essência da sua pergunta, acredito que meu corpo armazena a magia. Como uma bateria. Talvez até mesmo a produza.

Ele abaixou o segundo copo e se aproximou do sofá.

— Quanto tempo você ficou me esperando?

— Não muito.

Por um momento pensei que fosse fazer um comentário sobre a vista, e então eu não conseguiria me controlar e teria de pedir-lhe para cobrir sua própria "visão" com algumas roupas. Felizmente, ele se retirou para o quarto.

Saiman era impulsionado pelo desejo de criar seu próprio Uberman, um super-homem que seria irresistível para as mulheres. O aspecto sexual de sua busca lhe interessava muito menos do que a motivação científica de criar a imagem de um ser humano perfeito. Ele se empenhou nessa procura por uma forma suprema para fins desconhecidos, pois eu realmente não fazia ideia do que ele faria com seu Uberman se fosse bem-sucedido. Ele abordava o desafio com a mesma lógica metódica que aplicava a tudo, tentando recolher impressões de uma ampla gama de cobaias, a maioria das quais não sabia como ele realmente se parecia.

Há muito tempo argumentei que seu Uberman simplesmente não poderia existir. Mesmo se ele fosse bem-sucedido na criação de uma imagem da essência masculina, ela não atenderia suas expectativas. Muita coisa dependia da interação entre dois seres humanos, e, no final das contas, era essa interação que levava à intimidade. Ele debateu o assunto comigo com tanta paixão que aprendi a não discutir mais.

Nós nos conhecemos durante um dos meus trabalhos de mercenária um ano atrás, como guarda-costas. Todos os mercenários fazem um desses mais cedo ou mais tarde e por sorte eu peguei logo Saiman. Ele estava ferido no momento, confinado à cama por causa de uma complicação no pós-operatório de uma cirurgia no estômago. Seu corpo continuava mudando enquanto lutava contra a infecção e ele provou ser uma pessoa difícil de proteger. Consegui matar dois dos assassinos enviados para despachá-lo. Ele matou o terceiro com um lápis no olho. Pensei que tinha feito um trabalho malfeito, mas ele ficou grato desde então. Eu não reclamava. Os serviços dele não eram baratos.

Saiman voltou vestindo roupas largas azul-escuras cortadas como moletons comuns, mas que pareciam muito caras para serem desvalorizadas por esse nome. Ele olhou para o Almanaque ainda aberto no meu colo, com o artigo que Bono me dera alguns dias atrás.

— Recorte de *Volshebstva e Kolduni*. Que título mais pretensioso. Como se escrever "Feitiços e feiticeiros" em russo fosse de alguma forma lhe dar mais credibilidade. Eu não sabia que você lia esse lixo.

— Não leio. O artigo me foi dado por um conhecido.

— O problema com esses jornais é que as pessoas que os publicam não percebem que a magia é fluida. Elas imprimem informações erradas.

Era um argumento velho e válido. As pessoas afetavam a magia da mesma maneira que a magia as afetava. Se pessoas suficientes acreditassem que algo era verdadeiro, às vezes a magia consentia e o *tornava* verdade.

Saiman passou os olhos pelo artigo.

— É incompleto e cheio de lixo, como sempre. Eles classificam o upir como um morto-vivo comedor de cadáveres. Veja só, afirmam corretamente que o upir tem um enorme apetite sexual, mas ignoram a contradição: um morto-vivo não tem nenhum desejo de acasalar, portanto, um upir não pode ser morto-vivo. Também mencionam que ele tentará acasalar com qualquer mamífero que consiga obter pelo tempo suficiente para atingir o clímax, porém não constatam que o produto de tal união geralmente sobrevive para servir ao upir. — Ele largou o artigo com repugnância. — Se precisar saber mais sobre essa criatura, me avise.

— Pode deixar.

— Então, o que a traz ao meu humilde lar?

— Preciso que você avalie um raio-m para mim.

Ele levantou a sobrancelha novamente. Eu poderia aprender a odiá-lo.

— Muito bem. Vou cobrar por hora. O preço de sempre. Começando... — ele olhou para o relógio — agora. Você quer um exame completo? — perguntou.

— Não, apenas o básico. Não posso pagar por nada extravagante.

— Cliente sovina?

— Estou trabalhando de graça.

Ele fez uma careta.

— Kate, esse é um hábito horrível.

— Eu sei.

Pegou o gráfico, segurando-o delicadamente com os dedos longos.

— O que lhe interessa?

— Uma série de pequenas linhas amarelas inclinadas para baixo.

— Ah.

— O que registraria amarelo? E quanto a resposta vai me custar?

— Uma ótima pergunta. Deixe-me fazer um teste para me certificar de que não é uma falha mecânica.

Segui-o até o laboratório. Uma miscelânea de equipamentos que faria a equipe de laboratório de qualquer faculdade rir de alegria repousava sobre a superfície negra de mesas e balcões resistentes ao fogo. Saiman vestiu um avental verde impermeável, um par de luvas opacas e pegou uma bandeja de cerâmica sob a mesa. Com um movimento econômico e costumeiro, levou a bandeja até um cubo de vidro no canto.

— O que você está fazendo? — perguntei.

— Vou examinar o raio-m para colher qualquer traço residual de magia. Cerco completo. Não quero nenhuma contaminação.

— Não posso pagar.

— É de graça. Seu altruísmo me infectou. Você ainda tem que pagar pelo meu tempo, claro.

Ele tocou uma alavanca e uma corrente de metal levantou o cubo. Saiman deslizou a bandeja para a plataforma de cerâmica e baixou o cubo para o vidro envolver a bandeja. Seus dedos dançaram sobre o teclado e uma explosão verde inundou o cubículo. Ela morreu, ardeu novamente, morreu e uma impressora começou a funcionar em outra mesa, cuspindo um pedaço de papel.

Ele o arrancou e me entregou. Estava em branco — um controle para garantir que nenhum traço de magia contaminara a bandeja.

Saiman anexou o raio-m à bandeja, deslizou-a para dentro do cubo e repetiu sua dança elaborada de alta tecnologia. Desta vez a impressora produziu uma cópia exata do meu raio-m.

Saiman refletiu por um momento e se recostou na mesa com o raio-m na mão.

— O problema é que o leitor-m é imperfeito.

Fiquei desapontada.

— Então, é um defeito?

— Por assim dizer. Por enquanto, os leitores são instrumentos imperfeitos. Registram os humanos em vários tons de azul-claro até prata, mas frequentemente falham em documentar o matiz sutil de sua magia. Quase tudo, exceto as variações mais radicais, como roxo para um vampiro ou verde para um metamorfo, escapa. Um vidente e um cavaleiro-místico de poder aproximadamente igual registrariam a mesma cor, apesar de suas inclinações mágicas diferirem. E — Saiman se permitiu um sorriso de lábios finos — ele registra toda magia *feral* como branca.

— Feral? Magia animal?

— Cada espécie animal exala sua própria magia específica. O leitor-m comum a documenta como branca, então nem a vemos. Recentemente, algumas mentes brilhantes em Quioto examinaram uma grande variedade de animais usando um leitor hipersensível. Eles provaram conclusivamente que cada espécie animal produz sua própria cor. Clara, pastel, mas distinta e sempre um derivado do amarelo.

— Então as linhas amarelas significam animais?

— Em um leitor extraordinário, sim. Mas na nossa peça de sucata os animais provavelmente registrariam branco. A única maneira de notá-los é através da mistura com alguma outra influência mágica.

— Agora você me confundiu.

— Olhe para suas linhas. Elas têm um leve tom de pêssego. É muito fraco, mas o pêssego é a única razão pela qual conseguimos ver as linhas em primeiro lugar. Isso significa que você está enfrentando algo que é principalmente animal, mas foi associado a outra coisa.

Minha cabeça começou a girar.

— Ok. Deixa ver se entendi. Toda magia animal é registrada como branca, mas na verdade é amarela-clara. Um amarelo muito fraco que é facilmente dominado por todas as outras cores. Não há nenhuma maneira de ver aquele amarelo pálido, exceto quando está misturado com alguma outra cor. O amarelo de um lobo misturado com o azul de um humano gera o verde caçador de um licantropo. Por esse raciocínio, um lobo que se transforma em humano registraria como verde pantanoso. Estou certa até agora?

Ele assentiu.

— O fato de que eu consiga ver as linhas amarelas significa que o leitor mostrou a presença de algo com forte magia animal e um toque de outra coisa. Já que as linhas são pêssego, então o suspeito provável seria... laranja.

Sussurrei a última palavra. O laranja vinha do vermelho e o vermelho era a cor da magia necromântica.

Saiman confirmou minha dedução.

— É um animal que tem alguma ligação com a magia necromântica. Não sei de que tipo. Certamente não é um zumbi animal. Isso registraria vermelho escuro. Divirta-se!

Gemi.

— Tempo é dinheiro — disse ele. — Então sugiro que você deixe suas reflexões para mais tarde. Tem mais alguma coisa pra mim?

— Não.

Ele olhou para o relógio.

— Trinta e sete minutos.

Preenchi um cheque de novecentos e sessenta e dois dólares, o que deixou exatamente quatrocentos dólares e nove centavos na minha conta-corrente. Eu tinha mais quinhentos na poupança para usar em caso de emergência. Se eu não começasse a ganhar mais dinheiro logo, teria que considerar uma mudança de emprego.

Dei-lhe o cheque. Saiman sequer olhou para ele.

— Conte-me o que descobrir — disse ele com o sorriso habitual.

— Você será o primeiro a saber.

— Kate? Se você mudar de ideia sobre o meu protótipo mais recente, a oferta continua de pé.

Os penetrantes olhos azuis e músculos enormes passaram pela minha mente. Ali estava o perigo.

— Obrigada, mas acho improvável.

Enquanto eu saía do apartamento, percebi que não gostava nem um pouco do sorriso que brincava nos lábios de Saiman.

CAPÍTULO 4

Acordei no apartamento de Greg lá pelas sete da manhã e peguei o telefone. Disquei o número de Jim, escutei tocar três vezes, dar um clique e tocar o bipe da secretária eletrônica sem qualquer mensagem. Deixei um lacônico "Me liga" e desliguei. Ele não ficaria nada satisfeito. A manhã após uma noite de caça era o momento para uma contemplação serena, tão sagrada para os metamorfos como a meditação para um monge Shaolin. Presos entre Homem e Fera, eles procuravam obter controle completo sobre cada um, e então viam o nascer do sol olhando para si mesmos. Após concluírem o momento de autorreflexão, sucumbiam a um sono tranquilo. Eu não duvidava de que Jim caçara ontem à noite na Unicorn. Ele já deveria estar dormindo, e a máquina apitaria anunciando a mensagem até o deixar louco. Sorri ao pensar nisso.

Alonguei-me, trabalhando os músculos dos ombros e costas. Chutei as sombras na parede com toda a força que possuía, mas nunca tocando meu adversário imaginário. Alternei entre alguns chutes básicos, como frontal, circular e de impulso, terminando com formas mais elaboradas. Dez minutos depois eu começava a suar, mas continuei por mais vinte minutos, trabalhando principalmente a força nos braços, ombros e tórax. Greg não tinha pesos, então usei um pesado cetro de chumbo em vez de um haltere. Era mal equilibrado, mas melhor do que nada.

Eu não malhava há alguns dias e me senti mais fraca do que o normal. Ainda assim, o esforço controlado e determinado me fez bem e meu humor melhorou pouco a pouco, tanto que, na hora de ir para o chuveiro, eu estava quase alegre.

O telefone tocou no instante em que minha mão encostou na porta do banheiro. Dei uma volta de cento e oitenta graus, esperando que fosse Jim na linha.

— Jim?

— Olá — disse uma voz masculina. Era uma voz agradável, bem modulada e clara. Eu a ouvira antes, mas demorei um minuto para conseguir lembrar onde.

— Doutor... Crane?

— Crest.

Claro, o médico de caridade com nome de pasta de dentes. Como diabos ele conseguiu meu número?

— Posso ajudá-lo?

— Gostaria de convidá-la para almoçar comigo.

Chato persistente.

— Como você conseguiu meu número?

— Liguei para a Ordem e menti para eles. Disse que tinha informações sobre o vampiro morto e lhes dei minhas credenciais. Eles forneceram este número.

— Entendo.

— Então, você me acompanha?

— Estou muito ocupada.

— Mas você tem que comer de vez em quando. Eu realmente gostaria de vê-la novamente, em algum lugar menos formal. Dê-me uma chance e, se o almoço não der certo, desaparecerei da sua vista.

Pensei sobre isso e percebi que queria dizer sim. Era uma coisa completamente absurda de se fazer. Eu estava sentada em cima de uma bomba e tanto a Matilha quanto a Nação estavam prestes a acender o pavio, e aqui estava eu, pensando em um encontro. Há quanto tempo não saía para um encontro de verdade? Dois anos?

— Negócio fechado — disse. — Eu o encontro entre meio-dia e meio-dia e meia no Las Colimas. Você sabe onde é?

Ele sabia.

— Dr. Crest?

— Só Crest, por favor.

— Crest, por favor, não ligue para a Ordem novamente.

Eu esperava que ele ficasse surpreendido, mas apenas disse alegremente:

— Sim, senhora!

E desligou.

Ao entrar no chuveiro tentei descobrir por que concordara em encontrá-lo. Deveria haver um motivo, algo além de me sentir solitária e cansada e querendo contato humano normal, contato humano *masculino*, com o tipo de homem que não se transforma em um monstro ou desloca os músculos do corpo com a mesma facilidade que troca de roupa. Talvez eu pudesse aproveitar essa oportunidade para lhe arrancar algumas informações sobre o exame do vampiro morto no necrotério. É, era isso.

No meio do banho, o telefone tocou. Fechei a água e fui buscá-lo, pingando espuma de sabonete sobre o linóleo.

— Alô?

— É Maxine, querida.

— Olá, Maxine.

— O protetor deseja vê-la em seu escritório hoje às oito e meia.

— Obrigada.

— Não há de quê, querida.

Desliguei e voltei para o chuveiro. A água quente me atingiu com um fluxo satisfatório, massageando meus músculos.

O telefone tocou.

Rosnei e marchei de volta para o telefone, sem me preocupar em fechar a água.

— O quê foi?

— Você tem muita coragem para me ligar de manhã — grunhiu Jim.

— Perdoe-me por perturbar seu sono de beleza! — rosnei.

— Para que diabos você me ligou?

— Eu quero que você abra os olhos e me dê uma lista de assassinatos da Matilha: locais, datas, e assim por diante.

— Você sabe que isso é informação confidencial. Quem diabos você pensa que é?

— Eu sou a única pessoa que se importa. Olhe pela janela. Você vê uma fila de pessoas esperando para ajudar seus rabos peludos?

Bati o telefone e voltei para o chuveiro. A ausência de vapor deveria ter me alertado, mas eu, tola, entrei debaixo da cascata gelada. Enquanto conversava, o chuveiro tinha ficado sem água quente. Por mais gratificante que fosse, apertar o cano não traria a água quente de volta, então fechei a torneira e me sequei. Ia ser um dia daqueles.

...

Sentei-me numa das cadeiras para visitantes nas entranhas do escritório do cavaleiro-protetor. Desta vez Ted não estava falando ao telefone. Em vez disso, me observava por trás de sua mesa como um cavaleiro medieval assistindo aos sarracenos cercarem as muralhas de sua fortaleza.

Momentos tornaram-se minutos.

Finalmente, ele disse:

— Eu puxei seu arquivo da Academia.

Ah, merda.

— Você teve uma avaliação-e — disse ele.

E de electrum. Não era grande coisa, sério.

— Você sabe quantos escudeiros com avaliações-e vieram para a Academia em seus trinta e oito anos?— perguntou.

Eu sabia. Greg me dissera tantas vezes que o número fizera buracos no meu canal auditivo, mas provocar o protetor não me serviria para nada, então fiquei calada.

— Oito — disse ele, deixando as palavras fazerem efeito. — Incluindo você.

Tentei parecer solene.

Ted moveu sua caneta dois centímetros para a esquerda, deu-lhe um olhar cuidadoso e voltou os olhos para mim.

— Por que você foi embora?

— Tenho problemas com autoridade.

— Um caso grave de ego de melhor aluna?

— Foi mais do que isso. Percebi que a Ordem era o lugar errado para mim e desisti antes que tivesse a chance de fazer algo realmente estúpido.

Na minha cabeça, a voz de Greg disse com um toque de reprovação:

— E então você se tornou uma mercenária, uma espada de aluguel, sem propósito ou causa.

Ted disse:

— Você está trabalhando para a Ordem agora.

— Sim.

— Como se sente?

— Bem, doutor, está um pouco dolorido e formigando.

Ele ignorou o meu gracejo.

— Não estou brincando. Como se sente?

— Ter uma base na cidade é bom. O adesivo da AM abre portas. É muita responsabilidade.

— Isso incomoda você?

— Sim. Quando trabalho para mim, se fizer besteira e o meu salário for para o ralo, como o que plantar até o próximo trabalho. Se eu me ferrar agora, muita gente pode morrer.

Ele concordou.

— Sente-se sufocada pela autoridade?

— Não. Você me deu uma rédea comprida. Mas eu sei que está lá.

— Desde que se lembre.

— Não é algo de que eu me esqueceria.

— Tenho uma queixa de Nataraja — disse ele.

Relaxei. A maré estava mudando.

— É?

— Ele afirma que você está evitando discutir o caso com eles. Ele tem muito a dizer.

— Ele sempre tem muito a dizer. — Dei de ombros.

— Você sabe por que ele está fazendo todo esse barulho?

— Sei. A Nação e a Matilha são suspeitas. Ele quer dar um show de cooperação.

Ted assentiu, aprovando minha avaliação.

— Eu não tinha motivos para ir ao Cassino — disse.

— Você tem um motivo agora.

— Sim.

— Bom. Então, depois que terminarmos, vá e cale a boca dele.

Concordei.

— Conte-me o que sabe até agora.

Desabafei. Contei-lhe sobre o vampiro morto e a marca oculta, sobre a reunião com o Senhor das Feras que queria ser chamado de Curran, sobre as linhas amarelas no raio-m e o sonho de Anna.

Ele escutou tudo, balançando a cabeça sem nenhuma expressão no rosto de pedra. Quando acabei, disse:

— Bom.

Percebi que a audiência tinha acabado e saí do escritório. Desta vez os sarracenos escaparam sem óleo quente a escaldar suas costas.

Segui até o escritório de Greg. Algo estava me incomodando desde ontem, perturbando meus pensamentos, e esta manhã, com a inteligência afiada pela raiva sobre o banho gelado, finalmente descobri o que era: os nomes das mulheres na pasta de Greg. Tinha esquecido completamente os quatro nomes, deixando-os escapar da minha memória, o que era irresponsável e estúpido. Eu deveria ter mais discernimento.

Demorei uns cinco segundos para encontrar a pasta e extrair a página listando os nomes. Sandra Molot, Angelina Gomez, Jennifer Ying, Alisa Konova. Verifiquei os arquivos de Greg procurando os nomes, mas nenhuma das mulheres tinha pasta individual. Além de serem provenientes de diferentes grupos étnicos, elas não tinham nada em comum. Vasculhei a mesa à procura de uma agenda de telefones, achei-a na gaveta inferior e olhei o que havia nela. Gomez e Ying eram sobrenomes comuns e Molot não era raro, então procurei por Konova. Encontrei dois homens com o sobrenome Konov, Anatoli e Denis. Os russos indicavam o gênero feminino adicionando uma vogal ao final de seu sobrenome, portanto, a forma feminina de Konov seria Konova. Sendo assim, pensei que valia a pena tentar.

Disquei o primeiro número e fui informada por uma voz feminina indiferente que a linha fora desligada. Tentei o segundo número. O telefone tocou e uma voz feminina mais velha disse com um leve sotaque:

— Sim?

— Alô. Posso falar com Alisa, por favor?

Houve uma pausa longa.

— Senhora?

— Alisa sumiu — disse a mulher em voz baixa. — Nós não sabemos onde ela está.

Ela desligou o telefone antes que eu tivesse a chance de perguntar mais alguma coisa. Já que Molot era minha segunda melhor opção, procurei e encontrei seis Molots. Descobri uma pista na quarta ligação — um jovem me disse que Sandra era sua irmã e relutantemente me informou que também estava desaparecida desde o dia catorze do mês passado, mas recusou-se a me contar mais, acrescentando que "a polícia ainda está procurando por ela". Agradeci e desliguei.

Liguei para dezenove pessoas com o sobrenome Ying e vinte e sete com o sobrenome Gomez. Não consegui encontrar nenhuma Jennifer Ying, mas havia duas Angelinas Gomez. A primeira tinha dois anos de idade. A segunda tinha vinte anos e estava desaparecida.

Era uma aposta segura afirmar que Jennifer Ying sofrera o mesmo destino que as outras três mulheres. Considerei uma visita à delegacia, mas a parte racional do meu cérebro me informou que não somente eles me expulsariam sem qualquer informação como eu também chamaria atenção suficiente para tornar meu trabalho ainda mais difícil. Os policiais respeitavam os cavaleiros de pleno direito, mas não cooperavam com eles a menos que as circunstâncias não lhes dessem escolha. Eu nem era um cavaleiro.

Era possível que todas as quatro mulheres tivessem garras e pelos e chamassem Curran de "Senhor", e, nesse caso, seria lógico supor que estavam desaparecidas porque pertenciam ao grupo dos sete metamorfos mortos. Liguei para Jim para verificar, mas ou ele não estava em casa, ou decidira não atender minhas ligações. Não deixei mensagem.

Sem mais nada para fazer, guardei o arquivo. Era quase hora do almoço e eu tinha um encontro com um cirurgião plástico.

O decorador do Las Colimas deve ter sido um grande admirador dos estilos arquitetônicos asteca e Taco Bell. O restaurante era uma bagunça mirabolante de cabines brilhantes, piñatas berrantes e plantas de plástico. Um suporte de resina de caveiras modelado a partir dos suportes verdadeiros que os antigos astecas preenchiam com incontáveis crânios de vítimas humanas coroava o telhado da comprida mesa do bufê. Pequenas réplicas de terracota de relíquias arcanas se acomodavam sobre os peitoris das janelas entre frutas de plástico que se derramavam de cornucópias de vime.

A ambientação não importava. No momento em que entrei, o delicioso cheiro me envolveu, e me apressei para passar pela atrocidade de terracota de um metro e meio de altura, que supostamente personificava o famoso Xochopilli, o Príncipe das Flores, e separava a entrada da caixa registradora. Uma garçonete ruiva se interpôs no meu caminho.

— Com licença — disse ela com um sorriso que mostrava todos os dentes. — Você é Kate?

— Sim.

— Sua companhia está esperando você. Venha por aqui, por favor.

Enquanto ela me conduzia pelo restaurante, ouvi uma voz masculina perguntar à garçonete:

— Você serve molho de acompanhamento?

Típico do Sul.

A garçonete me levou a uma cabine de canto, onde Crest estava, imerso no cardápio.

— Encontrei-a, doutor! — anunciou ela. Os clientes nas mesas vizinhas olharam para mim. Se o restaurante não estivesse tão lotado, eu a teria estrangulado na hora.

Crest tirou os olhos do cardápio e deu-lhe um sorriso.

— Você se lembrou — disse ele, com a voz cheia de surpresa. — Obrigado, Grace.

Ela deu uma risadinha.

— Me avise se precisar de alguma coisa!

Ela deu a volta, colocando uma sensualidade extra no andar. Nunca pensaria que uma mulher com a bunda tão ossuda conseguisse rebolar tanto, mas ela provou o contrário.

Sentei-me.

— Uma tempestade chegando — disse ele.

— Cinco minutos aqui e as garçonetes já piscam para você — disse. — Deve ser um talento.

Ele desenrolou o guardanapo, tirou uma faca serrilhada de ponta redonda dali e fingiu ser apunhalado no coração.

— Na verdade, não é um talento — explicou, balançando a faca. A lâmina parecia afiada. — A maioria das pessoas trata as garçonetes como cães. Elas trazem sua comida e servem, portanto, devem ser uma raça inferior de seres humanos e não se importam de ser assediadas.

Peguei a faca dele antes que se machucasse e a coloquei sobre a mesa.

A ruiva Grace retornou, nos deslumbrou com mais um sorriso e perguntou se estávamos prontos para pedir. Fiz o pedido sem olhar para o cardápio. Crest pediu *churrasco* e *chimichurri* num espanhol sem sotaque. Grace deu-lhe um olhar vazio.

— Acho que ele gostaria do filé mignon com molho de alho e salsa — eu disse. — O especial do chef.

Seu rosto se iluminou.

— Algo para beber?

Ambos pedimos água gelada e ela partiu, rebolando furiosamente.

Crest fez uma careta.

— Por que a súbita mudança de atitude? — perguntei.

— Detesto incompetência. Ela trabalha em um restaurante que serve cozinha latina. Deveria pelo menos saber como os nomes são pronunciados. Enfim, ela provavelmente faz o melhor que pode. — Ele olhou ao redor. — Devo lhe dizer, este não é um lugar que encoraje conversas tranquilas.

— Você tem algum problema com meu gosto?

— Sim, tenho — disse ele.

Dei de ombros.

— Você está bastante... hostil. — Ele não falou de maneira agressiva. Em vez disso, sua voz emitiu um divertimento discreto.

— Eu deveria escolher um lugar tranquilo, elegantemente decorado e privado, que encorajasse conversas íntimas?

— Bem, acho que sim.

— Por quê? Você me chantageou para almoçar, então achei que poderia pelo menos gostar da comida.

Ele tentou uma linha diferente de ataque:

— Nunca conheci ninguém como você.

— É uma boa coisa, também. Pessoas como eu não gostam quando alguém tenta se aproveitar delas. Elas podem quebrar suas pernas.

— Você consegue mesmo fazer isso? — Estava sorrindo. Estava flertando comigo?

— Fazer o quê?

— Quebrar minhas pernas.

— Sim, sob certas circunstâncias.

— Eu sou faixa marrom em caratê — disse ele. Percebi que ele achava minha persona de mulher durona divertida. — Posso lutar.

Isso era realmente engraçado. Eu dei-lhe o máximo de meu sorriso psicótico e disse:

— Faixa marrom? Impressionante. Mas você precisa se lembrar que eu quebro pernas para ganhar a vida, enquanto você...

— Conserta narizes? — completou ele.

— Não, eu ia dizer costura cadáveres. Mas você tem razão, "Conserta narizes" seria uma resposta muito melhor.

Nós sorrimos um para o outro através da mesa.

Grace chegou bem na hora, segurando duas travessas. Ela as depositou na nossa frente e foi chamada para longe antes de conseguir cegar Crest com outro sorriso cheio de dentes.

— A comida está maravilhosa — disse ele após as primeiras duas mordidas.

E barata, também. Levantei uma sobrancelha para ele, querendo dizer que tinha avisado.

— Paro de tentar impressioná-la se você prometer não quebrar minhas pernas — sugeriu.

— Tudo bem. Onde você aprendeu a falar espanhol?

— Com meu pai — disse ele. — Ele falava seis línguas fluentemente e entendia quem sabe quantas mais. Era um antropólogo da velha guarda. Nós passamos dois anos no Templo Mayor, no México.

Eu levantei uma sobrancelha, peguei uma garrafa de molho quente em forma de estatueta estilizada e a coloquei na frente dele.

— Tlaloc — disse ele. — Deus da Chuva.

Sorri para ele.

— Então me conte sobre o templo.

— Era quente e empoeirado.

Ele me contou sobre seu pai, que tentava entender pessoas mortas há muito tempo, sobre escalar os incontáveis degraus até o topo do templo, onde santuários gêmeos olhavam para o mundo, sobre dormir sob o céu infinito ao lado das paredes esculpidas do templo e sonhar com sacerdotes horripilantes. De alguma forma, a voz dele dominou o barulho do restaurante, silenciando as conversas dos outros clientes para um suave burburinho. Foi tão notável que eu teria jurado que havia magia naquilo, exceto pelo fato de que não sentia nenhum poder vindo dele. Talvez fosse magia, mas daquele tipo humano especial — a magia nascida do charme e da conversa, que eu muitas vezes desconsiderava.

Ele falava enquanto eu ouvia sua voz agradável e o observava. Havia algo muito reconfortante nele e eu não tinha certeza se era seu jeito tranquilo ou sua completa imunidade ao meu desdém. Ele era engraçado sem fazer piadas, inteligente sem tentar soar erudito e deixou claro que não tinha segundas intenções.

O almoço se esticou, então de repente era quase uma e meia da tarde e já era hora de partir.

— Eu me diverti muito — disse ele. — Mas falei o tempo todo, acho que isso é óbvio. Você deveria ter me calado.

— Gostei de ouvir.

Ele franziu as sobrancelhas para mim, descrente, e avisou:

— Na próxima, será sua vez de falar.

— Próxima?

— Você sairia para jantar comigo?

— Sairia — me vi dizendo.

— Hoje à noite? — perguntou ele, com olhos esperançosos.

— Vou tentar — prometi com a intenção de fazê-lo. — Me ligue por volta das seis. — Dei-lhe meu endereço caso a magia enguiçasse o telefone.

Insisti em pagar a minha parte do almoço e recusei a oferta de ser acompanhada até o carro. O dia em que eu precisasse de escolta seria o dia em que entregaria meu sabre para alguém que soubesse o que fazer com ele.

— O senhor Nataraja ficaria encantado em falar com você — informou uma educada voz masculina pelo telefone. — No entanto, a agenda dele para o próximo mês está extremamente cheia.

Suspirei, tamborilando as unhas na mesa da cozinha de Greg.

— Desculpe, não entendi seu nome...

— Charles Cole.

— Vou lhe dizer uma coisa, Charles, coloque Rowena na linha agora e não contarei a Nataraja que você tentou obstruir a investigadora nomeada pela Ordem que ele está esperando.

Houve um silêncio e, em seguida, Charles disse com uma voz ligeiramente tensa:

— Um momento, por favor.

Esperei ao telefone, muito satisfeita comigo mesma. Houve um clique, e a voz impecável de Rowena disse:

— Kate, minhas sinceras desculpas. Que lamentável mal-entendido.

Um ponto para mim.

— Não fiquei ofendida — disse para ela. Eu poderia me dar ao luxo de ser graciosa. — Fui notificada de que Nataraja gostaria de falar comigo.

— É verdade. Infelizmente, ele está no campo. Se soubesse da sua intenção de visitá-lo, teria adiado. Voltará esta noite e eu ficaria em dívida com você se pudesse nos encontrar mais tarde, digamos às duas da madrugada?

Um ponto para Rowena.

— Sem problema.

— Obrigada, Kate — disse ela.

Nós nos despedimos e desligamos. Ela tinha um jeito sutil de tornar todas as conversas pessoais, como se o assunto discutido fosse vital para ela e a recusa de sua solicitação a prejudicasse. Funcionava mutuamente — quando você concordava com algo, agia como se lhe tivesse feito um grande favor. Era uma arte que eu adoraria aprender. Infelizmente, não tinha nem tempo nem paciência sobrando.

Sem ter certeza sobre o que fazer em seguida, bati as unhas na mesa. Até conseguir minha entrevista com Corwin, não poderia eliminá-lo como suspeito, e ainda não tinha nenhum outro. Talvez, se eu irritasse Nataraja o suficiente, ele me fornecesse outras pistas, mas isso não aconteceria até hoje à noite, o que me deixava com doze horas livres. Olhei ao redor do apartamento. Ele tinha perdido o ar imaculado. Havia pó nas janelas e vários pratos sujos na pia. Levantei-me da cadeira e comecei a procurar a vassoura, panos de chão e água sanitária. Pensando bem, um cochilo também não me faria mal. Teria uma longa noite à minha frente.

Quando acordei mais tarde no apartamento agora limpo, a luz lá fora se tornara o roxo profundo da noite.

Crest não me ligara. Só lamento.

Um pensamento interessante me ocorreu enquanto estava deitada por alguns preciosos segundos extras na cama, olhando o crepúsculo que invadia a janela fechada. Eu me agarrei a ele, me enrolei no edredom, fui para a cozinha e liguei para a Ordem, esperando que Maxine ainda estivesse lá. O telefone estava se tornando minha arma preferida.

Maxine atendeu.

— Boa noite, Kate.

— Você sempre trabalha até tarde?

— Às vezes.

— Se eu lhe pedisse para verificar uma coisa para mim, você faria isso?

— É para isso que estou aqui, querida.

Contei a ela sobre as mulheres desaparecidas.

— Os policiais estão envolvidos, por isso deve haver uma pasta sobre pelo menos uma dessas mulheres, a Sandra Molot. Preciso saber se eles fizeram um feitiço de localização geral utilizando um de seus objetos pessoais. E o mesmo para as outras três.

— Aguarde um momento, querida, vou tentar descobrir.

Ela me colocou em espera. Aguardei, escutando os pequenos ruídos vindos da linha de telefone. A noite caíra e o apartamento estava escuro, exceto pela cozinha, e estranhamente silencioso.

Toc. Toc.

Alguma coisa arranhava a janela da cozinha. Era um som baixo, como um galho seco golpeando o vidro.

Eu estava no terceiro andar. Não havia árvores perto do edifício.

Toc.

Silenciosamente, recuei para o corredor e peguei a Matadora, segurando o telefone entre a bochecha e o ombro.

A linha voltou à vida e eu quase pulei de susto.

— Jennifer Ying não tem nenhum arquivo — disse Maxine.

— Uhum. — Apaguei a luz, afogando a cozinha na escuridão.

Toc. Toc.

Fui até a janela.

— Eles têm arquivos das outras três mulheres.

Alcancei a cortina e a puxei para o lado. Dois olhos cor de âmbar olharam para mim, cheios de desejo e fome. Um rosto que era uma fusão entre lobo e humano inclinou-se sobre o vidro. Suas mandíbulas horríveis e deformadas não se encaixavam direito e longos fios de baba penduravam-se dos dentes tortos e amarelados.

A pele em volta do nariz lupino se enrugou. A coisa horripilante cheirou o vidro, soprando ar através das narinas negras e criando um pequeno círculo opaco de condensação. Ele levantou uma mão deformada e bateu no vidro com uma garra de três centímetros de comprimento.

Toc. Toc. Toc.

— Feitiços de localização padrão e de última geração foram feitos em todos os três casos. Mas foram bloqueados e não produziram nenhum resultado. Kate?

— Muito obrigada, Maxine — disse, incapaz de tirar os olhos do monstro na janela. — Tenho que ir agora.

— Até logo, querida. Comporte-se bem com o lobo.

Coloquei o telefone de lado cuidadosamente. Com a Matadora em punho, murmurei as palavras que dissolviam o feitiço ao redor do vidro e destranquei a janela.

As garras se engancharam na beirada da janela e a deslizaram para cima sem esforço. O lobisomem entrou com lentidão acentuada, uma perna musculosa e peluda de cada vez, e ficou parado com dois metros de altura na minha cozinha. O pelo cinza e denso encobria sua cabeça, ombros, costas, braços e pernas, deixando o rosto doentio e o peito musculoso nu. Eu conseguia ver os mamilos escuros e redondos pontilhando a pele firmemente esticada sobre seu peitoral.

— Muito bem, menino bonito. O que você tem para mim?

Ele chegou perto de mim, segurando um envelope grande nas garras. Um selo de cera vermelha com algum tipo de inscrição protegia o envelope.

— Abra — mandei.

O lobisomem quebrou o selo desajeitadamente, puxou para fora um pedaço de papel, segurando-o com as garras, e me ofereceu. Eu o peguei. Suas garras deixaram pequenos rasgos no papel.

Quatro linhas escritas em bela caligrafia diziam:

Sua Majestade Curran,
o Senhor das Feras Livres,
solicita a sua presença na reunião de sua Matilha
às 22 horas desta noite.

O papel estava assinado com um rabisco.

— Minha culpa, não é? — disse para o lobisomem. — Eu falei que queria um convite formal.

O lobo olhou para mim. Sua baba deixava pequenas poças pegajosas no linóleo da cozinha. Pensei em ficar sozinha com duzentos monstros como ele, cada um mais rápido e mais forte que eu, prontos para me despedaçar ao capricho de seu líder, e uma sensação horrível enjoou meu estômago. Eu não queria ir.

— Você vai me levar até lá?

A fera abriu a boca e emitiu um rosnado baixo e gutural, o grunhido frustrado de uma mente dotada do poder da fala mas presa em um corpo incapaz de pronunciar as palavras. Somente os mais hábeis metamorfos conseguiam falar em meia-forma.

— Acene com a cabeça, se for sim — disse.

O lobo assentiu lentamente.

— Muito bem. Preciso mudar de roupa. Fique aqui. Não se mexa. Este é um lugar perigoso para um lobo. Acene se entendeu.

Ele assentiu.

Pisei no corredor e toquei a parede, ativando o feitiço. Uma divisória vermelha translúcida se materializou na soleira da porta, separando a cozinha e o monstro do resto do apartamento. Fui me vestir.

Escolhi calças soltas cinza-escuras de boca larga. Elas escondiam meus pés quando eu chutava. A perspectiva de ter muitas garras em minhas costas me fez pensar numa armadura leve, mas meu traje estava me esperando na minha casa verdadeira junto com o resto dos meus acessórios. Não seria de grande ajuda mesmo, não no meio da Matilha. Revirei o armário, onde guardava algumas roupas. Quando Greg estava vivo, eu só vinha para o apartamento dele em última instância, o que geralmente significava que eu estava sangrando e minhas roupas, arruinadas.

Tateei as roupas e minhas mãos encontraram couro. Uma jaqueta de couro preta. Mal conseguia me lembrar de tê-la usado em algum momento. Deve ter sido durante meus dias de "Ah, olha como sou durona!". Eu a vesti e me observei no espelho do quarto. Parecia uma criminosa. E estava quente. Que seja. Era melhor do que nada. Tirei a jaqueta, mudei a camiseta para uma regata cinza-escura, coloquei o suporte do sabre nas costas e vesti a jaqueta de novo. Bandidona. Que beleza. Era só acrescentar um rabo de cavalo superapertado e camadas de rímel, e eu estaria pronta para fazer o papel da amante malvada de um supervilão. "Nós temos maneiras de fazer você nos dar uma amostra de DNA, querido."

Escolhi fazer minha trança habitual.

Após pentear o cabelo, parei, considerei o arsenal disponível, coloquei munhequeiras finas com agulhas de prata e não levei mais nada além da Matadora. Para me livrar de duzentos metamorfos enfurecidos, eu precisaria de uma caixa de granadas e apoio aéreo. Não havia motivo para me sobrecarregar com armas extras. Por outro lado, talvez devesse levar uma faca. Uma faca, de reserva. Ok, duas. E isso é tudo.

Armada e vestida para matar — ou para morrer rapidamente, mas com estilo —, busquei o lobisomem e juntos descemos a escadaria sombria até a rua. Abri a porta da Betsi para o meu guia e ele deslizou para o banco de trás. Quando começamos a sair do estacionamento, sua garra cutucou minhas costas e apontou para a esquerda. Aceitei a dica e girei o carro nessa direção.

O tráfego era leve, quase inexistente. Ruas desertas, inundadas com um esplendor elétrico amarelo, estendiam-se diante de nós. Poucas pessoas possuíam carros que funcionavam com tecnologia. Não havia necessidade de investir neles, pois era claro que a magia estava em vantagem.

Um Honda azul velho parou no sinal, do nosso lado esquerdo. Um homem e uma mulher estavam conversando no banco da frente. Eu só conseguia enxergar a silhueta do homem, mas o rosto da mulher tinha uma expressão exultante e um pouco sonhadora, como se ela estivesse se lembrando de momentos felizes. Um menininho de cabelo castanho estava no banco de trás.

Dentro de instantes, ele veria o monstro no meu carro. Eu me preparei para ouvir um grito.

O garoto piscou e sorriu. Olhei pelo espelho retrovisor. O lobisomem fingia arfar, com os lábios negros esticados num feliz sorriso canino. A escuridão do carro escondia a maior parte de seu rosto e apenas o focinho, iluminado pela luz exterior, e os olhos brilhantes eram visíveis.

O menino falou algo que poderia ser "Bom garoto". A luz do sinal mudou e o Honda seguiu, desaparecendo na noite e carregando a criança e seus pais com suas reminiscências intocadas.

Continuei a dirigir, seguindo para nordeste na direção de Suwanee. Demorou quase uma hora para chegarmos ao complexo dos metamorfos e tivemos que sair da cidade para chegar lá. Invisível da estrada, a fortaleza ficava no meio de uma clareira, delimitada por uma parede densa de arbustos e carvalhos que pareciam décadas mais antigos do que tinham o direito de ser. O único sinal de sua existência era uma estrada de terra que se desviava tão abruptamente da rodovia que, apesar do meu guia, perdi a entrada e tive que dar meia-volta.

A trilha nos levou a um pequeno estacionamento. Estacionei ao lado de um velho caminhão Chevy e abri a porta para o lobisomem. Ele saiu e fez uma pausa como uma saudação silenciosa para a construção. O complexo pairava diante de nós, um ameaçador edifício quadrado de pedra cinza com cerca de dezoito metros de altura. A escuridão se concentrava nas estreitas janelas abauladas, protegidas por grades de metal. O lugar parecia a torre de um castelo em vez de um forte moderno.

O lobisomem levantou o focinho estreito e soltou um longo e lamentoso uivo. Um arrepio gelado de medo subiu pela minha espinha e fiquei com um nó na garganta. O uivo persistiu no ar, ricocheteando nas paredes e enchendo a noite com a promessa de uma caçada longa e sangrenta. Outra voz se juntou à dele do topo do forte, uma terceira veio pelo lado, e então uma quarta... Ao nosso redor, as sentinelas uivavam e eu fiquei parada no meio do turbilhão de seus gritos de guerra. Um pouco dramático, e ainda assim surtia o provável efeito desejado de transformar uma garota durona como eu em mais um macaco assustado tremendo na escuridão.

Satisfeito, meu guia caminhou em direção ao forte e eu andei atrás dele ouvindo os últimos ecos do hino de sangue escapando para a noite. O lobisomem parou diante de uma grande porta de metal e bateu. A porta se abriu e nós entramos numa pequena câmara iluminada por lâmpadas elétricas.

Uma mulher baixa de cabelo louro encaracolado nos aguardava. Ela e meu guia trocaram algum tipo de comunicação silenciosa e ela olhou para mim.

— Por aqui, por favor.

Eu a segui através de outra porta para uma sala circular. Uma escada em espiral perfurava o chão, para cima e para baixo. Olhei e vi os degraus fundindo-se com a escuridão.

— Por aqui, por favor — repetiu a mulher, me levando para as escadas. Descemos, dando várias voltas, até que minha escolta entrou em um corredor escuro. O corredor terminava em outra pesada porta de madeira, e a mulher empurrou-a para abrir, indicando que eu entrasse. Entrei.

Um enorme salão oval estendia-se à minha frente, banhado no

confortável brilho das luzes elétricas suavizadas pelo vidro opaco. O salão se inclinava para baixo suavemente, como um auditório de faculdade, e terminava em um palco plano. Do lado esquerdo do palco, ao lado de uma porta, o fogo queimava flamejante em um braseiro de metal, com a fumaça subindo para longe. Um suave caminho enviesado seguia da entrada até o palco.

O resto do piso inclinado era escalonado, dividido em "degraus" de um metro e meio de largura, e neles, sobre cobertores azuis, descansavam os metamorfos. A maioria estava na forma humana; alguns se sentavam sozinhos; outros junto de suas famílias, uma por cobertor, como se estivessem reunidos para uma espécie de piquenique no subsolo. Com um choque, percebi que havia mais de trezentos deles. *Muito* mais.

E Curran não estava à vista.

A porta se fechou atrás de mim com um clique. Como um só, todos os metamorfos se viraram e olharam para mim.

Eu me perguntei o que eles fariam se eu pedisse uma xícara de açúcar.

Atrás de mim a porta se abriu e dois homens grandes entraram, respirando no meu pescoço. Entendi o recado e comecei a descer até o palco. Em frente, vários homens se levantaram dos cobertores e bloquearam o meio do caminho.

O comitê de recepção. Quanta gentileza.

Parei diante dos homens.

— Você está no meu caminho — disse.

— É mesmo? — O garoto não podia ter mais de dezoito anos de idade, com um rosto franco e cabelo castanho comprido. Os olhos castanhos riam de mim, e eu soube que aquilo era uma armadilha. E quem a planejara. Eles não assoariam o nariz sem a autorização de Curran.

— É mesmo — disse, sabendo o que estava por vir.

— Do meu ponto de vista, você é quem está no nosso caminho — disse um macho mais velho e robusto. Ele curvou um canto da boca, tentando esconder um sorriso. Estava gostando do jogo.

Um homem alto, desgrenhado e de cabelo vermelho, gritou do seu cobertor:

— Ei, Mik, você não sabe que deve deixar uma dama passar?

— Não vejo nenhuma dama aqui. — O macho troncudo olhou com malícia para mim.

Uma onda de vaias e rosnados vibrou através da sala, tão subitamente que poderia ter sido coreografada. Mik continuou me avaliando. Até mesmo seu olhar parecia ensaiado. Não havia ameaça ali, apenas um teste sobre o que eu faria. Eu tinha que resolver isso rapidamente e sem violência direta ou a Matilha nunca cooperaria comigo. A pura estupidez da situação era surpreendente.

Os machos ficaram mais ousados. O garoto sorriu.

— O que você acha, gata, de a gente ir ali pro canto e dar uns amassos?

O grupo morreu de rir — essa deve ter sido uma improvisação. O garoto, feliz consigo mesmo, estendeu a mão e seus dedos acariciaram minha bochecha. No momento em que sua pele tocou a minha, sussurrei uma única palavra tão baixo que nem eu consegui ouvir minha voz.

— *Amehe.* — Obedecer.

A palavra de poder pulsou através da minha pele para a dele. O ímpeto de tanta magia deixando meu corpo quase me fez cair de joelhos. O garoto se retesou. Os outros não perceberam, muito ocupados fazendo barulho.

— Essa é boa, Derek — disse Mik. — Acho que ela poderia dar conta de todos nós, a menos que você não queira compartilhar.

Olhei para o garoto e disse:

— Proteja-me.

O corpo dele explodiu em movimento, a névoa de fluidos corporais encharcando o chão. Uma forma lupina elegante golpeou o homem mais velho, desequilibrando-o. Mik caiu de costas e o grande lobo cinzento subiu em cima dele, com as presas à mostra e um rosnado violento de fera a um milímetro de sua garganta.

— Segure-o — disse eu.

O lobo rosnou baixo, os lábios negros trêmulos.

O salão ficou tão silencioso como um túmulo. Eu esperava que não fosse o meu.

— Derek — disse Mik com voz rouca, o peso do lobo sobre o peito dificultando sua fala. — Derek, sou *eu*.

O lobo rosnou.

— Não se movam — avisei, puxando a Matadora de sua bainha. Ela fez um leve sussurro metálico e os olhares dos metamorfos se fixaram na lâmina encantada.

Uma mulher levantou-se à minha esquerda. Os lábios dela tremiam indicando um futuro rosnado.

— Que diabo você fez com ele?

Olhei ao redor da sala. O clima tinha mudado. O jogo acabara, e seus olhos queimavam como fogo. Os cabelos em suas cabeças se eriçaram, e havia cheiro de morte no ar.

— Esta é a Matadora — disse, empunhando o sabre de maneira que eles pudessem vê-lo claramente. O sabre fervia, e fios luminescentes de fumaça envolviam a lâmina. — Ela já teve muitos nomes. Um deles era Estripadora de Lobos. Me provoquem e eu mostrarei como ela ganhou esse apelido.

— Você não pode enfrentar todos nós — rosnou um homem à direita.

— Não preciso. — Abaixei a lâmina até o pescoço do lobo. — Mova-se e eu o mato.

Eles ficaram completamente quietos. A lealdade da Matilha superava a raiva, mas eu não me atreveria a provocá-los ainda mais.

— Basta — disse a voz de Curran.

Os metamorfos desviaram do meu caminho e vi Curran de pé ao lado do fogo. Olhei para o lobo.

— Venha.

Hesitante, a fera tirou as patas do peito de Mik. Pisei sobre o homem atarracado e andei na direção de Curran, com o lobo trotando ao meu lado como um gigantesco cão de guarda.

Subi no palco. As íris de Curran estavam listradas de dourado — ele estava puto da vida. Ignorando-o, andei até o braseiro, arregacei a manga direita da minha jaqueta e passei o antebraço pela chama. A dor lambeu meu braço. O cheiro de pele e pelos queimados permeou o ar. O salão murmurou. Provei minha humanidade e meu controle para a Matilha como qualquer metamorfo faria. Nenhum metamorfo que abandonara a disciplina estrita e permitira que sua fera assumisse o comando conseguiria tocar o fogo. Era um ritual vital e muito particular que eles não esperavam que eu conhecesse.

O rosto de Curran estava duro como pedra.

— Venha — disse ele, e eu e o lobo o seguimos para fora do palco através de uma porta para outro salão muito menor, onde oito pessoas estavam sentadas em cadeiras acolchoadas. Elas se levantaram quando Curran entrou e permaneceram em pé, cinco homens e três mulheres. Jim era um deles. Então meu velho amigo era membro do Conselho da Matilha. Quem diria.

Os oito olharam para o lobo, para mim, para o meu braço e depois para Curran. Jim abriu a boca para dizer algo, mas se calou.

— Derek — chamou Curran.

O lobo olhou para ele. O fogo nos olhos de Curran o queimou e ele sentou-se quieto, hipnotizado. Curran fez um som estranho, metade rosnado, metade palavra, porém um inconfundível comando. O lobo estremeceu. Curran repetiu a ordem. O lobo tremeu com mais força, o corpo magro em convulsão, e se lamentou fracamente.

O senhor dos metamorfos olhou para mim.

— Solte-o.

— Isso é um pedido ou uma ordem?

Um espasmo atravessou o rosto de Curran como se o leão dentro dele quisesse escapar.

— É um pedido — disse ele.

Eu me ajoelhei ao lado do lobo e toquei sua pele grossa, fazendo contato com a pele por baixo. A fera tremeu.

— A sala possui feitiço de contenção?

Curran assentiu com a cabeça. Olhei para o lobo e sussurrei:

— *Dair*. Libertar.

A força da palavra de poder me abalou. Círculos vermelhos flutuavam na minha frente e eu balancei a cabeça tentando clarear minha visão. O lobo se esparramou no chão como se toda a força, de repente, abandonasse as pernas musculosas. Curran rosnou e o animal desapareceu na névoa densa, deixando o garoto nu e molhado no chão.

— Eu não consegui — gemeu ele.

— Eu sei — disse Curran. — Não faz mal.

O garoto suspirou e desmaiou. Uma das mulheres, uma morena magra de pernas longas, na casa dos trinta, o cobriu com um cobertor.

Curran se virou para mim.

— Enfeitice mais um dos meus novamente e matarei você.

Ele disse isso de maneira coloquial, objetiva e monótona, mas em seus olhos eu podia ver uma certeza simples. Se ele tivesse que fazer, me mataria. Não perderia o sono por isso. E nem pensaria duas vezes. Ele me mataria e seguiria em frente, sem se abalar por terminar com a minha existência.

Aquilo me assustou para caramba, então eu ri na cara dele.

— Você acha que consegue fazê-lo sozinho da próxima vez, grandalhão? Pensando bem, é melhor trazer alguns dos seus lacaios para me cercar de novo porque você está ficando mole *mesmo*.

Atrás dele, alguém fez um som estrangulado. *Acabou, sou uma mulher morta*, foi o que passou pela minha cabeça. O rosto de Curran se repuxou. A sede de sangue o inundou e em seguida, com um enorme esforço de vontade, ele recuperou o controle. O esforço foi quase físico. Eu podia ver os músculos de seu rosto relaxando um a um, conforme sua raiva diminuía. A ira em seus olhos morreu para um âmbar ardente e ele ficou diante de mim, relaxado, solto e calmo. Foi a coisa mais assustadora que eu já vira.

— Preciso de você por enquanto — disse ele. Olhando para o Conselho, ele perguntou: — Corwin está pronto?

— Sim, meu soberano — estrondou um homem mais velho. De peito largo e forte, com ombros enormes e braços que deixariam qualquer ferreiro orgulhoso, ele parecia ter cinquenta anos, sua barba negra encaracolada e o cabelo preto espesso faiscavam com fios brancos isolados.

— Bom. Leve-a para a sala. Eu me juntarei a vocês em breve.

O homem de barba negra se aproximou da porta do lado esquerdo da sala e a abriu para mim.

— Por favor.

Eu saí.

Caminhamos lado a lado por um corredor sinuoso, o homem com a barba negra e eu.

— Meu nome é Mahon— disse o homem. Sua voz grave possuía o ligeiro zunido de um sotaque escocês.

— Prazer em conhecê-lo — murmurei mecanicamente.

— Teria sido muito mais agradável em circunstâncias diferentes — riu ele.

— Depois de conhecer a ideia de boas-vindas da Matilha, eu teria preferido a Avenida Unicorn.

— Você deve entender que Curran não pode permitir que alguém pegue algo que é dele. Se ele permitisse que isso aconteça, sua autoridade seria questionada e alguns se perguntariam se você não poderia fazer com ele a mesma coisa que fez a Derek.

— Estou ciente do funcionamento da Matilha — disse.

— E você é uma forasteira. A Matilha não confia em forasteiros.

— Eu sou uma estranha humana. A Matilha me tratou como se eu fosse um solitário. Com a permissão de Curran.

Muito raramente um metamorfo optava por seguir o Código à sua própria maneira, recusando se juntar à Matilha. Tais indivíduos eram chamados de solitários. Eles eram os forasteiros máximos, tratados pela Matilha com desconfiança e antipatia.

Mahon inclinou a cabeça, apoiando minha avaliação da situação.

— Curran nunca faz nada sem motivo — disse ele. — Soube que você já o encontrara antes. Talvez você o tenha desafiado indiretamente naquela reunião.

Indiretamente? Eu o desafiara *deliberadamente.*

— Seu conhecimento dos nossos costumes é incomum — continuou ele. — Para uma forasteira humana. Como é que você conhecia essa informação? — A voz dele não prometia nenhum confronto.

— Meu pai — disse.

— Um homem do Código?

— À sua maneira. Não o seu Código, mas o dele.

— Você aprendeu bem.

— Não — disse. — Ele me ensinou bem. Eu era difícil.

— As crianças podem ser difíceis às vezes — disse ele.

Paramos diante de uma porta.

— Precisa de alguma pomada para seu braço?

Olhei para o vergão vermelho que manchava minha pele.

— Não. A menos que você a pegue agora mesmo, a pomada não adiantará de nada. Mas agradeço a oferta. — Balancei minha cabeça. — Diga uma coisa, você sempre pacifica os convidados irados da Matilha?

Ele abriu a porta.

— Às vezes. Acho que tenho uma influência calmante em crianças mal-comportadas. Por favor.

Atravessei a porta e ele a fechou atrás de mim. A sala era pequena. Uma única lâmpada derramava um cone de luz sobre uma mesa no centro. Havia duas cadeiras dispostas perto da mesa, a mais distante delas ocupada por um homem. Ele se posicionara propositalmente para que a luz não incidisse sobre ele.

O cenário me fez lembrar os filmes de espião da minha infância.

— Ele amansou você, não foi? — disse o homem. Sua voz tinha um tom áspero. — Aposto que com mais dez minutos, você estará pronta para pedir desculpas.

— Acho que não. — Puxei a outra cadeira para para perto da mesa. O homem se reclinou, permanecendo nas sombras.

— Não se culpe. Ele faz isso com todo mundo. Por isso não falo com ele.

— Você é Corwin?

— Não, eu sou a Branca de Neve. — Ele se balançou, equilibrando-se sobre as pernas traseiras da cadeira.

— E quem é o homem que me acompanhou até aqui?

— Mahon — disse ele. — O Kodiak de Atlanta.

— O Carrasco da Matilha?

— O próprio.

Eu digeri a notícia.

— Ele criou Curran, você sabe — disse o homem.

— Ah, é? E ele o chama de senhor, como o resto de vocês?

O homem deu de ombros.

— É o que Curran é.

— Ela tem problemas com esse conceito — disse a voz de Curran atrás de mim.

Eu estava me acostumando. Desta vez não pulei.

— Você pode ser o senhor deles. Tenha certeza de que não é o meu.

Curran estava encostado na parede.

— Cadê o resto? — perguntei. Tinha que haver mais pessoas assistindo, provavelmente as oito que me receberam na sala onde eu quase consegui ser morta. O macho alfa da matilha de lobos, o líder dos ratos, a pessoa que falava pelos "escoteiros", os metamorfos menores, e alguém que defendia os interesses das feras maiores.

— Eles estão assistindo — disse Curran, acenando em direção à parede.

Pela primeira vez notei um espelho unidirecional.

Olhei para Corwin.

— Por que você não se move para a luz?

— Tem certeza? — perguntou ele.

— Sim.

Ele se inclinou para a frente, deixando a luz brincar em suas feições. Seu rosto era horrível. Olhos grandes e duros afundavam em seu crânio, obscurecidos por pesadas sobrancelhas. O nariz era enorme; a mandíbula, muito pesada e proeminente para ser humana; parecia que ele poderia morder um fio de aço sem muito esforço. O cabelo ruivo, com espessura e textura de pele de animal, estava penteado para trás em um rabo de cavalo. Longas costeletas se penduravam de suas têmporas quase até o peito, emoldurando orelhas altas e pontiagudas, com pequenos tufos de pelos nas extremidades. O mesmo pelo, apenas mais curto e grosso, encobria o pescoço e a garganta, deixando o queixo nu numa linha tão precisa que ele deve ter feito a barba.

As mãos dele, descansando sobre a mesa, eram deformadas e desproporcionais a seu corpo. Apesar dos dedos curtos e grossos, cada mão poderia envolver minha cabeça inteira. Tufos de pelos avermelhados cresciam entre os dedos.

Corwin sorriu. Seus dentes eram enormes e pontudos.

Garras curvas saíam das pontas dos seus dedos grossos. Ele esticou os dedos com o movimento de amassar dos felinos, arranhando a superfície de madeira da mesa.

— Ah, rapaz — disse eu. — Como você afofa seus travesseiros à noite?

Corwin lambeu os caninos e olhou para Curran.

— Gosto dela.

— Vamos começar — falei.

— Você não me perguntou o que eu sou. — Corwin tamborilou a mesa com as garras.

— Vou descobrir. — As palavras conhecidas nas longas sessões da Academia ressurgiram. — Sou Kate Daniels. Sou uma representante legal e documentada da Ordem. Estou investigando um assassinato e você é um dos suspeitos. Estamos entendidos até agora?

— Sim — disse Corwin.

— Estou aqui para interrogá-lo com o objetivo de estabelecer ou eliminar você como principal suspeito. Se você cometeu esse assassinato, pode se incriminar respondendo as minhas perguntas. Eu não posso obrigá-lo a responder.

— Ele pode — disse Corwin com sua voz áspera, acenando em direção a Curran.

— Isso é entre você e ele. Desde que esteja claro que eu não posso forçá-lo a cooperar.

— Está claro, querida.

Dei-lhe um sorriso.

— As informações que você fornecer hoje são confidenciais, mas não privilegiadas.

— O que isso significa?

— Significa — disse Curran — que ela só contará para alguém se for intimada pelo tribunal.

— Ele está certo — Olhei para Corwin. — Também devo avisá-lo que, se você matou Greg Feldman, vou fazer o melhor que puder para matar você.

Corwin se reclinou para trás e um estranho barulho borbulhante emanou de sua garganta. Um momento depois percebi que ele estava rindo.

— Entendo — disse ele, com as íris verdes brilhando.

— Vamos começar então. Você tomou parte, direta ou indiretamente, no assassinato de Greg Feldman?

— Não.

Ataquei todos os pontos principais. Ele sabia o que estava nos jornais e mais nada. Nunca se encontrara com Greg ou com o vampiro em questão. Não tinha ideia de por que alguém tentaria matá-los. E não sabia quem era Ghastek.

— Você estaria disposto a dar uma amostra de tecido para um raio-m? — perguntei finalmente.

— Tecido?

— Sangue, saliva, urina, cabelo. Algo que eu possa examinar.

Ele se inclinou para a frente com um murmúrio baixo na garganta.

— Eu poderia dar algo a você. Algo além de sangue e saliva.

Eu me inclinei para ele até que nossos olhares se cruzaram.

— Obrigada — disse. — Mas não estou disponível.

— Acasalada?

— Não. Ocupada.

— Você não vai ficar ocupada para sempre.

Por impulso, estiquei a mão e o cocei debaixo do queixo. Ele fechou os olhos e ronronou.

— Existem homens-gatos — disse.

— Siiiiim. — Ele se virou para oferecer aos meus dedos melhor acesso ao queixo.

— E gatos-homens.

Seus olhos se abriram um pouquinho, e o verde brilhou através das pálpebras.

— Nasceu um animal... — eu disse.

— E agora sou um homem — continuou ele, virando-se novamente para meus dedos coçarem um ponto mais distante do seu maxilar. — Um lince-homem. Eu gosto de ler. E as fêmeas humanas estão frequentemente no cio.

— Você ainda caça entre as árvores quando a lua está cheia, lince? — perguntei suavemente.

— Venha para a Floresta à noite — disse ele — e você vai descobrir.

Reclinei-me na cadeira.

— Vocês tem um leitor-m?

— Temos um portátil — disse Curran.

— Vai servir.

Esperei até que eles trouxeram o portátil. Até mesmo o leitor portátil pesava mais de dezoito quilos. Uma mulher o carregou e depositou em um canto, uma grande construção de madeira e metal que lembrava uma máquina de costura que tinha sofrido ferimentos de guerra de um guerreiro celta. A mulher o examinou criticamente, pegou-o com uma mão e moveu para alguns centímetros mais longe da parede. Força era algo que os metamorfos possuíam em abundância.

— Você sabe como funciona? — perguntou-me a mulher.

Assenti com a cabeça, peguei a bandeja de vidro do compartimento de armazenagem do leitor e sorri para Corwin.

— E essa amostra de pelo?

Ele esticou as costeletas e mostrou as garras. Uma moita de cabelos avermelhados caiu na bandeja. Coloquei-os sobre a plataforma de exame. Raios verdes piscaram e a impressora zuniu. Finalmente ela parou e a folha de papel deslizou da abertura. Eu a puxei. As linhas estavam lá, uma série de barras curtas e fracas de cor. Mas no lugar errado. Girei o papel, tentando conseguir o ângulo certo de luz. Verde amarelado claro. Nenhuma correspondência. Lá se vai meu único suspeito.

— Satisfeita? — perguntou Curran.

— Sim. Ele está limpo.

Obedecendo ao aceno de Curran, Corwin se levantou e saiu.

— Concordamos com uma troca — disse Curran.

— Eu lembro. O que posso fazer por você?

Curran olhou para a porta aberta e Derek entrou mancando, sem equilíbrio. Ele tropeçou contra a soleira da porta, com o rosto abatido. Parecia precisar de mais algumas horas de sono e um bom jantar. Senti uma pontada de culpa. Era só um garoto cansado, pego numa disputa entre mim e o chefe dele.

— Você pode levá-lo com você — disse Curran.

Eu pisquei os olhos.

— Como o quê?

— Como guarda-costas. Como uma conexão com a Matilha. Você escolhe.

— Não.

Curran apenas olhou para mim.

— Nós concordamos com uma troca de informações — disse. — Em nenhum momento disse que iria levar alguém comigo. Além disso, para que diabos eu iria querer um lobo que relatará cada movimento meu para você?

— Vou prendê-lo com um juramento de sangue. Ele não vai fazer nada para prejudicá-la, fisicamente ou de outra maneira. E não vai espionar você.

Derek se retesou contra a parede e eu tentei ser razoável:

— Mesmo supondo que eu acredite em você, não posso levá-lo comigo. Olhe para ele. É uma criança. Se eu entrar numa briga, não saberei qual pescoço salvar, o meu ou o dele.

— Posso cuidar de mim mesmo — disse o garoto com voz rouca.

— Você não pode me forçar a levá-lo — disse. — Não quero seu sangue em minhas mãos.

— Se você não levá-lo, seu sangue estará em suas mãos — Curran cruzou os braços sobre o peito. — Você causou isso. Tomou posse do meu lobo na frente da Matilha inteira.

— Você não me deixou escolha. Eu deveria gritar por ajuda? Vim aqui de boa fé e caí numa emboscada. A responsabilidade é sua.

Curran me ignorou e continuou falando:

— Você questionou minha autoridade. Eu não posso esquecer. No momento, tenho três opções. Posso lhe ensinar uma lição pública sobre humildade, e, ah, como eu gostaria de fazer isso — Seu rosto não me deixou qualquer dúvida sobre exatamente quanto. — Mas eu tenho que aturar você porque é o ponto de contato com a Ordem. Eu posso puni-lo, o que não quero fazer. Ou posso dá-lo a você e dizer que ele era seu desde nosso último encontro. Você parecia angustiada e o juramento de sangue o tinha deixado descontrolado. Isso vai deixá-lo manter o orgulho.

Eu balancei minha cabeça.

— Não vou levá-lo.

— Então eu o matarei — disse Curran.

Todo o sangue sumiu do rosto do garoto. Ele se descolou da parede e ficou ereto.

— Ele me desobedeceu — disse Curran. — Ele tocou em você, então estou dentro dos meus direitos. — O pelo cobriu o braço de Curran. As garras despontaram de sua enorme pata e espetaram a pele sob o queixo de Derek. O garoto estremeceu.

— Eu gosto dele — a voz de Curran era quase um ronronar. — Não será uma presa fácil.

— Sangre o garoto e espetarei você como um porco assado — disse eu através dos dentes cerrados.

— Não, você vai tentar. Vai agitar sua espada e falar um monte de merda e depois recuar no último minuto. E então eu quebrarei o seu pescoço e o dele.

As garras curvas dançavam perigosamente perto da artéria no pescoço de Derek. Hora de aprender a passar cheques que eu possa cobrir.

— Você venceu, Vossa Majestade. Por favor, prenda-o agora. Tenho um compromisso daqui a três horas.

Três gotas vermelhas caíram sobre o carvão queimando em um braseiro de metal, que silvou, borbulhando. O cheiro de sangue humano queimado permeou a câmara, alimentando os fios emaranhados da magia. Sorri.

A vinculação estava ocorrendo, um ritual de prender o juramento de Derek à magia de seu sangue. O problema com os juramentos de sangue era que garantiam muito pouco. Derek teria uma forte aversão a quebrar promessas feitas nestas circunstâncias, mas isso era o máximo. Quando dada uma escolha entre quebrar um juramento de sangue e uma obrigação mais forte, tal como a lealdade à Matilha, provavelmente iria quebrar o juramento.

O lobo alfa alto e magro entoou as palavras da promessa. Derek as repetiu, e as correntes de poder lamberam a sala redonda, subindo em espiral pelas paredes impossivelmente altas até o teto perdido na escuridão. O Conselho, que formava um círculo em volta do braseiro, disse uma única palavra em uníssono. Derek estendeu a mão sobre a chama. O lobo alfa fez um corte no antebraço de Derek, deixando o sangue correr sobre o fogo do braseiro para selar a promessa. Havia um monte de promessas. O sangue dos metamorfos coagulava rapidamente e o alfa teve que reabrir a ferida a cada trinta segundos ou menos. A vinculação demorou cerca de quinze minutos. Na metade, Derek começou a cerrar os dentes quando a faca tocava sua pele. Aquele braço deveria estar dolorido como o inferno.

Escutei os votos. Derek se comprometeu a me proteger com sua vida, se necessário. Comprometeu-se a estar comigo durante os momentos de perigo e de paz, pelo tempo que a Matilha exigisse. Comprometeu-se a defender a honra da Matilha como um todo e do seu Clã Lobo em particular. Eu não estava ganhando um guarda-costas. Estava ganhando uma segunda sombra; se alguém franzisse a testa para mim, ele jurara pela sua honra rasgá-lo em pedaços.

Ele ficou parado, estremecendo repetidamente, parecendo perdido e lastimoso e de alguma forma infinitamente mais jovem que eu. Virei-me e calmamente saí da sala para o corredor sombrio do lado de fora. O ar estava frio e cheirava levemente a limão, entre outras coisas. Recostei-me na parede e cobri o rosto com as mãos, desligando do mundo por um momento. O juramento de sangue demorava um pouco para assentar e Derek teria que estar ao meu lado durante esse tempo, caso contrário sua promessa não teria valor. Ele teria que dormir no meu apartamento, jantar comigo e ir comigo para o Cassino... O Cassino. Eca.

— Estômago fraco — disse Curran ao meu lado.

Não pulei. Foi mais um pequeno salto, na verdade.

— Você faz isso de propósito, não é?

— O quê?

— Não importa.

Esfreguei o rosto, mas o cansaço não ia embora. Era só uma recarga de adrenalina. Acabaria em alguns minutos e então eu estaria nova em folha.

— Você não está preparada para isso — disse Curran.

Não brinca.

— Eu realmente não lidei com isso tudo muito bem, não é?

— Não — disse ele. Sua voz não demonstrava nenhuma simpatia.

Eu queria pedir para recomeçar. Ficaria mais contida na segunda vez. Menos tagarela. Infelizmente, na vida real você raramente tem um recomeço.

— Estou indo daqui para o Cassino. Preciso saber se posso levar Derek comigo. Nataraja gosta de me sacanear. Se Derek virar lobo, aí vai estragar tudo mesmo. — O eufemismo do ano.

— Você conhece alguma coisa do Código?

— "O Código é o Caminho" — citei o Código de Pensamento. — "É a Ordem entre o Caos; é a sanidade em meio ao esquecimento." — Ele olhou na minha direção. Surpreso, Vossa Majestade? Sim, eu o li. Muitas vezes. — Sem o Código, os metamorfos perdem o equilíbrio. A Fera os domina, forçando-os a matar e canibalizar suas vítimas. O consumo de carne humana desencadeia uma resposta hormonal cataclísmica. Tendências violentas, paranoia e desejo sexual sofrem uma sobrecarga, e o metamorfo se degenera em um lupino, um psicopata que se dedica a toda perversão envolvendo sangue e sexo que a mente humana possa imaginar. A mente humana pode imaginar muita coisa.

Eu estava definitivamente cansada agora. Lentamente, deslizei pela parede e me sentei no chão. Dane-se ele, se quiser ficar em pé acima de mim, que seja.

— Eu estava em Moses Creek quando a Associação invadiu o complexo de horrores de Sam Buchanan — disse.

Como um criado excessivamente ansioso por agradar, minha mente me trouxe uma lembrança. O quintal da frente do esconderijo do Buchanan, depois das trincheiras e da parede de lama da qual sua matilha demente atirara balas de espingarda em nós. A grama repleta de corpos de lupinos mortos, uma piscina inflável de criança — azul com patos amarelos — cheia de sangue e amontoados de entranhas pálidas, e uma mulher, nua e sangrenta, com buracos negros no lugar dos olhos. As mãos esticadas na frente do corpo, ela tropeçava nos cadáveres, procurando cegamente, agarrando o tronco de um pinheiro para se equilibrar, e chamando, a voz quase um sussurro, "Megan! Megan!". E nós, duas dúzias de mercenários com equipamento de batalha, incapazes de contar a ela sobre o pequenino corpo de cabelos escuros pendurado numa forca nos ramos da árvore em que ela se agarrava.

Cerrei os dentes.

— Lembranças ruins? — perguntou Curran.

— Você não faz ideia — disse eu com a voz rouca e me lembrei de com quem estava falando. — Na verdade, é provável que faça.

Balancei a cabeça, atirando as lembranças para longe de mim como um cão molhado sacode a água. Esse foi meu terceiro trabalho com a Associação. Tinha apenas dezenove anos, mas os pesadelos continuavam vívidos. E Buchanan escapara, fugira para o Bosque enquanto nós destroçávamos seus lupinos raivosos. Nunca o pegamos. Saber disso era pior que qualquer pesadelo.

Curran me observava. Abri a boca para perguntar por que ele não fizera alguma coisa com aquele lupino desvairado e então lembrei que o Condado de Jackson tinha impedido a Matilha de interferir. Isso foi há seis anos. Hoje em dia, eles não ousariam.

Minha boca estava aberta, então eu disse:

— O que isso tem a ver com Derek?

— Os pais de Derek eram separatistas batistas do Sul. Ele era o filho mais velho e pôde frequentar a escola. Por um tempo, pelo menos, até seu pai se envolver mais profundamente com a religião. Ele se lembra de queimar livros no jardim da frente, Dr. Seuss e Sendak.

Assenti. A mudança para "religião profunda" não era incomum. Metade das cidades das montanhas se "aprofundou" antes do movimento "Viva-a-vida-com-Deus" lhes fornecer um novo dogma.

Curran esfregou o pescoço, mostrando o bíceps sob a manga da camisa.

— Quando o garoto tinha quatorze anos, eles foram para um acampamento de reavivamento do final-do-mundo e seu pai trouxe para casa o Vírus-L.

Ele sentou-se ao meu lado.

— Ele não sabia o que era ou como lidar com aquilo. Não sabia o suficiente nem mesmo para pedir ajuda. Virou um lupino dentro de dias. Lupinos são contagiosos como o diabo. A mãe de Derek se matou após se infectar e deixou o marido raivoso sozinho com sete filhos. Cinco deles eram meninas.

Engoli o nó na minha garganta.

— Quanto tempo?

— Dois anos. — O rosto de Curran estava sombrio. — Eles mataram um licantropo de passagem durante o primeiro ano e Derek encontrou o Código em seu corpo. Isso e a fome o mantiveram são.

— Então, como acabou?

— Da maneira que sempre acaba. O garoto virou concorrência para as fêmeas e o pai tentou matá-lo. Mas ele tem uma boa forma de fera e consegue mantê-la firme.

A forma de fera é a forma do guerreiro, superior ao animal e ao homem. A maioria dos metamorfos de primeira geração tem problemas com a forma de fera e é incapaz de mantê-la por mais de alguns segundos. Eles melhoram com a prática, mas levam anos de tentativa e erro.

— Derek matou o pai?

— E ateou fogo na casa.

— E as outras crianças?

— Mortas. Duas de fome, três dos carinhos do papai e o último queimado até a morte. Nós escavamos os escombros e enterramos os ossos.

— E agora você o está dando para mim? Por quê, Curran? Não posso ser responsável por ele, já faço um trabalho de merda cuidando de mim mesma.

Seu olhar tinha desprezo suficiente para me afogar.

— Derek sabe se cuidar. Eu não tolero a perda de controle. Ele foi testado e não vai enlouquecer quando sentir cheiro de sangue. No seu lugar, eu me preocuparia mais com minha própria bunda.

— Bem, você não está no meu lugar. — Levantei-me. Hora de ir.

Caminhamos de volta para a sala, onde Curran disse alguma coisa para Mahon e saiu. Mahon se aproximou de mim.

— Eu vou acompanhar você até a porta. Derek nos encontrará na entrada.

— Por favor, certifique-se que ele tome um banho — disse. — Com bastante sabonete. Não quero que a Nação sinta cheiro de sangue ou lobo nele.

Mahon me levou por um caminho diferente, através do labirinto de passagens escuras e ramificações de túneis que nos trouxe até uma porta de madeira. Mahon inclinou a palma da mão contra ela e a abriu.

— Curran queria que você visse isso antes de ir — disse ele.

Na sala, sobre uma mesa de metal simples e debaixo de uma cobertura de vidro atada com feitiços de preservação, estava a cabeça de Sam Buchanan.

CAPÍTULO 5

Betsi não pegava. Um mecânico rato-homem deu uma olhada sob o capô, murmurou alguma coisa sobre o alternador e me indicou os estábulos.

Antes de sairmos, abri a mala da Betsi, desamarrei as cordas que seguravam o longo rolo de couro lubrificado e o abri, exibindo espadas e adagas protegidas por fivelas de couro. O luar prateou as lâminas.

— Uau — disse Derek.

Homens e espadas. Meu pai dizia que se você colocar qualquer homem capaz, não importa o quanto seja pacífico, sozinho em um quarto com uma espada e um boneco de treino, por fim o homem pegaria a espada e tentaria esfaquear o boneco. É a natureza humana. Este jovem lobo não era diferente.

— Escolha uma arma.

— A que eu quiser?

— A que você quiser.

Ele examinou a fileira de cutelaria com o rosto pensativo. Achei que ele escolheria uma lâmina em forma de folha, mas ele a ignorou e seus dedos se desviaram na direção da Bor. Era uma boa espada, especialmente para um iniciante, com lâmina de oitenta centímetros e cabo cinza com pouco menos de vinte centímetros de comprimento. Tinha a guarda reta de aço com pontas afiadas voltadas para baixo e o pomo de aço sem firulas. Como todas as armas que eu possuía, tinha um equilíbrio perfeito.

Derek a segurou na posição vertical.

— É leve! — ele disse. — Uma vez fui a uma feira de espadas, e as espadas lá eram muito mais pesadas.

— Há uma diferença entre uma espada e um objeto com aparência de espada — disse eu. — O que você viu na feira eram principalmente imitações razoáveis. Elas são bonitas e pesadas e o deixam mais lento que uma lesma de férias. Esta só pesa um quilo.

Derek brandiu a espada com um giro treinado.

— É uma espada de trabalho — eu disse. — Não quebra e não transmite muita vibração de volta para sua mão quando você atinge um alvo.

— Gostei dela — disse ele.

— É sua.

— Obrigado.

Peguei minha mochila e estávamos prontos para ir. Derek cheirou a mochila.

— Tem cheiro de gasolina.

— Você tem bom faro — disse para ele e deixei nisso. Explicar que eu carregava um cantil grande cheio de gasolina na minha mochila para o caso de derramar um pouco do meu sangue e ter que limpá-lo com pressa seria muito complicado.

A Matilha me emprestou uma égua. Seu nome era Frau. O mestre dos estábulos me jurou que, apesar de ela não ser o animal mais veloz dali, era obediente, forte e firme como o rochedo de Gibraltar. Até o momento, eu não tinha razão para duvidar dele.

O cavalo castrado de Derek ficou satisfeito em deixar Frau assumir a liderança. O garoto andava com a rigidez de um cavaleiro moderadamente treinado que nunca ficou muito à vontade ao redor de cavalos. Alguns metamorfos cavalgavam como se fossem centauros. Derek não era um deles.

Nenhum de nós falara desde que deixamos o forte dos metamorfos há cinquenta minutos.

Se eu fosse trabalhar com ele, teríamos que pelo menos ser capazes de conversar. Desacelerei, cavalgando ao seu lado. Os sons do tropel ecoavam na rua deserta.

— Por que o braço? — perguntou Derek.

Ele estava olhando para minha queimadura. O costume requeria que uma mão fosse colocada nas chamas.

— Porque não me curo tão rapidamente como você. Preciso da minha mão para segurar a espada.

— Ah. Essa foi uma pergunta idiota.

Ele desviou o olhar em direção à cidade. Atlanta se alastrava à nossa frente, parecendo aliviada por estar livre da magia e também apreensiva, sabendo que sua suspensão seria curta.

A lua brilhava sobre a escuridão do céu noturno, o pedaço pálido de um rosto por trás de um véu de sombras. Seu resplendor delicado, um emaranhado de luz e breu, se perdia, superado pelas lâmpadas de rua. A luz elétrica, assim como o sol, não oferece meio-termo. Não há sombras misturadas ao seu brilho, nenhuma dualidade ou promessa de profundidade oculta e misteriosa, nada além da luz, pura e simples.

— Você já reparou como algumas coisas funcionam durante a magia e outras não? — perguntou ele.

— Por exemplo?

— Telefones. Às vezes eles funcionam durante a magia e outras, não.

Ele queria conversar. Provavelmente estava à procura de algo em comum. Eu seria uma idiota se não concordasse.

— Existem duas teorias sobre isso. Uma delas afirma que a intensidade da onda de magia determina até que ponto a tecnologia falhará.

— E a outra?

Fiz uma careta.

— A magia é uma coisa fluida. Não é um sistema estrito e inflexível. Cada um de nós a filtra através de nós mesmos, e nossos pensamentos e percepções moldam e alteram a magia. Você sabe o quanto o Papa é poderoso?

— Sim.

— Ele extrai seu poder unicamente da fé de sua congregação. Milhares de pessoas acreditam que ele consegue curar os doentes, e então ele consegue. Agora, vamos pegar um carro como exemplo. Como ele funciona?

Derek franziu a testa.

— Não tenho certeza. Há o motor, que queima a gasolina e a transforma em gás. O gás se expande e empurra alguma coisa, um tipo de válvula, que faz as rodas girarem. Algo assim.

Concordei.

— Ok, agora, como funciona o telefone?

Ele olhou para mim.

— Humm, a nossa voz faz os fios vibrarem?

— Sim, mas como é que discando um número alcançamos a pessoa certa? E se um pássaro se sentar em cima de um fio? Ele ainda vibra?

Derek deu de ombros.

— Não faço ideia.

— Eu também não. Assim como a maioria das pessoas. Elas nunca tiveram que parar para pensar sobre o funcionamento do telefone. Ele apenas funciona. Os carros são diferentes. Eles requerem mais manutenção e quebram com mais frequência que um telefone, e os reparos são muito mais caros, então todo dono de carro estuda seu funcionamento interno pelo menos um pouco.

— Para evitar que seja enganado — disse Derek.

— Sim. A teoria é que, já que tantas pessoas não conhecem os princípios mecânicos básicos envolvidos no funcionamento do telefone, para elas é a mesma coisa que mágica. Elas acreditam cegamente que vai funcionar e funciona. Por outro lado, os carros são vistos como a soma de partes mecânicas propensas a falhas, portanto, quando a magia bate, eles falham.

— Essa é uma teoria bacana — disse ele.

— Infelizmente, torna meu trabalho muito mais difícil.

A flutuação de magia nos atingiu. As lâmpadas elétricas se apagaram e a escuridão absoluta inundou a cidade. Quando meus olhos se acostumaram com a falta de luz, nós viramos a esquina e fomos recebidos por uma fileira de lanternas de energia. Mais um quarteirão e chegaríamos ao Cassino.

— Você sabe aonde estamos indo? — perguntei.

— Para aquele lugar de merda da Nação.

Balancei a cabeça, dizendo adeus a qualquer esperança de preservar a neutralidade com ele ao meu lado.

— Vou ser bem clara. Aconteça o que acontecer, não quero que você mude de forma a menos que não tenha escolha. Eles não podem sentir seu cheiro, já que tomou banho. A não ser que fique peludo, eles não têm como saber que você pertence à Matilha, e eu gostaria de manter as coisas assim.

— Por quê?

— Primeiro, quero manter minha colaboração com a Matilha longe do conhecimento público. Não pareceria apropriado.

— A Nação não ficaria feliz em saber que você está com um lobisomem.

— É — Ted também não ficaria nada feliz. — E segundo, toda vez que você se transformar e lutar, terá que se alimentar e descansar num lugar tranquilo. Eu nem sempre tenho um lugar tranquilo à mão.

— Entendi.

— Bom.

A cidade, apanhada na teia de luz e sombra da lua triunfante, estava vazia e silenciosa. Talvez o garoto prodígio conseguisse manter a pele humana no Cassino. Eu certamente esperava que sim.

A magia tinha um apetite seletivo. Quando se tratava de edifícios, ela roía os arranha-céus em primeiro lugar, do topo para baixo, e então se lançava sobre qualquer coisa grande, complexa e nova. O Bank of America Plaza desmoronou primeiro, seguido do arranha-céu SunTrust. O One Atlantic Center, o Peachtree Plaza, até mesmo o novo edifício da Coca-Cola, ruíram. O Georgia Dome caiu antes da proverbial poeira assentar, e o resto dos monumentos ao poder da engenharia humana se apressaram em cometer haraquiri perante o ataque mágico. Então, quando o Georgia World Congress Center fez estrondo, tremeu como um dente de leite prestes a cair e entrou em colapso numa nuvem enorme de poeira, os moradores nem pestanejaram.

Poucos esperavam que a Nação comprasse o terreno. Ninguém esperava que eles o limpassem e levantassem seu próprio Taj Mahal particular no lugar das ruínas no prazo de cinco anos. E, quando as portas ornamentadas do palácio mágico se abriram e o público viu as fileiras reluzentes dos caça-níqueis, bem, a cidade, que já tinha visto de tudo, teve que parar e olhar. O choque durou até o primeiro tolo perceber que tinha uns trocados no bolso. Agora, o Cassino era uma das sete maravilhas de Atlanta, atraindo o público ansioso por pagar o preço. Felizmente, para Derek e eu, já era tarde mesmo para os padrões dos apostadores degenerados e não tivemos que lutar contra a multidão enquanto nos aproximávamos do ninho de Nataraja.

Já vi muitas vezes o Cassino, e mais uma vez ele me pegou de surpresa. Como um castelo etéreo nascido de uma miragem entre as areias movediças do deserto, o quartel-general da Nação se elevava acima da cidade. Da cor branca do alabastro durante o dia, à noite suas paredes brilhavam com ouro e índigo, iluminadas por lâmpadas elétricas poderosas ou lanternas de energia.

A Nação fizera algumas modificações. Um total de oito minaretes estreitos, em vez dos quatro originais, ladeava o edifício com sua cúpula central. Muros altos cercavam o complexo, pontuados por blocos de torres de guarda, equipadas com canhões e artilharia mágica. Guardas solenes e vampiros ocasionais patrulhavam os parapeitos texturizados. O lugar exalava magia necromântica.

Caminhamos entre as estátuas de bronze de deuses estranhos, equilibradas acima das águas de fontes retangulares. Reconheci alguns, mas a mitologia hindu nunca fora o meu forte.

A maior das estátuas ficava na sua própria fonte circular pouco antes da entrada. Uma figura estranha, surpreendida no turbilhão de uma dança ardente e equilibrada sobre um pé só em cima de um demônio feio. Dois pares de braços saíam de seus ombros. Uma mão segurava uma chama, a segunda batia um tambor, a terceira apontava para o pé estendido e a quarta oferecia uma bênção. Um dançarino cósmico, esmagando a ignorância do mundo, com o corpo a arder e o rosto sereno. Shiva como Nataraja, o Senhor da Dança.

Derek estudou a estátua quando eu diminuí o passo diante dela e franziu o rosto para o castelo.

— Então ele se intitulou com o nome de um deus?

— É.

Nesta época, era preciso um tipo particular de coragem para assumir o nome de uma divindade para si mesmo. Coragem era algo que o dono do Cassino possuía em abundância, mas, se ele aspirava se tornar Shiva, tinha um longo caminho a percorrer.

Nataraja servia como o senhor local da Nação. A Nação se apresentava como uma nova raça humana ou uma muita antiga, dependendo de com quem você falasse. Como a Ordem, eles possuíam propriedades no país inteiro, mas, ao contrário da Ordem, pareciam preocupados em acumular riquezas para financiar sua pesquisa sobre os "mistérios da vida e da morte", como seus folhetos afirmavam. Eles tinham proficiência em uma variedade de campos tecnológicos e mágicos; a maioria mostrava uma inclinação para a necromancia e a necronavegação — o despertar, estudo e cuidado dos mortos.

A Nação tinha poder em abundância. Perigosos como o diabo, eles elevaram a necromancia ao nível de arte, demonstrando um alto grau de profissionalismo em tudo o que faziam, o que eu admirava. Isso não me impedia de desprezá-los.

A entrada para o Cassino estava aberta ao público. Amarramos nossos cavalos no parapeito do lado de fora e passamos pelos sentinelas gêmeos que vestiam capas pretas sobre cotas de malha e brandiam cimitarras. As cimitarras tinham um aspecto desgastado, do tipo que se originava do afiar repetido após serem amortecidas em algo duro.

Entramos no térreo. Eu odiava cassinos. O fascínio do dinheiro fácil despertava o pior das pessoas. O ar cheirava a ganância, decepção e desespero.

Derek e eu andamos pelas máquinas caça-níqueis recondicionadas para funcionarem manualmente. Perdidos para o mundo na concentração de alimentar as máquinas com mais dinheiro, os jogadores pareciam mortos-vivos, movimentando-se com a monotonia de robôs. Uma mulher ganhou, pulando freneticamente enquanto uma cachoeira de moedas se derramava, enchendo o recipiente de sua máquina. Seu rosto, iluminado pela alegria, parecia furioso, quase louco.

Passamos pelas mesas de carteado, entramos por uma porta de serviço e caminhamos até chegar a uma sala pequena que se abria para uma escada. Um par de guardas magros, vestidos com os mesmos trajes que os sentinelas lá fora, guardava os degraus. Quase imediatamente, como se fosse sua deixa, uma mulher apareceu.

Ela tinha um metro e sessenta de altura, cerca de quinze centímetros mais baixa que eu. Seu vestido verde-esmeralda não deixava nenhum aspecto do corpo para a imaginação. Ela não era esbelta nem esguia. Quando os escritores de romances açucarados descreviam "gloriosas curvas afinando-se em uma cintura pequena" e "carne macia que implorava para ser explorada", eles a tinham em mente. De forma geral, o corpo dela era completamente diferente do meu. Eu não sentia inveja. Meu corpo me servia bem; era forte, resistente e equipado com reflexos rápidos, o que me permitia matar coisas antes que me matassem.

Mas invejei seu cabelo. Vermelho ardente, ele caía em cachos e anéis brilhando de ouro avermelhado até os quadris. O rosto de Derek apresentava um olhar malicioso de primeira classe. Rowena sorriu como se ele acabasse de ler um poema para ela.

— Kate! Como é agradável vê-la novamente.

Seu sorriso poderia lançar uma nave espacial em órbita. Juntamente com a voz de contralto, matizada com um suave sotaque polonês, aquele sorriso fazia os homens perderem o que restava de sua dignidade.

Dei uma olhada em Derek. O garoto prodígio não se derretera como um mingau, embora seu olhar estivesse colado nos peitos de Rowena. Evitando contato visual. Boa estratégia.

— Desculpe, estamos atrasados.

— Não tem problema. Por favor, sigam-me.

Assim fizemos, subindo a escadaria até o longo corredor.

— Você já esteve aqui antes? — perguntou Derek, com os olhos fixos na bunda de Rowena balançando sob a seda verde tremulante alguns degraus acima de nós.

— Molejo — eu disse para ele.

Ele piscou e então percebeu que eu não estava me referindo ao traseiro de Rowena.

— Molejo?

— Ela tem cerca de quatro metros de comprimento, cabeça triangular, escamas azuis e cinza...

Ele visivelmente não estava me entendendo.

— A cobra de estimação de Nataraja — expliquei. — Ela fugiu há algumas semanas. Eu a encontrei para ele, a pedido da Associação.

Mencionar que passei quatro dias acampada em um pântano, coberta de turfa e esterco e sem mudar de roupa, acabaria completamente com minha diversão.

Tive uma súbita sensação de medo. Os pelos na minha nuca se eriçaram. Nós fizemos uma curva e avistamos um vampiro. Ele rastejava ao longo do teto, indo na direção oposta, com os músculos trabalhando sob a pele firmemente esticada, provavelmente negra durante a vida, mas agora de um tom roxo azulado. Rowena olhou para ele e acenou da maneira que as pessoas deviam acenar para as câmeras de segurança em tempos mais tecnológicos. Senti uma magia particular fluir dela em uma onda lenta. Meu estômago ficou revirado e engoli, tentando não vomitar.

O morto-vivo estava anormalmente imóvel. O desejo de matá-lo quase me dominou. Minha mão coçou querendo tocar a Matadora, que descansava em sua bainha de couro às minhas costas. Olhei para os olhos vazios e imaginei como seria deslizar a lâmina dentro de um deles, remexendo o cérebro por trás. Gostaria de matar o homem que o comandava ainda mais.

O vampiro se deslocou, movimentando-se de uma vez só, e seguiu.

— Por aqui, por favor — disse Rowena, nos presenteando com mais um sorriso deslumbrante. Nós não tivemos escolha além de segui-la enquanto o vampiro desaparecia por trás da curva do corredor.

O corredor terminava em uma grande porta em arco. Ela se abriu à nossa aproximação, dividindo-se ao meio. Adiante, a sala do trono pentagonal de Nataraja estendia-se como um sonho de haxixe roubado da mente de um velho contador de histórias de *As mil e uma noites*. Estátuas graciosas se banhavam no brilho de lâmpadas mágicas que se misturava com a suave luminosidade refletida do trono de ouro. Almofadas de veludo pontilhavam o piso de azulejos italianos e obras de arte de valor inestimável esforçavam-se para adicionar um toque de requinte à opulência chocante. O próprio Nataraja se reclinava em seu trono, como um sultão lendário.

O idiota se vestia de branco, como sempre, e sua roupa parecia custar seis meses do meu salário. É bom ser o sultão.

Seu trono parecia de ouro. Provavelmente era de ouro, mas minha mente não conseguia aceitar que tal concentração de riqueza pudesse ser desperdiçada para apoiar o traseiro de alguém. Na forma de um ovo assentado na extremidade mais larga e cortado ao meio longitudinalmente, o trono chegava a um metro e oitenta de altura. Animais exóticos estilizados, considerados míticos durante certa época e agora apenas extremamente perigosos, cobriam toda a superfície do ovo, nos lados interno e externo, e as pedras preciosas que serviam como seus olhos brilhavam à luz de numerosas lâmpadas.

Nataraja repousava sobre o trono, meio sentado e meio reclinado sobre o cotovelo em uma almofada de pelúcia branca. Sua idade era difícil de determinar. A julgar somente por suas feições, ele não poderia ter muito mais que quarenta anos, mas impressões visuais não significavam mais nada. Eu *sentia* que ele era velho, muito mais velho do que eu. Duzentos anos, talvez trezentos, talvez mais. Há algum tempo eu teria dito que tal longevidade não era possível, afinal cem anos atrás a tecnologia fluía a toda a força, mas meus anos como mercenária me ensinaram a ser muito cuidadosa com palavras como "nunca" e "impossível".

Nataraja olhou para mim, ligeiramente contente com minha presença em sua casa. De pele oliva e compleição esguia, ele irradiava poder da maneira que alguns homens irradiam força. Seu cabelo, preto como carvão e liso, emoldurava um rosto anguloso, com uma testa ampla e alta, maçãs do rosto proeminentes e um queixo pequeno, escondido por uma barba curta e cuidadosamente aparada. Seus olhos, muito escuros e penetrantes, possuíam um efeito magnético. Quando ele encarava, parecia olhar profundamente dentro de você, descobrindo os pensamentos ocultos e ideias secretas e tomando-os para si. Seu olhar tornava quase impossível mentir para ele. Eu ainda conseguia.

Molejo silvou quando cruzei o chão em direção ao trono. Ela fixou os olhos vazios odiosos em mim e cheirou o ar, com a língua comprida tremendo através da abertura da boca sem lábios. É bom ver você também, querida. Lembra-se do meu ferrão?

Rowena caminhou até a cobra e pousou a mão sobre a enorme cabeça triangular. Pesando quase noventa quilos, Molejo não podia ser apanhada e carregada, e não é possível treinar cobras, já que a maior parte do tempo elas presumem que os seres humanos são árvores ambulantes e quentes. Molejo, no entanto, era uma aberração nascida da magia e manipulação genética. Ainda era burra pelos padrões dos mamíferos, mas sabia que uma mão em sua cabeça significava dor caso se movesse, então ela se enrolou em longos nós lânguidos aos pés de Rowena.

A voz de Nataraja soou como um sussurro de escamas sobre a pedra áspera:

— Kate.

— Nate.

Ele fez uma careta.

— Não estou com vontade de ser desrespeitado.

— Não é de admirar. É muito tarde para um homem da sua idade. Já pensou na aposentadoria? — *Você sabe o que vai fazer, e eu também. Vamos acabar logo com isso. Teste-me, seu filho da puta, assim eu poderei derrotar você novamente e então conversaremos.*

Seu poder me atingiu com violência, me oprimindo e empurrando para o chão. Os olhos dele viraram poços sem fundo, imponentes, todo-poderosos, sugando-me para dentro da sua profundidade horrível, que prometia escravidão e dor.

Cerrei os dentes e o enfrentei, tentando proteger Derek.

Nataraja exerceu mais pressão, seu poder aumentando como uma avalanche, distorcendo o mundo, esmagando-o até que nada mais existisse além de sua vontade e da minha, lutando um contra o outro. Um arrepio doloroso pulsou através de mim. Ele distorceu o rosto e mordeu o lábio.

— Calma, calma — falei entre os dentes.

— Essas alterações de humor não são um sinal de senilidade precoce? — disse a voz tensa de Derek.

A incrível pressão diminuiu por um instante e eu recarreguei minha magia, convocando toda reserva que possuía. Ataque o garoto, Nate. Ataque-o para que eu possa matar você.

A pressão caiu abruptamente e eu fui arremessada de um comprido túnel negro de volta ao mundo real. Nataraja recuou, pressentindo o perigo. Merda.

Olhei para Derek. Seu rosto estava lívido. Os punhos cerrados.

Nataraja estava mais uma vez interpretando o anfitrião entretido.

— Vejo que você trouxe um animal de estimação — disse ele. — Ele fala como você. — *Um dia*, prometia seu rosto. *Um dia, nós resolveremos isso.*

— Meus maus hábitos são contagiosos. — *A qualquer hora.*

Um sussurro anunciou uma nova chegada. Ghastek veio através das portas em arco, carregando uma maleta e vestindo calças cáqui e um suéter de gola em V preto. Ele parecia tão absurdo contra o pano de fundo da sala do trono vulgar de Nataraja que eu quase ri.

Ghastek acenou para mim e ficou ao lado do trono de seu mestre. Ambos os homens eram de compleição esguia, mas, enquanto Nate era esbelto, Ghastek era magro. Uma dieta de bifes e muitas horas na academia poderia torná-lo definido e musculoso, mas eu duvidava que ele alguma vez olhara para um haltere e muito menos usara um. Estava começando a ficar careca e as entradas nas têmporas deixavam sua testa mais alta. Seu rosto não possuía atrativos, e se salvava de ser inexpressivo apenas pelos olhos escuros que lhe traíam o intelecto e o leve toque de distanciamento próprio das pessoas que passam o tempo imersas em pensamentos.

— Ah, Ghastek — disse Nataraja como se cumprimentasse o animal de estimação preferido. — Eu estava pensando sobre o novo divertimento de Kate. Ele seria seu...

Eu fiz a vontade dele:

— Aprendiz.

— Aprendiz. — Nataraja rolou a palavra na boca, saboreando-a. — Que modesta. Considerando a idade dele, é realmente apropriado, apesar de contraditório.

— Odeio desapontar você, mas nossa relação é estritamente profissional.

A risada de Nataraja poluiu o ar.

— Claro — disse ele, como se estivesse atendendo o capricho de uma criança pequena. — Quanta insensibilidade da minha parte.

Sorri para ele.

— Verdade. Agora que estabelecemos que você tem um péssimo gosto, gostaria de ter a oportunidade de conversar comigo como representante da Ordem ou devo ir embora?

— De repente, você só quer falar de negócios. Muito bem. — Nataraja se inclinou para trás. — Estou insatisfeito com o rumo da sua investigação.

Mostrei os dentes para ele.

— Acho isso interessante. Eu não respondo a você.

Ele não disse nada, então expliquei:

— Trabalho para a Ordem e, da última vez que verifiquei, a Ordem não se reportava a Roland.

Foi divertido ver o efeito do nome. Os dois homens tremeram como se tivessem levado um choque.

— Como podem ver, cavalheiros, eu tenho acesso ao banco de dados da Ordem. — Era uma mentira deslavada, mas eles não tinham como saber disso. O nome de Roland dera um curto-circuito na lógica deles. Se eles percebessem como eu conhecia o nome de seu líder, ambos sofreriam uma apoplexia instantânea.

— Eis o que sei e, por favor, me corrijam se eu estiver errada. O vampiro sombra de Ghastek estava seguindo Greg Feldman. Ele morreu de repente e vocês não foram capazes de extrair uma imagem do assassino da mente do oficial que o estava comandando. Vocês não fizeram nenhum esforço para divulgar essa informação para a Ordem, o que é compreensível, já que teriam que explicar por que seu vampiro estava seguindo o cavaleiro-místico. O que eu não entendo é por que vocês têm feito tanto barulho por causa de um só vampiro.

Houve uma longa pausa, então Nataraja sacudiu o pulso numa espécie de gesto de "Conte para ela" e olhou para o lado, aparentemente perdendo todo o interesse em nossa conversa. Rowena continuava tranquila, com a mão sobre a cabeça da cobra. Eu me perguntei o que se passava em sua mente.

— Perdemos mais do que um vampiro — disse Ghastek.

— Você tem provas?

Ghastek abriu a maleta e extraiu uma pilha de fotografias. *Déjà vu.* Ele deu um passo à frente para me dar a pilha. Derek se interpôs entre nós e, sem dizer uma palavra, arrancou as fotos de sua mão e as entregou para mim.

Olhei para a imagem em preto e branco de um vampiro morto. O chupador de sangue estava colocado sobre um amontoado de destroços, seu corpo rijo penosamente quebrado. Sangue escuro e espesso manchava sua pele pálida. O vampiro estava coberto dele, como se alguém tivesse mergulhado a mão no sangue e passado por toda sua pele esticada da mesma maneira que uma pessoa esfrega óleo sobre a pele de uma galinha para prepará-la para assar. O crânio careca do chupador de sangue fora habilmente quebrado e um vazio úmido olhava para mim de onde o cérebro costumava ficar.

A segunda fotografia. O mesmo vampiro, desta vez deitado de costas para melhor exibir um longo talho que dividia seu torso dos órgãos genitais até o tórax. Costelas amareladas se projetavam da escuridão do tecido sangrento. Alguém usara uma faca muito afiada para cortar a cartilagem de várias costelas do lado esquerdo, separando-as do esterno sem serrar, mas fatiando em um único movimento com força terrível. O vampiro deve ter sido virado de lado para permitir que os coágulos fibrosos de seus intestinos quase atrofiados caíssem para fora. Não havia nenhuma gordura colada ao intestino, de forma que o assassino não precisou se preocupar em cortá-la. O mesmo com a bexiga e o cólon; ambos os órgãos se atrofiavam dentro de semanas após a morte-vida, então ele não teve que lidar com a bagunça.

O diafragma foi cortado de maneira limpa, para remover o restante dos intestinos e obter acesso ao esôfago. Ele deve ter revirado o tecido do diafragma e subido a mão até a cavidade do peito para conseguir pegar o esôfago e cortá-lo. Ele simplesmente teria que retirar o esôfago através do buraco e os inúteis pulmões encharcados de sangue e o coração inchado sairiam junto com ele. Já vi isso antes. É assim que se estripa um veado.

— Ele levou o cérebro, o coração, os pulmões, o que restou do fígado e dos rins, mas descartou os intestinos — disse Ghastek.

Levantei uma sobrancelha, uma vez que não vira os intestinos, e ele murmurou:

— A próxima fotografia.

Olhei e vi o monte úmido de vísceras em uma poça de sangue. Sem uso, elas encolheram até parecerem um barbante endurecido.

— Habilidade admirável — disse Ghastek secamente. — Os cortes foram feitos com precisão quase cirúrgica. Ele tem um excelente conhecimento da fisiologia vampírica.

— Alguma chance de ser um trabalho interno?

Ghastek olhou para mim como se eu o tivesse acusado de devorar criancinhas.

— Nós não somos burros — disse ele, querendo dizer *Eu não sou burro*. — Todos os membros da nossa Nação com esse grau de habilidade já foram investigados.

— Além deste e do sombra, quantos você perdeu? — perguntei.

— Quatro.

— Quatro? Quatro vampiros?

Ghastek demonstrou desconforto, parecendo que tinha provado algo viscoso e azedo.

— Não estamos felizes com a situação.

— Onde estão as outras fotos?

— Não temos mais nenhuma. Os outros foram levados. Não fomos capazes de recuperar os corpos.

— O que você quer dizer com levados?

— Algo os matou instantaneamente, cortando a ligação entre suas mentes e os oficiais que os comandavam. Em seguida, os corpos foram removidos antes de nossa equipe de campo ser capaz de recuperá-los. — Ele mostrou um pedaço de papel ordenadamente datilografado. — Aqui está a lista dos locais, datas e horas.

Derek pegou a lista e me deu. Olhei para ela e a guardei no bolso. Seis vampiros e sete metamorfos. Alguém estava tentando iniciar uma guerra entre a Matilha e a Nação e estava fazendo um ótimo trabalho. Mas quem se beneficiaria com isso?

— Você perdeu seis vampiros e encontrou apenas dois corpos. Tem certeza que os outros quatro não estão ativos? — A ideia de haver quatro vampiros fora de controle à solta na cidade me apavorava.

— Eles estão *mortos*, Kate! — Nataraja saiu do seu devaneio. — Por que não pergunta a Curran e sua manticora de estimação o que fizeram com nossa propriedade?

Manticora era um termo impreciso para definir Corwin, mas Nate parecia tão feliz de tê-lo encontrado que eu o deixei chafurdar na própria ignorância.

— Conversei com a Matilha — disse. — Fui capaz de inocentar Corwin satisfatoriamente.

— Isso não é bom o suficiente para mim — disse Nataraja.

— Pois vai ter que ser. — Toda esta esgrima verbal acabou com minha paciência. — O raio-m dele não correspondeu.

— Eu vi o raio-m da cena do crime — disse Ghastek, ganhando vida como um tubarão sentindo o cheiro de sangue na água. — Não havia impressão mágica além da do nosso vampiro e do cavaleiro-místico.

Merda. Eu e minha boca grande. Deveria carregar uma placa com a inscrição "Informações Confidenciais de Graça!". Assim as pessoas saberiam antecipadamente com quem estavam lidando.

— Você não deve ter visto o raio-m certo. O que vi tinha a impressão mágica clara do assassino.

Eu quase podia sentir o cérebro formidável trabalhando atrás dos olhos de Ghastek.

— Você estaria disposta a nos fornecer uma cópia desse outro raio-m?

— Você estaria disposto a me dizer por que diabos seu vampiro sombra estava seguindo Feldman?

— Talvez apenas quiséssemos ficar de olho no cavaleiro-místico — disse Nataraja.

Fingi considerar o que ele disse.

— Não. Não caio nessa. Manter um vampiro em campo é muito caro para uma vigilância casual.

— Não temos mais nada a discutir — disse Nataraja.

— Foi um prazer ver você, também — respondi.

— Ghastek, acompanhe a representante da Ordem para fora do nosso território — Nataraja fez uma careta. — Nós não gostaríamos que nada acontecesse com ela. Eu simplesmente não poderia suportar.

Ghastek me deu um olhar estranho e saiu conosco, deixando Rowena e Nataraja para trás.

Assim que ficamos fora do alcance dos ouvidos de Nate, eu parei.

— Você não precisa realmente me acompanhar.

— Preciso, sim.

— Nesse caso, tenho uma pergunta.

Ghastek olhou para mim.

— Se eu quisesse contaminar um animal vivo com magia necromântica, como faria isso?

— Por contaminar você quer dizer...?

Não havia maneira de responder essa perguntar sem me entregar. Eu era muito burra para este trabalho.

— Uma quantidade de magia necromântica suficiente para produzir uma impressão mágica mista.

— De que cor?

Eu me esforcei para não ranger os dentes.

— Laranja claro.

Ele pensou sobre isso.

— Bem, a resposta mais óbvia seria alimentar um animal com carne impregnada de magia necromântica. Se um rato se fartasse da carne de um vampiro, a magia necromântica apareceria no seu conteúdo estomacal. Uma parte dela cairia na corrente sanguínea. Mas, da mesma maneira que é óbvia, também é errada. Já examinei animais que se alimentaram da carne de mortos-vivos e a impressão mágica mostrou um arco necromântico puro.

— A magia da carne dos mortos-vivos superou a magia do animal?

Ghastek assentiu com a cabeça.

— Sim. Para produzir uma impressão mágica mista, a influência da magia necromântica teria que ser muito sutil. Em teoria, e apenas em teoria, isso teria que envolver reprodução.

— Não entendo.

— Se me pedisse com jeitinho, eu poderia explicar — disse Ghastek.

— Você poderia explicar para mim, por favor? É importante e eu agradeceria muito.

Ghastek se permitiu um sorriso, que tocou seus lábios e desapareceu em um piscar de olhos, como se não fosse mais do que uma contração muscular. Sorri para ele.

— Você é muito mais agradável quando fala como um ser humano — disse Ghastek. Meu sorriso não o perturbou. — A pretensão é divertida, mas torna-se cansativa.

Suspirei.

— Eu sou uma mercenária. Ando como uma mercenária, falo como uma mercenária, ajo como uma mercenária.

— Então você admite ser um estereótipo ambulante?

— É mais seguro assim — disse honestamente.

Por um momento, pensei que de alguma forma ele compreendera o significado mais profundo das minhas palavras. Então ele disse:

— Nós estávamos falando de ratos?

— Sim. E eu pedi com jeitinho.

— Em teoria, se eu pegar uma rata e a alimentar com carne de mortos-vivos enquanto permito que se acasale e tenha crias, e em seguida repetir o processo com sua prole, em algum momento os descendentes da rata original podem exibir uma influência permanente da magia necromântica, o que irá produzir uma impressão mágica mista. Algo como uma cor laranja clara no raio-m.

— Obrigada.

— Obrigado a *você*. — Ele sorriu.

A água da fonte de Shiva estava refrescante. Eu a joguei no meu rosto, lutando contra a vontade de me deitar sobre o adorável concreto frio. O teste de Nataraja minou minhas forças, mas eu mais uma vez evitara a demonstração de poder que ele estava tentando provocar. Sentei-me na beirada da fonte.

— Estou cansada. Eu me sinto suja e preciso de um banho. Como você está?

Derek agarrou a borda com as mãos e mergulhou a cabeça dentro da água. Ele se balançou, lançando gotas do cabelo molhado, e lavou o nariz do jeito que os metamorfos fazem quando querem se livrar de um cheiro forte.

— Este lugar fede a morte — disse ele.

— É. Sabe, não é aconselhável ser insolente com Nataraja.

— Olha quem está falando.

— Ele espera que eu seja desaforada. Ainda assim, foi muito engraçado. O que achou de Rowena?

— Você não quer saber — disse ele.

— Tá certo. Provavelmente não. Ela me incomoda — admiti.

— Por quê? Porque ela é mais bonita?

Recuei.

— Derek, jamais diga a uma mulher que alguém é mais bonita que ela. Você vai fazer uma inimiga para sempre.

— Você é mais engraçada que ela. E bate mais forte.

— Ah, obrigada. Por favor, continue a reforçar o fato de que ela é mais atraente. Se você disser que eu tenho uma personalidade melhor, vai descobrir o quanto bato forte.

Ele sorriu. Caminhamos até nossos cavalos.

— Tenha cuidado no caminho de volta — disse.

Ele me deu um olhar perplexo.

— Eu é que estou te protegendo você. Tenha cuidado.

Balancei a cabeça. Finalmente conseguira meu cavaleiro de armadura brilhante. Pena que ele era um lobisomem adolescente.

— Você acha que a Nação vai tentar algo?

— Não a Nação — Diminuí a marcha. — A Matilha e a Nação perderam um número aproximado de membros e os assassinatos aconteceram na fronteira entre eles. Essa sequência de assassinatos parece cuidadosamente planejada.

— Por Nataraja?

— Por alguém que se beneficiaria com uma guerra entre a Matilha e a Nação.

— Como Nataraja?

— Quer esquecer Nataraja? — Olhei-o com reprovação. — Nate é acima de tudo um homem de negócios. Sim, ele gostaria de reduzir a Matilha. Em um conflito direto, a Nação poderia até ganhar, mas ficariam tão enfraquecidos que o arroto de um bebê os nocautearia. A guerra não é rentável para a Nação agora; é por isso que fomos convidados para o Cassino. Pela sua postura, percebe-se que a Nação está preocupada. Eles não somente perderam seis vampiros, que são caros para substituir, como também pressentem uma ameaça maior. Por que você acha que Ghastek está nos acompanhando até em casa?

— Que ameaça? — Derek encolheu os ombros.

Tinha me esquecido de como era bom explicar uma teoria.

— Alguma vez você já ouviu as pessoas dizerem "dar uma de Gilbert"? Sabe de onde vem a expressão?

— Não.

— Cerca de nove anos atrás, um Mestre dos Mortos traidor chamado Gilbert Caillard tentou assumir o controle da Nação incriminando Nataraja em uma quadrilha de escravos sexuais. O que é tremendamente irônico, já que duvido que aquela cobra já tenha feito sexo, muito menos o intermediado. De qualquer forma, o raciocínio do Gilbert era que, se a Nação estivesse humilhada e Nataraja preso, ele poderia assumir a responsabilidade da operação. Ele tinha poder em abundância e quase conseguiu a proeza.

— Você acha que ele está de volta?

— Não, Gilbert está morto. Nataraja o matou e queimou seu coração. Ele ainda carrega as cinzas numa bolsinha ao redor do pescoço. Mas isso parece muito ser coisa do Gilbert. O plano tem certo brilhantismo: conseguir que a Matilha e a Nação entrem em guerra para, em seguida, chegar e tirar o controle das mãos fracas e possivelmente moribundas do Nate.

— Moribundo seria bom — disse Derek.

— Primeiro, temos membros da Matilha dilacerados por animais com mancha de magia necromântica, provavelmente alimentados com carne de mortos-vivos. Segundo, temos vampiros levados por alguém com conhecimentos avançados de anatomia vampírica. E terceiro, Nate está assustado. Olhe para as torres. Ele dobrou a patrulha. Sabe, a Nação valoriza o poder acima de tudo. Eles não exatamente incentivam golpes violentos como este, mas, se o vitorioso oferecer sua reverência a Roland e fizer os ruídos apropriados, ele provavelmente sairá impune. Acho que temos um Mestre dos Mortos traidor nas mãos. — Tinha que ser isso. Fazia todo o sentido.

— Quem é Roland? — perguntou Derek de repente, intrometendo-se em meus pensamentos.

— Roland? É o líder lendário da Nação. Há rumores de que ele está vivo desde que a magia deixou o mundo pela última vez, cerca de quatro mil anos atrás. Ele supostamente tem um poder inacreditável, quase como um deus. Há quem diga que ele é Merlin, outros que é Gilgamesh. Ele tem algum tipo de plano e usa a Nação para colocá-lo em prática, embora a maioria deles jamais o tenha visto. Não há qualquer prova de sua existência e leigos como você e eu não deveríamos saber sobre ele.

— Será que ele existe?

— Ah, sim. Ele é real.

— Como você sabe sobre ele?

— É meu trabalho saber. — *E acredite em mim, menino prodígio, eu sei realmente demais. Conheço bem os seus hábitos. Sei o que ele gosta de comer, quais mulheres gosta de levar para a cama, os livros que prefere ler. Sei tudo o que meu pai sabia sobre Roland. Sei até mesmo o seu nome verdadeiro.*

O fluxo de pessoas entrando no arco branco dos portões diminuíra. Era muito tarde ou muito cedo, dependendo do seu ponto de vista.

Garras de medo congelaram minha espinha. Os pelos na minha nuca e nos braços se arrepiaram. Um vampiro. Muito perto.

O cavalo castrado de Derek relinchou, mas Frau continuou impassível. Eu adorava essa égua.

Virei-me devagar e vi o chupador de sangue descer a parede branca como neve do Cassino. Ele rastejava de cabeça para baixo como uma lagartixa mutante, com as longas garras amarelas se fincando na argamassa. O corpo pálido, esticado com os músculos ressecados e filamentosos, respingava magia necromântica.

O vampiro deslizou até que sua cabeça ficou no nível da minha e então levantou o rosto. Fora uma mulher antes. A morte-vida definira ainda mais as feições delicadas, tornando-a parecida com uma vítima de campo de concentração. O chupador de sangue olhou para mim com olhos assombrados. Levantou uma mão fina que segurava um pequeno objeto. Lentamente, abriu a mandíbula. O rosto se contraiu, tentando mudar as feições.

— Acho que isso é seu. — disse a voz de Ghastek pela garganta do vampiro. Os dedos dele se abriram e o objeto caiu. Eu o apanhei: a minha adaga de arremesso. Quanta consideração. Ele até mesmo limpara o sangue do chupador de sangue.

— Diga-me, Kate — perguntou Ghastek. — Por que você pinta suas adagas de preto?

— Para não brilharem quando eu as arremesso.

— Ah. É óbvio, quando se pensa no assunto. — A garganta do vampiro fedia a morte.

— Vamos partir?

— Por favor.

— Qual é o nosso destino?

Ele sabia perfeitamente onde ficava o apartamento de Greg. Provavelmente mantém o lugar sob vigilância.

— Basta me levar até a fronteira do seu território. Na esquina da White com a Maple já está bom. — Tarde demais eu lembrei que Greg morrera naquele cruzamento. — Isso não é necessário, você sabe.

— É, sim. Se você morrer depois de visitar o Cassino, teremos que responder a muitas perguntas desagradáveis.

Acariciei o pescoço da Frau, soltei as rédeas e montei.

— Um cavalo — disse Ghastek com repulsa. — Eu deveria saber.

— Você tem alguma coisa contra cavalos?

— Sou alérgico. Não que importem as circunstâncias.

Ele criava mortos-vivos, mas os bons e velhos cavalos o faziam espirrar.

— Vá na frente — disse. O vampiro disparou, correndo de maneira desajeitada e trabalhosa. Chupadores de sangue não são feitos para correr no chão. Isso exige coordenação e respiração e o processo não acontecia naturalmente para quem não precisa mais respirar.

Apertei suavemente os flancos da Frau e ela disparou, começando a trotar com facilidade, com Derek em seu cavalo logo atrás. Tive a sensação de que, se o chupador de sangue ficasse a pouca distância, Frau tentaria descobrir se era bom cavalgar sobre ele.

Ghastek forçou o vampiro por cerca de um quarteirão e o guiou para locais mais elevados. Ele subiu apressadamente o lado de um edifício e saltou para seu vizinho, desafiando a gravidade. A forma macilenta voou ao longo da terceira fileira de janelas, com as garras agarrando a parede tempo suficiente para movimentar, silencioso e imperceptível, um novo tipo de terror.

Pegamos as ruelas para ficar longe da avenida principal. Um cavaleiro passou por nós andando num cavalo branco, gracioso e de olhar maldoso, uma espécie rara de cavalo. O cavaleiro vestia uma jaqueta de couro cara, forrada com pele de lobo. Ele deu um olhar de avaliação para mim e Derek e seguiu seu caminho, ajustando a besta que repousava sobre suas costas.

Olhei para ele, procurando por algum sinal que proclamasse *Sou rico, por favor, me assalte*. Não vi nenhum. Acho que ele sabia que o cavalo já era uma declaração suficiente.

Adiante, várias crianças rodeavam uma fogueira que queimava dentro de um tambor metálico. As chamas alaranjadas lambiam as bordas do tambor, realçando de amarelo os rostos jovens encardidos e determinados. Um garoto franzino num moletom sujo e com um emaranhado de penas nos cabelos cantava algo dramaticamente e jogou o que parecia uma ratazana morta no fogo. Qualquer um era feiticeiro hoje em dia.

As crianças me observaram enquanto eu passava. Uma delas me xingou com vontade, tentando obter uma reação. Ri suavemente e continuei cavalgando.

Se nós tivermos mesmo um Mestre dos Mortos traidor à solta, então eu não tinha a menor ideia de como atraí-lo para fora do esconderijo. Talvez se eu arranjasse uma caixa grande encostada numa estaca e amarrasse um dos vampiros de Ghastek debaixo dela...

Chegamos na Rufus e viramos para o norte, rumo à Rua White. Ela recebeu esse nome por causa da nevasca de 1914, quando oito centímetros de pó fino cobriram o feio asfalto da rua. Oito centímetros de neve não era incomum para Atlanta, exceto pelo fato de que chegara em maio e se recusara a derreter nos meses seguintes apesar da temperatura de trinta e sete graus. Três anos e meio mais tarde, ela finalmente cedeu e descongelou durante um verão bastante quente.

Cheguei à esquina e parei. A forma retorcida do vampiro de Ghastek se empoleirava no topo de um poste de luz, enrolada sobre ele como uma cobra em torno de um tronco de árvore. Ele olhou para mim, os olhos com um brilho vermelho que traía um influxo de magia. Ghastek concentrava-se arduamente para mantê-lo no lugar.

— Está com problemas? — perguntei suavemente.

— Interferência. — A voz de Ghastek soou como se viesse através de dentes cerrados. Alguém estava tentando roubar o controle sobre o vampiro.

Desembainhei a Matadora e a coloquei sobre o dorso da Frau. O metal fumegou. Um leve brilho de umidade reluziu sobre sua superfície. Ela podia estar reagindo ao vampiro de Ghastek ou a outra coisa.

Atrás de mim, o cavalo de Derek relinchou baixinho.

— Não desça do seu cavalo — eu disse.

Enquanto Derek ficasse na sela, não se esqueceria de agir como ser humano.

Desmontei e amarrei o cavalo numa cerca de ferro. O vampiro de Ghastek se desenrolou do poste e deslizou silencioso até o chão. Deu alguns passos hesitantes e cambaleantes pelo cruzamento.

— Ghastek, aonde você está indo?

Uma carroça puxada por dois cavalos trovejou rua abaixo numa velocidade alucinante. Os cavalos viram o vampiro e se acanharam, puxando a carroça para o lado, mas não longe o suficiente. A roda dianteira direita da carroça bateu contra o vampiro com um baque alto, atirando-o de lado. O condutor cuspiu um palavrão e chicoteou as rédeas, forçando os cavalos a iniciar um galope ensandecido, estrondando pela rua e desaparecendo no espaço de uma só vez.

O vampiro estava deitado, imóvel em um amontoado lastimável.

Que conveniente.

Com a Matadora na mão, pisei na rua.

— Ghastek? — chamei delicadamente.

Eu o circulei, de espada na mão. Um feio esgar congelava o rosto do vampiro. Seu pé esquerdo tremeu.

— Ghastek?

Um silvo baixo chamou minha atenção. Eu me virei. Não havia nada. Uma pequena gota de luminescência líquida deslizou da minha lâmina e caiu no asfalto.

Uma explosão de terror gélido me atingiu como uma marretada. Rodopiei, atacando por instinto, e senti o sabre acertar carne quando uma forma grotesca desabou sobre mim. A criatura girou para longe da espada em pleno voo e pousou ao meu lado.

O cavalo de Derek relinchou e galopou noite adentro, levando-o para longe.

Recuei na direção do vampiro de Ghastek. A coisa me seguiu andando de quatro. Era um vampiro, mas tão antigo que não restava nenhum traço de ele já ter andado na posição vertical. Os ossos de sua coluna vertebral e dos quadris haviam se transformado definitivamente para se adaptarem à locomoção de quadrúpede.

A criatura avançou, magra e rija como um cachorro galgo. Uma crista óssea de três centímetros de altura ficava acima da sua coluna vertebral, formada pelo crescimento anormal das vértebras através da pele grossa. Ela parou, abraçou o chão por um momento e se levantou novamente, com os olhos vermelhos como rubis fixos em mim.

Seu rosto já não tinha qualquer semelhança com um ser humano. O crânio se projetava para trás em uma curva de chifre ósseo para equilibrar as mandíbulas salientes horrivelmente imensas. A criatura não tinha nariz, nem mesmo sinal do osso. Ela abriu a boca, dividindo a cabeça ao meio. Fileiras de presas brilharam na escuridão. Elas não iriam apenas perfurar e rasgar, mas sim me trucidar.

Os olhos da criatura se voltaram para mim. As pupilas de coruja reluziam vermelhas.

Ela saltou com velocidade inumana. Eu mirei na garganta e errei, minha lâmina afundando até o cabo em seu ombro. A coisa me desequilibrou. Caí no chão duro. Minha cabeça bateu no asfalto e o mundo girou. Senti uma pressão no peito forçando o ar para fora dos meus pulmões. Forcei e enviei um choque do meu poder através da lâmina da Matadora.

O cabo do sabre escapuliu da minha mão e a pressão desapareceu. Respirei fundo e me levantei, com a adaga de arremesso na mão.

A criatura estremecia a quatro metros de distância de mim, atordoada e incerta. A fina lâmina do meu sabre sobressaía de suas costas. Cinco centímetros abaixo e para a esquerda e eu teria acertado seu coração. O ombro sacudiu, torcido por um poderoso espasmo, enquanto a Matadora se aprofundava no músculo que levava para o coração. A carne ao redor da lâmina amoleceu como cera derretida.

A cabeça da criatura estalou e ela se virou para me encarar. Mais cinco centímetros. Demoraria pelo menos três minutos para a Matadora se enterrar bem fundo na carne. Eu tinha de sobreviver por três minutos.

Sem problema.

Atirei meu punhal. A ponta da lâmina atingiu o osso pouco acima da órbita esquerda. Espetacular.

A criatura saltou, percorrendo facilmente os quatro metros que nos separavam, e uma forma peluda a golpeou em pleno voo. Eles rolaram, o vampiro e o lobisomem, um rosnando e o outro sibilando. Eu os persegui. Por um momento, Derek prendeu o chupador de sangue, suas garras cravadas no abdômen do vampiro, e, em seguida, o vampiro sacudiu o lobisomem e se libertou dele.

Arremeti. A criatura não esperava que eu fosse atacar e a chutei direto no ombro. Foi como chutar uma coluna de mármore. Ouvi o osso se quebrar e desferi dois golpes rápidos em seu pescoço. Ela correu para mim, rasgando minhas roupas em um redemoinho de dentes e garras. Defendi-me o melhor que pude. Nenhum som saía da boca do monstro. Uma garra se cravou em mim. Uma fisgada quente de dor fez arder minhas costelas e meu estômago. As presas estalaram a dois centímetros do meu rosto. Virei-me para trás, esperando a boca horrenda me engolir, mas o vampiro me soltou e deu um passo para trás.

Um conjunto de novos braços de vampiro estava crescendo em suas costas. Ele girou, se balançando, e vi o vampiro de Ghastek agarrado ao seu pescoço.

O chupador de sangue montou nas costas do monstro com as garras presas no enorme pescoço. A criatura investiu contra os braços e recuou. Derek agarrou suas patas traseiras. O vampiro chutou, mas Derek o segurou firme. Peguei impulso e dei um chute no peito arruinado do vampiro. Ossos se quebraram. A carne do vampiro se rasgou como um saco de água transbordante, liberando uma torrente de líquido fétido.

A criatura gritou pela primeira vez, um som enfurecido e áspero. As veias sob sua pele pálida incharam e seus olhos flamejaram um vermelho profundo, iluminando seu rosto. Havia sofrido muito dano e estava prestes a sucumbir à sede de sangue, rompendo o controle do seu mestre. Arremessou o vampiro de Ghastek para longe como um terrier faz com um rato. Derek continuou segurando-a, alheio ao que acontecia.

— Afaste-se dele! — Chutei o lobisomem. Ele rosnou, furioso, e eu chutei novamente. Ele largou o vampiro e veio até mim, uivando. Eu o enxotei.

A criatura gritava sem parar, o corpo se retorcendo e empenando enquanto os músculos se retesavam e estalavam. Espinhos ósseos perfuraram seus ombros, encurvando sua estrutura como chifres. Ela se inclinou para trás e tocou o chão, fazendo cortes no asfalto. Eu conseguia ver a lâmina da Matadora através do buraco em seu peito.

O vampiro arremeteu contra mim. Veio com velocidade espantosa, impossível de parar. Ele me atingiu, segurei o cabo da Matadora e empurrei com toda a força que possuía. Caímos sobre o asfalto e rolamos até batermos em um muro.

Ainda bem que aquilo estava no caminho. Poderíamos ter continuado indefinidamente.

Fiquei deitada imóvel. O sangue da criatura fluía do coração perfurado, me afogando. Círculos coloridos bloqueavam minha visão. Pouco a pouco, me tornei consciente de dois olhos amarelos brilhando suavemente sobre o ombro do vampiro. Pisquei, colocando o rosto daquele pesadelo peludo em foco.

— Você está bem? — Minha voz soou rouca.

Com um rosnado curto, Derek afastou o cadáver de mim e me levantou.

— Obrigada — eu disse.

Derek estava sangrando. Tinha um corte longo na perna direita e marcas irregulares de garras no ombro. Percebeu que eu estava olhando e uivou, se afastando para que eu não conseguisse ver seu quadril. Eu também estava sangrando. Minha cintura ardia e doía quando me inclinava para a frente.

Coloquei o pé em cima do vampiro e puxei a Matadora. Ela saiu facilmente; a carne que envolvia a lâmina se liquefez com sua magia. Posicionei-me e cortei o pescoço da criatura com o sabre. A cabeça deformada rolou. Eu a peguei. O fogo em seus olhos se extinguira. Eles estavam vazios. Mortos.

Banhada de sangue fétido e dor, procurei por Frau. Depois de tudo que acontecera, a égua permanecia onde estava. Eu não conseguia acreditar. Comecei a ir em sua direção, tropeçando um pouco. Andar, por algum estranho motivo, se mostrou problemático. No meio do caminho, mudei de curso e fui até o vampiro de Ghastek.

O vampiro estava deitado de bruços, com o rosto virado para mim. Coloquei a cabeça na frente dele e apontei para ela.

— Acho que isso resolve a questão. Qual é a idade desta coisa, Ghastek? Trezentos anos? Mais?

O vampiro lutava para dizer alguma coisa.

Rolei os olhos.

— Deixa pra lá. Vou descobrir. Obrigada pela ajuda. Você pode dizer para Nataraja enfiar a proteção dele no rabo.

O vampiro moveu a mão, apertando meu pé. Com cuidado, retirei a mão do meu sapato ensanguentado, pisei em cima dela e me dirigi para a égua.

Derek olhava para o chupador de sangue com malícia.

— Deixe-o em paz. Precisamos ir embora daqui antes que a equipe de limpeza da Nação chegue.

Acariciei Frau e joguei a cabeça no alforje. A égua espirrou, ofendida pelo cheiro horrível.

— Desculpe-me, querida.

Peguei uma grande sacola impermeável do exército.

— Gasolina — disse para Derek, como se ele não conseguisse sentir o cheiro.

Derramei-a sobre o chão, coloquei o saco de lado e peguei os fósforos.

Meus dedos tremiam. Acendi um fósforo depois de outro; no quarto a gasolina pegou fogo. O vampiro de Ghastek chiou enquanto as evidências e o meu sangue viravam fumaça.

Guiei Frau noite adentro e meu fiel lobo me seguiu, mancando.

Quando chegamos aos garotos do rato morto, Derek desmoronou. Caiu para a frente, com o focinho no asfalto. As crianças olharam para nós, surpresas, mas não fugiram.

Uma suave trepidação passou pelo lobisomem, liberando uma névoa e deixando o corpo humano nu enrolado no chão. As crianças continuaram observando.

O corte na sua coxa era mais fundo do que eu pensava. As garras da criatura rasgaram o músculo grosso de proteção do quadríceps femoral e fizeram um corte profundo na panturrilha. Olhei a ferida e vi a artéria femoral triturada. A carne ferida estremecia. Os vasos sanguíneos cortados rastejavam na direção um do outro no meio do músculo, começando a se suturar sozinhos. O Vírus-L fizera Derek desmaiar para poupar energia para os reparos.

Uma dor lancinante dominava minha cintura, rasgando meu peito. Trincando os dentes, virei Derek de barriga para cima, coloquei um braço sob seus quadris e enfiei o outro sobre seu peito logo debaixo dos braços. Ele era mais pesado do que parecia, pesava cerca de sessenta e oito, talvez setenta quilos. Não importava.

— Ei, senhora! — disse o garoto com penas no cabelo.

As crianças estavam de pé, reunidas. Devíamos ser uma puta cena, Derek, nu e não mais peludo, e eu, ensopada de sangue, com minha espada ainda fumegando em sua bainha.

— Você precisa de ajuda? — perguntou o garoto.

— Sim — eu disse, com voz rouca.

Ele andou até nós, pegou os pés de Derek e olhou para sua turma.

— Mike.

Mike cuspiu de lado e tentou parecer mau.

O garoto com as penas olhou para ele.

— Mike!

Mike cuspiu novamente, só para aparecer — não sobrara muito cuspe —, veio e agarrou desastradamente os ombros de Derek.

— Segure-o sob as axilas — disse eu.

Ele olhou para mim, com medo dançando em seus olhos, apertou o maxilar e mudou de posição.

— No três — disse. — Três.

Puxamos. O mundo girou num turbilhão da dor e, em seguida, Derek estava estendido sobre o dorso de Frau. Ele ficaria bem. O Vírus-L o curaria e amanhã de manhã estaria novo em folha. Eu, por outro lado... Uma mancha úmida de sangue estava se espalhando na minha jaqueta num ritmo alarmante. Se o sangue começasse a pingar, eu ficaria bem encrencada. Pelo menos ainda sentia dor.

— Obrigada — murmurei para as crianças.

— Meu nome é Red — disse o garoto com penas.

Coloquei a mão no bolso da minha calça. Meus dedos encontraram um cartão. Entreguei a ele, tendo o cuidado de limpar a mancha de sangue na manga da camisa. Não o meu sangue. O de Derek.

— Se você precisar de ajuda — disse.

Ele o pegou solenemente e assentiu com a cabeça.

As escadas estavam escuras como o inferno.

Subi, com a pressão constante do corpo de Derek distribuída nas costas. Se eu me inclinasse direito, a dor ficava suportável, então arrastei Derek e o saco pela escada um passo de cada vez, tentando manter o ângulo constante e tendo cuidado onde colocava os pés. Eu não tinha certeza se um lobisomem conseguiria sobreviver a um pescoço quebrado. Sabia que eu não.

Fiz uma pausa no patamar para recuperar o fôlego e olhei para a porta do meu apartamento.

Um homem sentava-se nas escadas, com a cabeça encostada na parede.

Delicadamente, coloquei Derek no chão e peguei minha espada. O peito do homem subia e descia num ritmo suave e regular. Engatinhei pelas escadas, respirando através dos dentes cerrados, até conseguir ver seu rosto. Crest. Ele não acordou.

Bati em sua cabeça com o lado plano da lâmina da Matadora. Quando eu acordava, era instantânea e silenciosamente, minha mão procurando a espada antes que minhas pálpebras se abrissem. Crest acordou como um homem desabituado ao perigo, com lentidão luxuriosa. Piscou e sufocou um bocejo, olhando de esguelha para mim.

Dei-lhe um momento para me reconhecer.

— Kate?

— O que você está fazendo aqui?

— Eu vim buscá-la para jantar. Nós tínhamos um encontro.

Merda. Eu tinha esquecido completamente do encontro.

— Fiquei preso no trabalho até as dez — continuou ele. — Liguei, mas você não respondeu. Já era muito tarde, mas decidi aparecer com uma oferta de paz. — Ele ergueu um saco de papel cheio de embalagens brancas, decoradas com um símbolo chinês estilizado em tinta vermelha. — Você não estava aqui. Pensei em esperar alguns minutos e me sentei nas escadas... — Seu cérebro finalmente registrou minha roupa suja de sangue, a espada e as manchas de sangue seco no meu rosto. Seus olhos se arregalaram.

— Você está bem?

— Vou sobreviver.

Destranquei a porta do apartamento, abrindo os feitiços.

— Há um homem nu no patamar — eu disse, na esperança de evitar perguntas futuras. — Vou trazê-lo para o apartamento.

Crest colocou a comida chinesa no corredor do apartamento e desceu as escadas para pegar Derek sem dizer uma palavra. Juntos, nós o trouxemos para dentro e o colocamos sobre o tapete do corredor. Fechei a porta na cara do mundo e soltei um suspiro.

Tirei os sapatos e apertei o interruptor da luz. Meus sapatos estavam ensanguentados novamente. Ora, nada que muita água sanitária não pudesse curar.

As pequenas chamas das lanternas de energia subiram, banhando o apartamento com um brilho suave e reconfortante. Crest se ajoelhou para examinar a perna de Derek.

— Ele precisa de cuidados de emergência — disse ele. Sua voz tinha o tom acelerado, profissional e um pouco distante que os bons médicos adotam sob estresse.

— Não precisa, não.

Ele olhou para mim.

— Kate, o corte é profundo, está sujo e a artéria provavelmente foi cortada. Ele vai sangrar até morrer.

A tontura veio e eu me balancei um pouco. Queria me sentar, mas sofás e cadeiras eram mais difíceis de limpar que sapatos.

— Ele não está sangrando.

Crest abriu a boca e olhou para a ferida.

— Merda.

— O Vírus-L em ação — disse a ele e fui para a cozinha. Não havia gelo e eu não estava com a mínima vontade de raspar as paredes do freezer naquele minuto, então coloquei o alforje na pia e tirei a jaqueta despedaçada num lampejo de dor. A blusa por baixo estava encharcada de sangue. Tentei tirá-la, mas estava presa. Vasculhei a gaveta à procura de tesouras, encontrei uma e tentei cortar a regata.

A tesoura ficou presa no tecido empapado. Amaldiçoei e, em seguida, Crest estava ao meu lado, com sua mão em cima da tesoura.

— Lembrei que você não tem o Vírus-L — disse ele, e a regata caiu no chão em uma massa pesada e encharcada.

Ele se ajoelhou para examinar as marcas irregulares de garras na minha barriga.

— Muito ruim? — perguntei.

— A maior parte é superficial. Duas lacerações profundas, aqui e ali. — O dedo dele roçou minha pele levemente e ainda assim eu estremeci.

— Dói.

— Imagino. Quer que eu leve *você* para a emergência?

— Não. Tenho um kit-r em cima da mesa na sala de estar — disse. Com a magia nesta potência, usar um kit de regeneração era quase tão bom quanto visitar um curandeiro. Custava os olhos da cara, mas valia a pena. E sua magia curava sem deixar cicatrizes.

Ele olhou para mim.

— Tem certeza? Podemos suturar isso num instante.

— Tenho certeza.

Ele foi buscá-lo. O problema com os kits de regeneração era que, às vezes, como com todas as coisas mágicas, o tiro saía pela culatra e eles aumentavam a ferida em vez de curá-la.

Tirei minha calça, a calcinha e o sutiã a caminho do banheiro e entrei no chuveiro. A água correu parecendo sangue. Meu estômago doía. Quando o sangue parou de rodopiar em torno dos meus pés, fechei o chuveiro e gritei para Crest entrar. Ele entrou, carregando o rolo de papel marrom.

— Você sabe como usar um desses? — perguntei.

— Eu *sou* médico.

— Alguns médicos não querem nem saber de kits-r.

— Você não está me dando escolha — disse ele. — Levante os braços.

Coloquei os braços na cabeça e entoei o encantamento. Crest desamarrou o cordão que protegia o papel e o desenrolou. Continha uma atadura e uma faixa longa e larga, besuntada com pomada marrom e coberta com papel-manteiga. Crest retirou o papel e segurou a faixa pelas bordas. Eu cantei. A pomada obedeceu, liquefazendo-se. Um cheiro forte de noz-moscada se espalhou pelo banheiro.

Crest pressionou a faixa contra minha barriga. Ela aderiu e um frescor calmante se espalhou pelos meus músculos machucados, lentamente se transformando em calor que impregnou meu estômago, abafando a dor.

— Melhor — murmurei. Crest enfaixou minha cintura. Depois de um longo dia de trabalho, este cara aparentemente normal vem até aqui só para me ver. Por quê? Como seria voltar pra casa após um dia difícil e, em vez de lamber minhas feridas na solidão de uma casa escura e vazia, encontrá-lo? No sofá, talvez. Lendo um livro. Talvez ele o colocasse de lado e dissesse: "Estou feliz que você conseguiu. Quer um café?"

Sua mão roçou a tatuagem no meu ombro.

— Por que um corvo?

— Homenagem a meu pai.

Os dedos continuaram a deslizar suavemente pela minha pele.

— A inscrição debaixo dele, é em cirílico?

— Sim.

— O que diz?

— *Dar Vorona*. Presente do Corvo. Eu sou o presente do meu pai.

— Para quem?

— Isso, meu caro doutor, é uma história para outra hora.

— O corvo está segurando uma espada ensanguentada — disse Crest pensativo.

— Eu não disse que era um bom presente.

Ele terminou o curativo e o examinou criticamente.

— Você sabe que essas coisas não são confiáveis. — Sua voz tinha apenas um toque de desaprovação.

— Onze entre doze funcionam bem. Eu diria que a probabilidade é maior do que se ter um orgasmo num encontro às cegas, e as mulheres continuam tentando.

Ele piscou e riu levemente.

— Nunca sei o que você vai dizer em seguida.

— Eu também não.

Ele se levantou e me abraçou. Tão quente. Resisti ao impulso de me inclinar contra ele.

— Está com fome?

— Faminta — murmurei.

— A comida deve estar fria agora.

— Não me importo.

Ele beijou meu pescoço. O beijo enviou um calor crepitante até a ponta dos meus dedos. Virei-me e ele me beijou novamente, na boca. Estava tão cansada... Queria derreter contra ele e deixá-lo me abraçar.

— Você está tentando tirar vantagem de uma mulher nua e ferida.

— Eu sei — sussurrou no meu ouvido, me puxando para perto. — Que horror.

Por favor, não solte. O que estou pensando? Estou tão desesperada assim? Respirei fundo e o afastei suavemente.

— Eu tenho que terminar meu trabalho. Acho que você não vai querer assistir.

— Termine depois — ele sussurrou e me beijou de novo. De alguma forma, em vez de me libertar, eu o apertei contra mim. Não queria mais nada além de ficar envolvida por ele assim, cheirando seu perfume, sentindo seus lábios nos meus... E então a cabeça do vampiro perderia toda a sua magia e Derek e eu teríamos sangrado à toa. Pobre Derek.

— Não — eu disse, fazendo uma careta. — Até lá vai ser tarde demais.

— Trabalho primeiro. Entendo.

— Hoje à noite. Nem sempre.

— Eu vou assistir — disse ele.

— Você não quer fazer isso, confie em mim.

— É parte do que você faz. Eu quero saber.

Por quê? Dei de ombros e fui para o quarto procurar algumas roupas. Ele não me seguiu.

Na cozinha, coloquei uma grande bandeja de prata no meio da mesa. Apoiada em quatro pernas, ela se elevava cerca de três centímetros acima da superfície. Greg mantinha um suprimento excelente de ervas em seu apartamento. Após combiná-las na proporção certa, espalhei a mistura aromática na bandeja até cobrir o metal por completo. Crest sentou-se em uma das cadeiras num canto e ficou me observando.

Puxei os cordões do alforje, peguei a cabeça e depositei a monstruosidade em cima do pó, balançando-se sobre o toco do pescoço.

— Que diabos é isso?

— Um vampiro — eu disse.

— Já vi fotos. Eles não são assim.

— É muito antigo. Meu palpite é que deve ter pelo menos dois séculos. A morte-vida traz certas alterações anatômicas. Algumas são imediatas e outras, lentas. Quanto mais antigo for o morto-vivo, mais aparentes essas mudanças se tornam. Um vampiro nunca está terminado. É uma abominação em andamento. — O fato de que vampiros não deveriam existir há duzentos anos, quando a tecnologia estava no auge, me incomodava muito. Minha experiência e formação acadêmica não ofereciam nenhuma explicação para a existência desse monstro, e deixei a ideia de lado, guardando-a para referência futura.

Peguei um refratário raso de vidro, do tipo usado para assar lasanha, coloquei-o na frente da bandeja e joguei dois litros de glicerina nele. O líquido viscoso encheu o recipiente e se assentou.

Tirei uma das minhas adagas de arremesso da bainha. Crest sorriu ao ver a lâmina negra.

— Que extravagante.

— É.

Isso não ia ser nada agradável e não era o tipo de magia que eu geralmente fazia. Algo em mim se rebelava contra isso, algo nascido dos ensinamentos do meu pai e da minha própria visão do mundo e de onde eu me situava nele.

A cabeça repousava sobre as ervas. Em meia hora, seria inútil.

Furei meu dedo com a ponta da adaga. Uma gota de sangue brilhante inchou na pele. O poder pulsava nele e eu toquei as ervas com o sangue. A magia do sangue as inundou, agindo como um catalisador, fundindo e moldando a força natural das plantas secas. Ela subiu através do toco do pescoço, se espalhando através das veias do rosto, engolindo o cérebro, saturando a carne morta. Eu a guiei até que a cabeça inteira ficou impregnada de magia. Meu dedo tocou a pele grossa da testa do vampiro, deixando uma mancha de sangue e enviando um choque de poder através da carne morta-viva.

— Acorde!

Os olhos mortos se abriram. A horrível boca se abriu e fechou, silenciosamente, contorcendo-se com uma elasticidade impossível. Crest caiu de sua cadeira.

Os olhos do vampiro me encararam, grandes e arregalados.

— Onde está o seu mestre? Mostre-me o seu mestre.

A magia negra fervia pela cabeça, transbordando pela cozinha. Ela inchou, violenta e furiosa, como um animal raivoso pronto para atacar. No canto, Crest deu um suspiro alto e forte.

Um tremor ondulou através da cabeça. Os globos oculares se dilataram nas órbitas. A língua negra, comprida e chata, se pendurou entre os lábios de réptil e as presas a morderam, tirando sangue. Empalada entre os dentes, a língua balançava de maneira obscena. Forcei ainda mais, fazendo o peso do meu poder cair sobre a resistente magia necromântica.

— Mostre-me o seu mestre!

O vermelho afogou o branco dos olhos do vampiro. Duas faixas grossas de sangue negro se derramaram do que um dia foram canais lacrimais. Os fluxos esculpiram seu caminho pelo rosto até as ervas, misturando-se com uma torrente de sangue do toco do pescoço. O dilúvio fétido inundou as ervas secas, caindo sobre a glicerina e se espalhando numa mancha irregular sobre sua superfície. O sangue escureceu até ficar quase negro, e nele eu vi a imagem distorcida, mas inconfundível, de um arranha-céu eviscerado com o logotipo redondo da Coca-Cola semienterrado nos escombros.

Avenida Unicorn. Sempre a Avenida Unicorn.

A cabeça se contraiu. Os ossos do crânio racharam como uma noz quebrada. A carne se descascou do rosto do vampiro, curvando-se em placas compridas para as ervas. A massa gelatinosa exposta do cérebro aparecia através do crânio fraturado. O fedor de putrefação encheu a cozinha. Joguei um saco plástico de lixo sobre a cabeça e virei a bandeja, jogando a cabeça e as ervas dentro do saco. Amarrei o saco e o coloquei num canto. O sangue na glicerina havia coagulado em uma massa podre e feia. Eu o joguei no ralo.

Crest esfregou o rosto.

— Eu avisei.

Ele assentiu com a cabeça.

Lavei as mãos e os braços até o cotovelo com um sabonete cheiroso e entrei na sala de estar, parando no caminho para ver Derek. Ele estava dormindo como um bebê. Sentei-me no sofá, me reclinei e fechei os olhos. Este era o ponto em que a maioria dos homens fugia para se esconder.

Fiquei sentada, descansando. O desejo por intimidade passara e agora parecia algo irreal e etéreo como um sonho meio esquecido.

Ouvi Crest entrar na sala. Ele sentou-se ao meu lado.

— Então é isso o que você faz? — perguntou ele.

— É.

Ficamos em silêncio por alguns segundos.

— Posso viver com isso — disse ele.

Abri os olhos e olhei para ele. Ele encolheu os ombros.

— Não vou assistir de novo, mas posso viver com isso. — Ele se inclinou para frente, descansando os cotovelos sobre os joelhos. — Você já conheceu alguém e sentiu... Não sei como descrever... sentiu uma chance de ter algo que escapara de você? Não sei... Esqueça o que eu disse.

Eu sabia o que ele queria dizer. Estava descrevendo aquele momento quando você percebe que é solitário. Por certo tempo, você pode ficar sozinho, bem consigo mesmo, e nem sequer pensa em viver de outra maneira, então você conhece alguém e de repente se sente solitário. É quase uma dor física, como uma punhalada, e você se sente tão carente quanto zangado, carente porque você deseja estar com aquela pessoa, e com raiva, porque sua ausência lhe causa sofrimento. É uma sensação estranha, semelhante ao desespero, um sentimento que faz você esperar ao lado do telefone mesmo sabendo que a ligação ainda vai demorar mais de uma hora. Eu não ia perder meu equilíbrio. Ainda não.

Aproximei-me dele e me recostei em seu ombro. Sabíamos que sexo estava fora de questão.

— Você se importa se eu ficar mesmo assim? — perguntou.

— Não.

Adormeci encostada nele.

CAPÍTULO 6

Acordei porque senti alguém me observando.

— Não sabe que não é educado ficar encarando os outros, garoto prodígio?

Derek deu um olhar desdenhoso em direção a Crest. O garoto prodígio vestia um moletom que não reconheci. Não pertencia ao guarda-roupa de Greg. Ele deve ter saído. Para onde ele foi exatamente?

Durante a noite, nós nos movemos para uma posição um pouco reclinada, e eu estava com a cabeça repousada no peito de Crest. Endireitei-me.

— Você desaprova?

Ele balançou a cabeça.

— Não é da minha conta.

— Mas você não gosta dele mesmo assim.

— Ele e você... — Ele fez um movimento de aproximação com as mãos, com os dedos se esticando, mas sem se tocar. — Vocês não ficam bem juntos.

— Por que não?

— Você é mais forte que ele.

— O que há de errado nisso?

— O homem deve ser o mais forte. Para poder proteger.

— Você acha que eu preciso de proteção? — O tom ameaçador penetrou na minha voz sem intenção.

— Ele nunca dirá não para você — disse Derek.

Olhei para ele até que ele baixou o olhar.

— Poucas pessoas dizem não para mim— disse.

— Certo.

— Como está sua perna?

— Bem.

— Você saiu enquanto eu dormia?

— Sim. Só uma corrida rápida.

— Talvez você devesse sair para mais uma.

Ele saiu sem dizer nada. Acordei Crest.

— Hora de ir.

Ele esfregou o rosto com as palmas das mãos.

— Dormi demais?

— São seis e meia.

— Tempo suficiente para chegar em casa e trocar de roupa. Quando vejo você outra vez?

Pensei no logotipo da Coca-Cola semienterrado nos escombros e no vampiro de duzentos anos. *Talvez nunca.*

— Que tal na sexta? Assim temos dois dias para esfriar a cabeça.

— Sexta-feira então.

Ele foi embora. Não me beijou de novo.

Abri a caixinha de papelão de frango do General Tso e toquei um pedaço com o dedo. Estava na temperatura ambiente. A ideia de despejar tudo numa panela e aquecer para uma temperatura mais comestível me passou pela cabeça, mas aquecer no fogão deixaria os legumes melados e eu odiava vegetais cozidos demais. Meu pai, um grande crente nas propriedades nutricionais do caldo de carne e dos legumes cozidos, cozinhava sopas substanciosas e quentes. A lembrança dele me olhando angustiado enquanto me engasgava com repolho mole e cebola dissolvida passou diante dos meus olhos. Sorri para a caixa e tirei um garfo da gaveta da cozinha. Comida quente era superestimada.

Espetei um pedaço de frango com o garfo, evitando cuidadosamente o torrão de pimenta verde. De repente, fiquei faminta.

Alguém bateu na porta.

Parei, com o frango no meio do caminho para minha boca, e olhei para a porta. A batida continuou. Não era Derek. Sua batida seria cuidadosa, quase envergonhada. Esse desgraçado batia na porta como se estivesse me fazendo um favor.

Olhei para o frango e de volta para a porta, coloquei um pedaço inteiro na boca e fui ver quem se atrevia a reivindicar o meu tempo.

A porta se abriu, revelando Curran. Ele vestia jeans, camiseta verde e carregava um saco de papel marrom. Levantou o rosto e inspirou o ar pelas narinas da maneira que os metamorfos fazem.

— Tso, delícia de frutos do mar e arroz frito — disse ele. — Quer dividir?

Inclinei-me contra a parede. A porta estava aberta, mas o feitiço ainda bloqueava sua entrada, me proporcionando um pouco de lazer.

— Ah, é você. — Eu remexi o recipiente com o garfo. — Pensei que fosse alguém importante.

Curran deu um passo à frente, esbarrando contra o feitiço. Um clarão vermelho ondulou através da barreira mágica e o senhor dos metamorfos recuou.

— Um feitiço de proteção — disse ele.

— E dos bons.

Ele colocou a palma da mão contra o feitiço e empurrou. O vermelho pulsou dos seus dedos, espalhando-se pela barreira como ondas causadas por uma pedra atirada num lago tranquilo.

— Eu posso quebrá-lo — disse Curran.

Levantei uma sobrancelha para ele.

— Fique à vontade.

Os metamorfos tinham uma resistência natural aos feitiços de proteção, então sua promessa tinha algum peso. Ainda assim, eu reforçara todas as barreiras de Greg. Se Curran o quebrasse mesmo, a ressonância do colapso me deixaria com uma enxaqueca infernal, mas eu duvidava que ele conseguisse. Era um feitiço muito bom.

Ele refletiu sobre isso. Eu podia ver nos seus olhos, e por um momento pensei que fosse tentar. Então, ele deu de ombros.

— Eu poderia quebrá-lo, ou podemos ser civilizados e você me deixa entrar.

Cansado das demonstrações de poder, é, Vossa Majestade? Desbloqueei o feitiço. Uma onda prateada rolou da parte superior da porta até se dissipar no chão.

— Entre.

Ele caminhou até a cozinha e parou no meio do caminho, fazendo uma careta de rosnado.

— Que diabos você tem na despensa, um vampiro morto?

— Não. Só a cabeça de um. — Eu tinha ensacado a cabeça duas vezes, selando-a no plástico, e ele ainda sentia o cheiro.

Encostei-me na beirada da mesa e indiquei com a cabeça as embalagens brancas de papelão.

— Sirva-se. Tem arroz frito em algum lugar.

Ele pôs o saco de papel no chão, segurou uma caixa igual a qualquer outra, pegou a colher que ofereci e abriu a caixa.

— Ervilhas — disse ele com nojo. — Por que diabos eles sempre colocam ervilhas no arroz?

— O que você veio fazer aqui tão cedo?

Ele usou a colher para escolher as ervilhas com muito cuidado, colocando-as no lixo.

— Ouvi dizer que você conseguiu algo.

— O garoto prodígio me dedurou?

— Sim.

— Quando? Esta manhã?

Curran assentiu com a cabeça.

— É o juramento de sangue. Por exemplo, se ele ficasse com a perna em pedaços, seria seu dever nos avisar que já não poderia protegê-la com o melhor de sua capacidade. Alguém teria que vir e averiguar a situação.

— E desde quando esse "alguém" é você? Não tem um monte de lacaios para executar suas tarefas?

Ele encolheu os ombros.

— Só vim ver como está o garoto.

— Ontem à noite, a perna dele parecia ter passado por uma máquina trituradora. Ele não me deixa olhar a ferida, mas acho que o osso está intacto. — O corpo de um metamorfo curava as feridas da carne em dois dias. Remendar ossos levava mais tempo.

Curran engoliu o arroz.

— Faz sentido. Ele é jovem. É importante parecer indiferente quando se é um garoto novo. Você não fez nenhum bicho de sete cabeças sobre isso, fez?

— Não. Ele deve entrar mancando logo.

— Vai me mostrar o que estraçalhou a perna dele?

— Depois que eu acabar de comer.

— Estômago fraco?

— Não. Vai ser um pé no saco enrolar aquilo de novo.

Uma batida cuidadosa nos interrompeu. Fui abrir a porta e deixei Derek entrar. Ele viu Curran e parou. Não ficou exatamente em posição de sentido, mas chegou perto.

Curran acenou para ele entrar e Derek se sentou numa cadeira. Olhei para Curran.

— Tem mais arroz aí?

Ele escolheu outro recipiente e me deu. Abri e empurrei na direção de Derek.

— Coma.

Ele esperou. Deveria estar faminto. A quantidade de calorias que seu corpo queimara para sarar assegurava que a simples sugestão de comida deixaria sua boca cheia d'água.

— Derek, coma — disse eu.

Ele sorriu e continuou imóvel.

Havia alguma coisa errada aqui. Olhei de relance para Curran e entendi.

— Esta é minha casa.

Os dois olharam para mim com a expressão paciente que os japoneses tradicionais adotam quando um tolo *gaijin* pergunta por que eles passam por todo aquele trabalho só para beber uma xícara de chá.

— Ele não come até eu lhe dizer ou terminar — disse Curran. — Não importa de quem seja a casa.

Coloquei meu frango sobre a mesa e cruzei os braços. Poderia discutir com eles até ficar com o rosto vermelho de raiva e nenhum dos dois iria ceder. Os lobos de patente baixa não se alimentavam antes do Rei da Matilha. Era o Código. Eles viviam por suas regras ou perdiam a humanidade.

Curran colocou outra colher cheia na boca. O tempo se demorava enquanto ele mastigava a comida. Derek sentava-se imóvel. A vontade de esbofetear Curran era quase demais para mim.

O Senhor das Feras raspou o fundo do recipiente, lambeu a colher, esticou a mão sobre a mesa e pegou o arroz de Derek, substituindo-o pelo saco de papel pardo que trouxera. Derek olhou dentro do saco e retirou um embrulho de papel-manteiga amarrado com barbante. Ele tirou o barbante e o desembrulhou. Um assado de dois quilos de carne olhou de volta para ele.

Curran moveu a cabeça em direção ao corredor.

— Não faça um espetáculo de si mesmo.

Derek levantou-se, carregando o assado, e desapareceu nas profundezas do apartamento. Olhei para Curran.

— Eu gosto de arroz frito — disse ele, encolhendo os ombros. Deslizou a colher pelas abas de papelão de outra caixa pequena, forçando-a a abrir, e começou a escolher as ervilhas.

O som baixo de um predador se alimentando veio de dentro do apartamento.

— Mais baixo — disse Curran sem levantar a voz.

O rosnado morreu.

— Então, o que você conseguiu?

Resumi a história para ele, concluindo com a cabeça do vampiro. A carne do morto-vivo havia se liquefeito durante a noite, virando uma gosma negra e pútrida. O cheiro da podridão era tão forte que, quando que abri o segundo saco de lixo, o Senhor das Feras e eu tossimos da maneira mais indigna. Curran deu uma olhada para o crânio deformado e fechou o saco de novo.

— Devíamos ter feito isso antes de comer — observou quando conseguimos prender a cabeça.

— É. — Abri a janela, deixando uma rajada de vento frio entrar na cozinha.

— Então você está planejando cuidar disso sozinha? Sem reforços?

— Sim.

— Vai notificar a polícia?

Fiz uma careta. Aquilo estava me incomodando desde que acordei. Ir à polícia significava trazer a Divisão de Atividades Paranormais, e, tão logo a Divisão fizesse a notificação obrigatória à UDMS, os militares tentariam entrar e comer a torta inteira sozinhos. A Divisão clamaria jurisdição e a coisa toda poderia se estender por vários dias. Até lá, meu querido inimigo poderia estar longe ou, pior ainda, poderia ter ganhado a liderança da Nação. O fato de eu ter um monte de teorias e um crânio estranho não faria as autoridades abandonarem a rivalidade departamental e se apressarem por minha causa.

A Associação não ofereceria nenhuma assistência. Não havia dinheiro envolvido e, se eu cochichasse para a Ordem que algum idiota tentou iniciar uma guerra entre a Matilha e a Nação e evocou um vampiro de duzentos anos para isso, Ted me tiraria do caso mais rápido do que eu poderia imaginar. Por outro lado, tentar confrontar um Mestre dos Mortos traidor sozinha era suicídio. Eu era homicida, mas não burra.

Percebi que Curran me observava.

— Não sei — disse.

— Posso resolver esse problema para você — disse. Estava oferecendo recursos da Matilha. Eu seria louca se não aceitasse a oferta.

Levantei uma sobrancelha para ele.

— Por quê?

— Porque eu tenho sessenta e três ratos que enterraram seu líder há três dias. Eles estão pedindo sangue, enquanto tenho andado por aí sem fazer nada.

— É um grande risco para se correr só para manter as aparências.

Ele encolheu os ombros.

— O poder tem tudo a ver com as aparências. Além disso, quem sabe? Já nevou em maio uma vez, então até mesmo você pode estar certa.

Ignorei a provocação.

— E se não estiver?

— Pelo menos terei tentado.

Fazia sentido de uma maneira estranha.

— Quem virá?

— Algumas pessoas.

— Jim?

— Não.

— Por quê?

— Porque alguém do Conselho tem que ficar na retaguarda para manter a Matilha unida se eu morrer. O lobo alfa se machucou e Mahon ficou para trás da última vez. O novo rato alfa não tem experiência suficiente.

— O que aconteceu com o lobo alfa?

— Legos.

— Legos? — Parecia grego, mas eu não me lembrava de nada mitológico com aquele nome. Não era uma ilha?

— Ele estava levando uma trouxa de roupa suja para o porão e tropeçou num conjunto velho de Legos que os filhos deixaram nas escadas. Quebrou duas costelas e um tornozelo. Ficará longe do trabalho por duas semanas. — Curran balançou a cabeça. — Ele escolheu uma péssima hora. Se eu não precisasse dele, o mataria.

Cheguei ao edifício da Coca-Cola sem complicações e me escondi na alcova sombria de uma cabine telefônica abandonada, a metade de um quarteirão de distância do arranha-céu arruinado. O logotipo estava parcialmente enterrado nas ruínas do que deve ter sido um edifício magnífico na sua época

— até mesmo agora seu esqueleto cobria o quarteirão inteiro. Tinha apenas dez anos de construção quando a chama, uma flutuação de magia assustadoramente forte, o derrubou.

Os metamorfos não estavam à vista. Do outro lado da rua, um prédio devastado se inclinava entre montes de cacos de vidro empoeirados que chegavam até minha cintura. Um bom lugar para se esconder. Demorei um minuto para encontrar uma abertura na parede de destroços. Eu me espremi por ali e encontrei olhos ardentes me observando.

Eles estavam prontos para a batalha. Línguas rosadas e negras lambiam mandíbulas desproporcionais e dentes enormes, e longas garras arranhavam o chão de concreto. Oito pares de olhos procuravam uma presa, alimentados pela fome. A selvagem primitiva no meu subconsciente uivou e arfou de terror.

— Ah, é você — disse a voz de Curran calmamente. — Pensei que fosse um elefante.

— Não ligue para ele — murmurou uma forma esguia à esquerda. — Ele é mal-educado desde que nasceu. — Uma fêmea lupina em meia-forma. Aquilo era quase insolente. Ela deveria ser sua namoradinha ou a fêmea alfa dos lobos.

Um enorme e desgrenhado urso-de-kodiak se elevava à esquerda, uma montanha escura de pele e músculos, com o focinho cheio de cicatrizes antigas. Mahon tinha se transformado completamente. Ao lado dele erguia-se algo enorme, de quase dois metros e meio de altura. De forma vagamente humanoide, se postava sobre duas grossas pernas peludas. Músculos duros fixavam sua estrutura e uma juba acinzentada e desgrenhada coroava a cabeça e a nuca. Longas listras cruzavam seu peito, fracas como as marcas esfumaçadas no pelo de uma pantera. Olhei para seu rosto e o poder em seus olhos dourados me paralisou. Minha pele ficou toda arrepiada. Não conseguia me mexer. Ele poderia ter me atacado e eu não conseguiria fazer nada para impedir. Os músculos colossais do seu pescoço se dilatavam enquanto ele virava a cabeça de um lado para outro, se alongando. As almofadas do seu lábio superior se dividiram, revelando caninos de oito centímetros de comprimento. O monstro lambeu os lábios, torcendo os bigodes compridos, e falou num rosnado profundo:

— Bonito, não?

Curran. Em meia-forma. Livrei-me do seu olhar.

— Adorável.

O pesadelo fez um aceno de cabeça quase imperceptível e um homem-

-rato correu adiante com agilidade sobre-humana e saltou, encontrando pouso na parede lisa. Ele escalou até um buraco a três metros e meio acima do chão e mergulhou dentro dele. O guia se fora. Curran se virou e caminhou até a parede, onde uma longa rachadura dividia a lateral do prédio decrépito. Uma mão peluda golpeou a barreira em ruínas e a parede explodiu, jogando concreto e poeira de pedras na rua. O Rei das Feras entrou pela abertura que tinha feito e nós o seguimos em fila indiana.

Curran interrompeu a caminhada. À sua esquerda, o urso rosnou até parar. À direita, Jennifer, a fêmea alfa dos lobos, cuidadosamente abaixou a pata na sujeira e ficou imóvel. Ficamos parados em silêncio, como uma dispersão de estátuas bizarras no quintal da Górgona, esperando por algo que eu não conseguia ver ou ouvir.

O cheiro de morte era esmagador.

Estávamos em um amplo saguão, e seu piso antes polido agora era uma empoeirada bagunça de sujeira e entulho. Enormes rachaduras faziam vincos nas paredes imundas, aumentando até virarem buracos escuros e irregulares. À esquerda, uma fissura larga cortava o chão. Adiante, lixo e pó de pedra engoliam a esplêndida escadaria. O novo edifício da Coca-Cola estava no último suspiro.

Um som fraco de garras afundando na pedra veio da esquerda. Um par de olhos vermelho-carvão brilhou na escuridão de uma rachadura na parede de concreto e a forma peluda e delgada do homem-rato preencheu o buraco e desceu até o chão. Se os lobisomens eram um pesadelo, o homem-rato era ainda mais repulsivo. Magro e desgrenhado, era coberto por pelos escuros, exceto no rosto, nos antebraços e panturrilhas, onde a pele exposta era rosada e parecia macia, quase humana. Tinha pés e mãos enormes, por causa dos dedos compridos com garras afiadas nas pontas. Um focinho deformado de roedor protegia a boca, cheia de dentes amarelados e desiguais. Espasmos rápidos atrapalhavam o homem-rato enquanto ele se mexia e seus olhos humanos se moviam em direções aleatórias.

O homem-rato cobriu a distância até Curran em curtos saltos rápidos, suas patas levantando pequenas nuvens de poeira no chão do saguão.

— Lá embaixo — disse ele, com as mandíbulas horríveis distorcendo as palavras. — Sala grande.

Ele ofereceu alguma coisa branca à Curran. O Senhor das Feras pegou o objeto com sua mão enorme, olhou de relance e jogou a coisa para mim.

Eu a peguei. Um fêmur humano. Alguém com dentes afiados e muita persistência retirara a cartilagem que cobria suas extremidades, deixando arranhões no osso. Virei-o, tentando aproveitar ao máximo o luar que entrava através das rachaduras nas paredes e pelo arco torto na entrada. Faixas de tecido conjuntivo brilhante e mais suave atravessavam o osso em dois lugares — marcas do Vírus-L unindo o osso após ter sido quebrado. Eu segurava o fêmur de um metamorfo.

O homem-rato correu pelo saguão até o buraco no chão e nós o seguimos. A fissura tinha cerca de três metros de comprimento e um metro de largura no lugar mais amplo. Eu me inclinei sobre a borda e olhei dentro dele. Havia uma descida até o chão, cinco metros abaixo.

Atrás de mim o urso fez um barulho surdo. Curran assentiu com a cabeça e o enorme kodiak foi embora. Ele nunca caberia ali.

Um por um, os metamorfos mergulharam no buraco, até que eu fiquei sozinha na borda. Sentei-me no chão imundo, balançando as pernas dentro do buraco, me abaixei, encurtando a distância o quanto pude, e caí. O choque duro do pouso no chão de pedra ressoou em meus pés e morreu.

Ninguém esperara por mim. Os metamorfos tinham partido. Quanta gentileza.

Em frente, um túnel longo, estreito e escuro oferecia uma luz fraca. Atrás de mim, os restos de uma garagem subterrânea estendiam-se para longe. Virei-me para o túnel e corri, tomando o cuidado de pular os pedregulhos de concreto espalhados no chão.

O túnel terminou, abrindo em uma grande sala, da qual não conseguia ver quase nada, já que um amontoado de costas peludas e musculosas bloqueava minha visão. O brilho quente vinha das tochas colocadas em nichos nas paredes. Elas queimavam com um fogo branco sem fumaça que tinha de ser mágico. O teto era impossivelmente alto, decorado com gesso moldado de maneira ornamental. O chão deve ter sido coberto com tacos em algum momento: era uma espécie de sala de jantar.

Uma mulher falou, com voz áspera e metálica.

— Bem-vindo ao final da sua jornada, mestiço. Aqui você vai morrer como os outros da sua espécie.

Mestiço? Que coisa mais estranha para se chamar um metamorfo. Fui para o lado de Jennifer e vi o Mestre dos Mortos. Ou melhor, a Senhora. Ela estava no centro da sala, ereta e rígida como um mastro, usando um vestido fluido que começava *off-white* ao redor dos ombros, virava azul em torno da cintura, escurecia para roxo e finalmente terminava em chamas vermelho-sangue na bainha. Seus cabelos, compridos e negros, estavam atados numa trança complexa e amarrados por longos cordões. Uma cascata de pequenas miçangas de plástico pendurava-se nos cordões. Olhei com mais atenção. Pensando bem, provavelmente não eram de plástico. Poucas pessoas faziam miçangas no formato de ossos de dedos humanos.

Não senti nenhum poder emanar dela. Nenhuma sombra, pista, nada, exceto a idade. Parecia ser mais velha que Nataraja.

— Eu sou Olathe — disse ela com a mesma gravidade que os deuses gregos deveriam usar ao se apresentarem aos mortais. — A Senhora dos Mortos. A concubina favorita de Roland, o Pai da Nação.

Tudo bem, então.

— Poderia repetir isso? — disse Curran. Sua voz era um rosnado profundo, mas a dicção era perfeita. — Perdi a parte em que deveria ficar impressionado.

Olathe olhou para ele com desprezo. Não era fácil fazer isso, considerando que ele era quase sessenta centímetros mais alto que ela. Ela podia ter sido concubina de Roland, mas lhe custara caro: deve ter sido linda, mas parecia gasta como um manequim velho, cuja pintura encardida tinha começado a descascar. Ele sugara toda sua vivacidade, sua faísca, seu humor. Somente os olhos permaneciam vivos no rosto sem alma: enormes, orgulhosos e determinados.

Alguma coisa se moveu atrás dela nas sombras da parede distante. Uma silhueta distorcida, depois outra e mais outra. Eu a toquei com minha magia, senti a muralha fria de suas defesas e recuei. Não havia necessidade de provocá-la antes de Curran estar pronto.

— Estou curioso, por quanto tempo ele fodeu você? — Curran caminhou para a frente, um pé enorme atrás do outro. Os metamorfos o seguiram. — Quanto tempo você durou? Um ano? Seis meses?

— Treze anos — disse ela.

Curran continuou seguindo em frente. Quanto mais ele falasse, mais perto dela ficaríamos. Estava se esforçando para ser ofensivo, embora para ele isso não fosse muito difícil.

— Treze anos. Ele finalmente se cansou de você, não foi? Encontrou alguém mais jovem, mais bonita, mais fresca. E agora você está aqui, se escondendo neste buraco de merda, esquecida e descartada como uma camisinha usada. Sem ganhar nada depois de todos esses anos.

Ela cambaleou para trás.

— Envolvi o corpo dele com o meu. Provei da sua carne e ele passou uma bênção de poder para mim.

Tecnicamente, isso era verdade. Se eles trocaram fluidos corporais, ela ganharia um pouco do poder dele.

— Uma bênção de poder — riu Curran, os ecos dos seus rosnados se espalhando pelas paredes. — Que tal um filho?

Ela não respondeu.

— Ah, espere. — Curran fez uma pausa. — Esqueci. O Pai da Nação tem muito medo de fazer um filho do próprio sangue. Ou talvez ele tenha achado que lhe falta poder?

Ela riu. O som alto e oco ricocheteou nas paredes, aparentemente vindo de toda parte.

— Ah, não, mestiço. Poder é algo que *não* me falta.

As defesas dela ruíram. Senti as sombras atrás dela, os vampiros vorazes e enfurecidos, mais novos que aquele que eu decapitara, mas também temíveis. A magia maligna se agarrava a eles como um manto em decomposição, alimentando seu frenesi.

Ela falou uma única palavra áspera e os espectros atrás dela explodiram das sombras, fedendo a morte-vida e sedentos de sangue.

Os metamorfos se dividiram numa formação de batalha solta, deixando-me no meio da sala. A conversa de Curran nos fizera avançar uns seis metros e a investida dos vampiros veio com velocidade surpreendente. Caí no chão. O primeiro vampiro voou por cima de mim.

Rolei de costas. Outro vampiro saltou sobre mim. Minha lâmina deslizou para dentro da carne de seu intestino atrofiado. Um jato negro de sangue encharcou o chão a milímetros da minha cabeça. O vampiro foi atrás de Curran, alheio à ferida. O Senhor das Feras rugiu. *Boa caça.*

Levantei e avancei na direção de Olathe. Ela girou, com uma pequena faca na mão. A lâmina curva cortou seu antebraço. O poder do sangue dela me atingiu e eu balancei para trás, tonta. Ela rodopiou, com os cabelos voando, os olhos selvagens e as pupilas dilatadas. O sangue do corte foi pulverizado ao redor dela, caindo no chão em um círculo. As gotas vermelhas flamejaram e uma parede carmesim de chamas subiu, envolvendo-a num círculo protetor de magia. Um feitiço de sangue. A única maneira de penetrar a barreira era com o sangue de um parente ou com uma magia mais poderosa. *Merda.*

Um vampiro me golpeou de lado. Ele se agarrou em mim com as mandíbulas estalando enquanto nós derrapávamos no chão. Senti uma dor intensa no estômago. *De novo não!* A magia dentro de mim ferveu. Peguei a lâmina da Matadora, ignorando a queimadura gelada na pele, e a cravei no olho morto e pálido. A Matadora sibilou, triunfante. O vampiro caiu no chão e gritou, morrendo. Eu estava livre.

Outro monstro correu para mim. Esquivei-me, esperei e rocei seu pescoço com a ponta da Matadora. O vampiro girou e enterrou as garras na minha coxa. Enfiei minha espada em sua garganta, seccionando as artérias e cortando através dos ossos do pescoço. A boca do vampiro ficou aberta, vomitando sangue. Meu chute golpeou sua perna. O osso quebrou com um estalo. O vampiro caiu de barriga para baixo, se debatendo. Libertei minha espada e fui à procura de Olathe. Atrás de mim, a última centelha de magia do vampiro se dissipou no ar.

Um terceiro chupador de sangue saltou, com a boca horrenda escancarada.

Minha lâmina fez um corte em seu peito, deslizando suavemente entre as costelas até seu coração e saindo antes de o corpo retorcido atingir o chão. Continuei andando.

O salão estava encharcado de sangue. Os metamorfos lutavam em duplas, seus movimentos coordenados com precisão militar. Em um canto, dois corpos peludos estavam caídos com Curran em cima deles, confrontado por três chupadores de sangue ao mesmo tempo.

Vi Jennifer e alguém pintado como um leopardo lutando de costas um para o outro, pressionados por quatro vampiros. Ela desceu e chutou o primeiro deles, suas garras rasgando a lateral do corpo e arrancando o fragmento sangrento de uma costela. O parceiro dela caiu sobre o chupador de sangue, despedaçando seu pescoço. Mais vampiros se juntaram em cima deles.

Ninguém prestava atenção em mim. Na batalha de monstros, eu era apenas um ser humano. Mantive-me em movimento.

A parede leste estremeceu. O gesso empoeirado explodiu, espalhando-se pelo chão, e algo enorme entrou pelo buraco escancarado, rugindo como um tornado. Atingiu o monte de vampiros com força incrível. Um morto-vivo voou pelo ar, batendo contra a parede. O vampiro girou sobre seus pés de réptil e saltou de volta. Uma pata colossal o golpeou em pleno voo, quebrando a coluna vertebral como um galho seco. O urso de Atlanta chegara.

A parede de sangue de Olathe brilhava diante de mim. Ela permanecia dentro da barreira, assistindo o massacre. O sangue do seu antebraço deslizara para os dedos, pingando e manchando seu vestido. Ela me olhou e sorriu. Por que diabos ela estava tão feliz?

Ela continuou sorrindo, seu rosto brilhando com uma alegria doentia.

— Você gosta de sangue? — rosnei. — Vou mostrar o que é sangue.

A lâmina da Matadora cortou meu braço e, ao longo do salão, os chupadores de sangue pararam por um segundo. Eles conheciam o sangue, sabiam de quem era o poder que fluía nas minhas veias. Ficaram imóveis, hipnotizados, prestando homenagem à magia, e então voltaram a atacar suas vítimas.

Estiquei o braço ensanguentado para o fogo vermelho. Ele me queimou e se solidificou, quebrando como um para-brisa rachado. O sorriso murchou no rosto de Olathe. O fogo carmesim se apagou. Uma quantidade de pequenas chamas caiu aos meus pés. Pulei para dentro do círculo e golpeei.

Olathe não fez nenhum movimento para combater minha espada, que cortou seu estômago com um som úmido de sucção. Eu a arrastei para cima, cortando através dos intestinos e partindo o fígado. Ela cedeu contra a lâmina e em seus olhos eu vi a satisfação do reconhecimento. Ela também conhecia o meu sangue.

Puxei a lâmina e a deixei cair. Ela desabou no chão imundo e ficou deitada de costas, com a respiração pesada e entrecortada. Uma mancha escura floresceu no vestido acima de seu umbigo e se propagou pelo tecido. Olathe possuía uma vitalidade anormal, mas logo a magia que a sustentava se dissiparia. Ela a expelia de seu corpo a cada respiração difícil.

Vi a mancha de sangue crescer. Minha raiva morreu. Eu estava cansada. Minha coxa doía e parecia que alguém tinha encostado um ancinho em brasas no meu estômago.

O fogo se renovara após eu passar por ele. Ele queimaria até a última gota de sangue de Olathe secar ou se decompor, e o salão de banquetes brilhava vermelho atrás da parede translúcida de chamas rubi. Estava quase terminado.

Virei a cabeça para trás, estalando o pescoço, e vi por que Olathe estava sorrindo.

O teto fervilhava de vampiros.

Dezenas deles, nus, retorcidos, contorcendo-se obscenamente uns contra os outros, mais apertados que sardinhas em lata. Eles cobriram o gesso completamente, como uma pintura medieval do inferno que ganhara vida, e mais outros chegavam, se espremendo um por um através de um buraco num dos cantos.

Quantos? Quarenta? Cinquenta? Cem? Quantos deles eram mais antigos que a magia? Tentei sentir e me afoguei numa onda gélida de ódio. Pelo menos vinte.

O cobertor de mortos-vivos se contorcia. Uma doce surpresa que Olathe provavelmente planejara soltar sobre nós quando pensássemos que tínhamos vencido. Exceto que ela morreria dentro de instantes, e todos eles se libertariam de seu controle e se entregariam ao frenesi do sangue.

Uma horda de mortos-vivos famintos entregues à própria sede de sangue. Todos nós morreríamos aqui. Curran, Mahon, Jennifer. Eu. E a morte se espalharia, quando as monstruosidades mortas-vivas saíssem para as ruas após terminarem conosco.

Do outro lado da sala, Curran rasgou um vampiro ao meio, jogando os pedaços deformados no chão.

Dezenas de pessoas que dormiam tranquilamente pereceriam. Elas assistiriam aos filhos serem despedaçados enquanto gritavam.

Ajoelhei-me e perfurei o peito de Olathe. A carne e a cartilagem se partiram diante da lâmina e abri sua caixa torácica como uma armadilha de urso. Ela silvou para mim. Coloquei a mão dentro do seu peito e agarrei seu coração, criando um vínculo entre nós. Através do seu sangue, senti a multidão de mentes vampíricas, se afogando em sua própria loucura.

Esse é o caminho errado, disse a voz do meu pai na minha cabeça. *Não se renda a isso.*

Não há caminho certo.

Cortei meu braço mais fundo, deixando meu sangue se misturar com o de Olathe, lentamente ganhando controle. Ela estremeceu, chutando o chão. Se eu a deixasse morrer, libertando a horda de vampiros, eles se dispersariam antes que minha mente conseguisse se fixar neles. Faltava-me o treinamento necessário para comandar os mortos-vivos e minha única opção era fundir nosso poder através do vínculo de sangue, para controlar o momento de sua morte. Então, quando ela morresse e sumisse das mentes dos vampiros, eles já me encontrariam lá.

Ela sabia o que eu estava fazendo. Pôs os dentes à mostra em uma careta feroz, mas não tinha poder para resistir ao vínculo de sangue. A magia do meu sangue era mais poderosa que a dela. Meu poder se espalhava, inundando as mentes dos vampiros. Cerrando os dentes, fechei a mão, esmagando seu coração e sua vida. O poder explodiu no meu punho, forçando-me a ficar de pé.

Olathe se contorceu. Seus olhos se reviraram no crânio e o peso total da horda ficou nos meus ombros.

A sala estremeceu. Demais. Eram vampiros demais.

Uma faixa ardente se fechou sobre meu peito, consumiu minha garganta, minha cabeça e se comprimiu, me esmagando. Tropecei. Meus joelhos tremiam. Minha boca se abriu. Não conseguia respirar. Não havia ar suficiente.

Eu sabia que não conseguira prender todos, apesar do vínculo de sangue.

Através do martelar de suas mentes, eu conseguia sentir os dispersos que se afogavam na sede de sangue. Mandei a horda contra eles. O teto se agitou com mortos-vivos estraçalhando outros. Um pedaço de gesso se soltou e caiu no chão, quebrando até virar pó na minha frente. As chamas bloquearam os sons do resto da sala.

Estiquei os braços, tentando me equilibrar, olhei através dos olhos dos vampiros e vi uma longa rachadura no gesso. *Obrigada, Deus.*

O teto tremia com as dezenas de garras enganchadas nele.

Vagamente, vi Jennifer através da parede cintilante de chamas. Meus lábios formaram uma palavra.

— Corra.

Ela olhou para mim, sem conseguir ouvir através da parede de sangue.

— Corra.

De repente, Curran ficou do lado dela. Ele disse algo, mas não consegui ouvir.

— Corra. Agora. Corra.

Ele empurrou a mão no fogo e saltou para trás, com o pelo derretido e a pele vermelha de bolhas futuras.

Outro pedaço de gesso caiu no chão do lado de fora do círculo. Para mim, não fez nenhum som, mas eles ouviram o baque, pularam e olharam para o teto. Jennifer encolheu-se como um cão enxotado.

Curran olhou para mim.

— Vá agora. Corra. Corra.

Ele entendeu. A mão de garras agarrou o ombro de Jennifer e a empurrou. A loba hesitou por um momento e correu.

Minha visão se desvaneceu completamente. As batidas do meu coração encheram meus ouvidos como as badaladas de um sino. Eu não conseguia sentir meu corpo, era como ele se já não existisse. Cega e surda, permaneci no meio do nada, me balançando, enquanto acima de mim os mortos-vivos derrubavam o teto. Eles cavaram o gesso e o cimento até a estrutura de vigas de sustentação de aço que segurava os cinco andares de concreto acima de nós. Braços magros agarravam as vigas e puxavam com força sobrenatural.

Deus. Não tenho sido muito boa.

O metal se lamentou em protesto.

Eu poderia ter me esforçado mais. Poderia ser uma pessoa melhor. Estou diante de você agora, como sou. Não peço desculpas.

As vigas cederam, se dobrando.

Por favor, tenha piedade de mim, Senhor.

Na minha mente vi as enormes vigas quebrando. Vi toneladas de gesso, cimento e aço caindo em cima dos vampiros, em cima de mim, nos enterrando debaixo dos escombros, selando uma tumba da qual nem mesmo um vampiro conseguiria sair.

Senti suas mentes famintas e cheias de ódio desaparecendo, uma de cada vez. Finalmente eu podia me desprender. Liberei o terrível fardo e desmaiei.

CAPÍTULO 7

A Matadora repousava em sua bainha na mesinha de cabeceira, ao lado de um homem lendo um livro velho. Na capa do livro, um homem de terno marrom e chapéu segurava uma loura inconsciente vestida de branco. Tentei enxergar o título, mas as letras brancas ficaram turvas.

O homem com o livro vestia um uniforme azul. Ele cortara as pernas da calça logo abaixo das coxas e eu podia ver um jeans surrado debaixo do tecido azul. Virei a cabeça para olhar os pés dele. Botas pesadas de trabalho acompanhavam o jeans.

Inclinei-me sobre o travesseiro. Meu pai estava certo: o paraíso existia e ficava no Sul.

O homem abaixou o livro e olhou para mim. De estatura média e atarracado, tinha a pele escura com um brilho de ébano e cabelos grisalhos cortados no estilo militar. Os olhos atrás dos óculos de armação fina eram ao mesmo tempo inteligentes e repletos de humor, como se alguém tivesse lhe contado uma piada de mau gosto e ele estivesse se esforçando para não rir.

— Linda manhã, não? — disse ele, as harmonias inconfundíveis da Geórgia vibrando em sua voz.

— Não deveria ser "né"? — eu disse. Minha voz soou fraca.

— Só se você for um tolo ignorante — disse o homem. — Ou se quiser parecer um caipira. E sou velho demais para parecer ser algo que não sou.

Ele se aproximou e tomou meu pulso nas mãos. Seus lábios se moveram, contando os batimentos cardíacos, então seus dedos tocaram delicadamente meu estômago. A dor me trespassou. Eu me retraí e respirei fundo.

— Em uma escala de um a dez, quanto dói? — perguntou ele, os dedos examinando meu ombro. Fiz uma careta.

— Cerca de cinco.

Ele revirou os olhos.

— Deus me ajude. Mais um caso difícil nas mãos.

Escreveu alguma coisa num bloco amarelo. Estávamos em um quarto pequeno, com paredes de cor creme e teto rebaixado. Duas grandes janelas derramavam a luz do sol no chão e lençóis azuis cobriam minhas pernas.

O homem largou a caneta.

— Agora, quem disse a você, mocinha, que pode colocar um kit-r e marchar montanha abaixo para a batalha precisa de uma boa surra. Se qualquer coisa mágica atingir a bandagem, a maldita coisa vai ferrar você de vez.

— Ferrar — disse eu. — É um termo médico?

— Claro. Siga o dedo com os olhos, por favor. Não vire a cabeça.

Ele moveu o dedo indicador esquerdo e eu o segui com os olhos.

— Muito bem — disse ele. — Conte até vinte e cinco.

Contei e ele assentiu com a cabeça, satisfeito.

— Parece, veja bem, só parece, que você se livrou de uma concussão.

— Quem é você?

— Pode me chamar de doutor Doolittle — disse ele. — Naveguei noite e dia, semanas a fio, para onde vivem os monstros, e agora sou seu médico particular.

— Esse foi o Max. — A dor torceu meu quadril e eu gemi. — Não o doutor Doolittle.

— Ah — disse ele —, é um prazer conhecer uma pessoa culta.

Olhei para ele por um momento, mas ele só riu de mim com os olhos.

— Onde nós estamos?

— No forte da Matilha.

— Como cheguei aqui?

— Trouxeram você.

Senti vontade de esfregar a testa e percebi que tinha um tubo de soro pendurado no meu braço.

— Quem me trouxe para cá?

— Essa é fácil. Sua Majestade carregou você para fora do edifício, e em seguida Mahon a colocou sobre as costas e a trouxe até minha porta.

— Como Curran conseguiu me buscar, para início de conversa?

— Pelo que entendi, ele pulou para dentro das chamas, a agarrou e saiu de lá. O que explica as queimaduras de terceiro grau que recebeu. Curiosamente, você não tem nenhuma queimadura. Um quadril estraçalhado, lesões graves no estômago, perda de sangue maciça, mas nenhuma queimadura. Como?

— Eu sou especial — disse para ele.

Curran atravessara o fogo do feitiço de sangue. Duas vezes. Por mim. *Idiota.*

— Você não vai me contar.

— Não.

— Isso que é gratidão — ele suspirou com tristeza fingida. — Depois que você chegou aqui, passei aproximadamente quatro horas curando seu corpo, a maior parte do tempo — olhou para mim — cuidando do seu estômago.

— Queimaduras de terceiro grau — disse.

— Sim. Você não ouviu uma palavra do que eu disse.

— Ouvi tudo: quatro horas, estômago, quadril, perda de sangue. Você não fez uma transfusão de sangue, não é? — Não havia como saber o que a magia em meu sangue faria com um plasma estranho.

— Deus me perdoe. Acho que você me considera um amador.

Ele pronunciou "amador" com um "r" pronunciado.

— E os curativos?

Ele balançou a cabeça.

— Fiz o juramento de curandeiro, mocinha, e nunca o quebrei. Seus curativos, roupas e tudo o mais foram incinerados pessoalmente por mim.

— Obrigada.

— Disponha.

— Uma queimadura de terceiro grau significa que todas as camadas da pele são queimadas — disse eu.

— É isso mesmo — Doutor Doolittle assentiu com a cabeça. — A aparência é ruim, mas a sensação é ainda pior.

— Em uma escala de um a dez?

— Onze.

Fechei os olhos.

— Nosso rei desenvolveu uma adorável casca dourada — disse a voz suave de Doolittle. — Tenho certeza de que conseguiria um papel num filme de terror antigo. Imagino que ele deva estar bastante confortável agora, flutuando.

— Flutuando?

— Prescrevi o tanque. É um aquário gigante, cheio de uma solução que desenvolvi na juventude. Se Sua Majestade fosse uma pessoa comum, a única maneira de restaurar seu epitélio seria com enxertos. Já que ele não é uma pessoa comum, vai flutuar no tanque por alguns dias e depois sair de lá com a pele nova. Seu ombro vai demorar mais tempo. O que me faz lembrar. — Ele se levantou, andou até a porta e colocou a cabeça para fora. — Diga ao Urso que nossa convidada está acordada.

Ele retornou e vasculhou os frascos na mesa.

— Ombro? — perguntei.

— Percebo que um pequeno pedaço do teto teve a infelicidade de aterrissar em cima dele. Esmagou seu ombro esquerdo.

Ele se virou com uma seringa na mão.

— Não — disse com firmeza.

— A tecnologia voltou vinte minutos depois que terminei com você — disse ele. — Você está com dor e eu vou lhe dar um analgésico à moda antiga.

— Não, não vai.

— É Demerol. É bastante leve.

— Não. Demerol me deixa tonta. — Não bastava eu estar fraca e dentro do complexo da Matilha, agora ele queria mexer com minha cabeça também.

— Bobagem. Seja uma boa menina e tome o remédio. — Ele se aproximou.

— Chegue perto de mim com essa agulha — disse eu, colocando o máximo de malícia na voz — e vou enfiá-la no seu rabo.

Ele riu.

— Exatamente o que Jennifer me disse quando tentei colocar pontos no corte em sua bunda. Felizmente, para mim, não preciso furar você com esta agulha.

Ele me mostrou a seringa vazia. Pisquei os olhos e senti uma onda de frio calmante. Ele deve ter injetado a bosta do Demerol no meu soro. *Babaca*.

Fechei os olhos. Sentia-me tonta e cansada. E continuava com dor.

Passos pesados ecoaram pelo quarto. Eu tinha um visitante e apenas um dos metamorfos não se dava ao trabalho de se mover como um assassino.

Abri os olhos e vi Mahon acenar para o doutor e dizer com a voz grave e tranquila:

— Bom trabalho.

Mahon se aproximou, puxou uma cadeira e sentou ao meu lado, com os enormes antebraços descansando sobre as pernas. Suas costas grandes esticavam o tecido preto de uma camisa larga que, apesar de mal caber nos ombros dele, era comprida demais. Os metamorfos tinham uma predileção por moletom e Mahon estava vestindo uma calça cinza. Seus pés peludos e descalços descansavam no chão aquecido pelo sol.

Seus olhos castanhos encontraram os meus.

— A Matilha agradece seu sacrifício.

— Não houve sacrifício nenhum. Eu estou viva. — E Curran está torrado como carvão.

Ele balançou a cabeça.

— Quase houve sacrifício e nós somos gratos. Você ganhou a confiança e amizade da Matilha. Pode nos visitar quando quiser. Pode pedir nossa ajuda em momentos de necessidade e nós faremos o que pudermos para ajudá-la. Não é pouca coisa, Kate.

Eu provavelmente deveria ter dito algo formal e empolado, mas o Demerol continuava confundindo meus pensamentos. Dei um tapinha na sua mão grande e murmurei:

— Obrigada.

Os olhos de Mahon eram amáveis.

— De nada.

Na sexta-feira, eu já estava andando. Vestida com moletom cinza e tênis grandes demais para mim, tudo cortesia da Matilha, eu conquistava o corredor em ritmo lento, mas persistente. Estava tonta e tive que lutar contra o impulso de virar à direita, o que me faria bater a cabeça na parede.

A magia de Doolittle aliviara a dor no meu estômago, tornando-a uma dorzinha chata que atacava quando eu me inclinava do jeito errado. Ele me prometeu um mínimo de cicatrizes no abdômen e eu acreditava nele. Meu quadril não teve tanta sorte. O vampiro arrancara um pedaço da carne, e, apesar dos esforços de Doolittle, eu carregaria uma recordação para o resto da vida. Não me importava. Estava grata por ainda estar viva.

O corredor terminava em uma sala ampla do tamanho de um ginásio. Possuía equipamentos variados, posicionados com cuidado sobre o chão de pedra, alguns criados com tecnologia, outros com magia e outros híbridos complexos de ambos.

Uma mulher magra e forte, da minha idade, estava sentada num tapete acolchoado e quadrado perto da porta. O tapete parecia uma cama de cachorro grande. Ela mastigava biscoitos cream cracker. Provavelmente era uma mulher-rato, estavam sempre comendo.

A mulher olhou para mim através de uma cascata de pequenas tranças escuras. Miçangas de madeira prendiam cada trança.

— Sim? — disse ela.

Amigável.

— Tenho um compromisso — respondi.

— E daí? — perguntou.

Dei de ombros e passei por ela. Não me impediu.

O tanque ficava perto da parede esquerda, meio escondido por uma grande laje de pedra na qual alguém escrevera símbolos cabalísticos com giz. Os símbolos pareciam não significar nada: o símbolo do vodu *veve,* que deveria ter sido desenhado em vermelho; dois símbolos egípcios, um para o Nilo e o outro para Canopus; e algo que se parecia vagamente com o símbolo japonês do dragão.

Contornei este desperdício de espaço e me aproximei do tanque. De dois metros e meio de altura, era de forma cúbica. Suas paredes de vidro continham um líquido esverdeado opaco e consegui distinguir os contornos de uma forma humana flutuando imóvel na água verde.

Bati no vidro. O corpo se moveu e Curran veio à tona, espirrando água. Ele tirou a máscara de oxigênio da boca e se segurou na borda do tanque, pressionando o corpo contra o vidro. Era tudo o que eu precisava. O Senhor das Feras nu em toda sua glória contra as águas pantanosas.

Sua pele nova era muito pálida. O cabelo louro espesso e suas sobrancelhas eram agora só uma penugem.

— Obrigada — falei, mantendo o olhar fixo em seu rosto.

— De nada.

Constrangida, lutei contra a vontade de baixar os olhos.

— Eu vou embora.

— Quando?

— Depois de falar com você.

— Doolittle lhe deu alta?

A imagem do velho médico me encarando ultrajado me veio à cabeça.

— Ele não teve escolha.

— Você pode ficar se precisar. — Curran limpou a gota que pingava do seu queixo.

— Não, obrigada. Agradeço por tudo, mas está na hora de ir.

— Lugares para ir, pessoas para conhecer?

— Algo do tipo.

— Não quer se juntar a mim no tanque? A água está boa.

Pisquei os olhos, sem saber o que dizer. Curran riu, aproveitando cada segundo.

— Ah, não — consegui dizer.

— Não sabe o que está perdendo.

Ele estava flertando ou só brincando comigo? Provavelmente a última opção. Bem, então dois poderiam jogar aquele jogo. Olhei incisivamente para seu quadril.

— Não, obrigada — disse. — Sei exatamente o que estou perdendo.

Ele sorriu.

— Vim falar sobre Derek — eu disse.

Curran conseguiu dar de ombros enquanto ainda se apoiava na parede.

— Libertei-o do juramento de sangue.

— Eu sei. Ele insiste em me acompanhar e não quero isso. Tentei explicar que meu trabalho é perigoso e não dá muito dinheiro, e que ficar perto de mim faz mal para a saúde.

— E o que ele disse?

— Ele disse "É, mas eu vou pegar umas gatas? Aos montes?".

Curran riu, mergulhou como um golfinho e veio à tona novamente.

— Vou falar com ele.

— Pode fazer isso logo? Ele acha que vai me levar para casa.

— Tudo bem. Diga à Mila, na porta, para trazê-lo aqui.

— Obrigada.

Voltei-me.

— Como você passou através do fogo? — perguntou ele.

Ah, bosta.

— Não estava totalmente aceso — falei. — Foi um golpe de sorte. Porém não conseguia sair de lá. Acho que ela estava decidida a derrubar o teto na minha cabeça.

— Entendo — disse Curran. Não sei se ele acreditou em mim ou não.

Eu me virei e fiz uma reverência de deboche que fez meu estômago doer.

— Gostaria de mais alguma coisa, Vossa Majestade?

Ele se despediu de mim com um gesto do pulso.

— Está dispensada.

Era perigoso demais conhecer Curran. Ele era muito poderoso, imprevisível e, o pior de tudo, possuía a capacidade inata de me enfurecer e tirar do sério.

Espero que nossos caminhos não se cruzem novamente.

Um jovem lobo, cujo nome eu não sabia, me levou ao apartamento de Greg. Agradeci, subi as escadas e encontrei um bilhete em papel branco pregado na minha porta. Dizia: "Kate, tentei te ligar, mas você não atendeu. Espero que hoje à noite ainda esteja de pé. Fiz uma reserva no Fernando's para as seis horas. Crest." Arranquei o bilhete da porta, amassei-o e joguei fora. O feitiço de proteção brilhou fechando o apartamento. A porta resistente me separou do resto do mundo e suspirei de alívio. Chutando os tênis da Matilha para longe, me arrastei para a cama e adormeci.

Quando acordei, a tarde estava lentamente virando noite. Sentia-me esgotada e inquieta, apreensiva, como se tivesse perdido um prazo importante. Procurei em vão entender a causa do meu mau humor e me senti pior ainda.

Fiquei deitada na cama olhando para o teto, pensando em ligar para Crest e cancelar o encontro. Seria mais sensato. Infelizmente, a sensatez não estava entre minhas virtudes. Cancelar seria o equivalente a desistir sem tentar.

Rastejei até o banheiro e lavei o rosto com água fria. Não ajudou.

Havia apenas um vestido que eu poderia usar para ir ao Fernando's, pois era o único vestido chique que possuía e o único vestido pendurado no armário de hóspedes de Greg. Eu o usei num evento formal a que ele me arrastou em novembro, no qual passei duas horas escutando pessoas que adoravam ouvir o som da própria voz.

Peguei o vestido no armário e o coloquei sobre a cama. Em seguida, fui para a cozinha e me servi de um copo d'água. Eu tinha perdido muito sangue. Forcei-me a beber um copo, enchi-o novamente e voltei, bebendo a água. O vestido pairava sobre os lençóis, banhado pelos últimos raios de sol. De corte simples, tinha uma cor incomum, um tom sem nome do cruzamento entre pêssego, cáqui e cobre. Anna o escolhera para mim. Lembrei-me dela passando pelos vestidos pendurados nos cabides de arame, deslizando-os energicamente para fora do caminho, um a um, enquanto uma vendedora incrivelmente magra assistia angustiada. "Você não precisa de algo que a deixe mais magra" — explicou Anna — "nem mais gorda. Precisa de suavidade, o que é um pouco mais complicado, mas pode ser feito com o vestido certo. Por sorte, você tem o tom de pele exato para essa cor. Você vai parecer mais bronzeada, o que não é nada mau."

Olhei para o vestido e recordei a sensação inquietante de não me reconhecer quando o colocava. Eu era bem proporcionada, até mesmo esbelta, mas não magra. A maioria das mulheres não ganha músculos facilmente, mas, quando eu flexionava o braço, conseguia ver definição. Não importa o quanto eu tentasse perder peso, tudo o que conseguia era deixar os músculos mais nítidos, então desisti de atingir o padrão de beleza quando tinha catorze anos. A sobrevivência se tornou mais importante que a moda. Claro, eu não pesava cinquenta quilos, mas minha cintura fina me permitia dobrar e eu poderia quebrar o pescoço de um homem com meu chute.

Este vestido disfarçava os músculos, enganando o olho para ver carne macia onde não havia nenhuma. O problema era que eu não tinha certeza se queria usá-lo hoje para sair com Crest.

Toquei o tecido macio e desejei que Anna me ligasse.

O telefone tocou.

Atendi e ouvi a voz de Anna dizer:

— Olá.

— Como você faz isso?

— O quê? Ligar quando você quer falar comigo? — Ela parecia se divertir.

— Sim.

— A maioria dos videntes é levemente empática, Kate. A empatia com a pessoa serve como uma ponte para as coisas que fazemos. Conheço você há muito tempo, lembro de você aprendendo a andar — e criei um vínculo permanente. Pense nisso como estar sintonizada numa certa estação de rádio que está fora do ar a maior parte do tempo.

Bebi minha água. Sabia que ela não mencionaria a visão a menos que eu lhe perguntasse sobre isso, e não estava com vontade.

— Como está a investigação?

— Encontrei o assassino de Greg.

— Ah. O que você fez com ele?

— Ela. Eu a estripei e então esmaguei seu coração.

— Adorável. O que ela fez com você?

— Vou ficar com uma cicatriz na coxa e meu estômago ainda está sarando. Mas pelo menos eu tive ajuda médica profissional dessa vez.

Anna suspirou.

— Suponho que isso não seja muito ruim para um dos seus trabalhos. Está satisfeita?

Abri a boca para dizer a ela que sim e parei. O motivo da minha inquietação tornou-se claro.

— Kate?

— Não, não estou satisfeita. — Eu lhe contei sobre Olathe e seus vampiros pré-magia. — Muitas pontas soltas — disse. — Primeiro, ainda não sei quem matou Greg. Pensei que pudesse ser um dos vampiros dela, mas isso não explica as impressões de poder no leitor-m, e não vi nenhum animal durante a luta.

— Não existe uma maneira de investigar agora?

— Não. O edifício está destruído. Segundo, onde estão as mulheres desaparecidas e por que elas foram sequestradas?

— Para servirem de alimento aos vampiros? — arriscou Anna.

— Quatro mulheres não sustentariam seu estábulo por mais de um dia. Por que ela não pegou mais?

— Não sei.

Bebi mais uns goles de água.

— Eu também não. E o inimigo na sua visão era do sexo masculino. Há mais coisas, mas não consigo me lembrar agora. Estou com a sensação horrível de ter ignorado algo. Algo ridiculamente óbvio.

Fiquei em silêncio. Anna esperou na linha.

— De qualquer maneira — disse, finalmente. —, terei que esperar até meu cérebro solucionar isso.

— Ah — disse Anna. — Há algo mais urgente?

— Um cirurgião plástico bonito está me esperando no Fernando's às seis.

— Ah. Por acaso você mencionou que detesta o Fernando's?

— Não — respondi. — Mas esperava que ele percebesse. Jantar chique não tem nada a ver comigo, Anna.

— Eufemismo do ano — murmurou Anna. — Ele é divertido?

— Quem?

— O cirurgião plástico. Ele é divertido? Faz você rir?

— Ele tenta — disse.

— Parece que não consegue.

— Acho que posso ter forçado demais essa coisa toda — disse.

— Qual parte? Intimidade ou sexo?

— Acho que ambos. — Para mim, sexo casual era um paradoxo. O sexo me colocava em uma posição de vulnerabilidade e não havia nada casual nisso. Nunca dormi com um homem em quem não confiava e não admirava. Eu não conhecia Crest o bastante para admirar ou confiar nele, mas queria levá-lo para a cama. Desfilei nua na frente dele, pelo amor de Deus. — Fico incomodada. Acho que tem algo a ver com a morte de Greg.

Houve um silêncio na linha. Por fim, a voz de Anna murmurou:

— Veja só, uma rachadura na sua defesa.

— Pretendo consertá-la esta noite.

— Você é uma radical, Kate. É tudo ou nada. Talvez ele mereça uma chance.

— Não quis dizer que iria terminar. Apenas vou rever a situação. Tentar descobrir se ele é divertido.

Anna suspirou.

— Você vai usar o vestido que compramos?

— Sim.

— Um conselho — disse ela. — Solte o cabelo.

Entrei no Fernando's com o cabelo solto. Caía abaixo da cintura, moldando meu rosto e o suavizando. De maquiagem, vestido e salto alto, pelo menos eu parecia o tipo de mulher que jantava no Fernando's. Os saltos faziam meu quadril doer.

Disse meu nome para o maître, impecavelmente vestido, e ele me guiou pelo restaurante. Meus sapatos faziam um barulho fraco no piso de mármore enquanto caminhávamos pelas mesas redondas, decoradas com toalhas brancas. Homens de ternos caros e mulheres elegantes de vestidos que custavam mais do que eu ganhava por mês conversavam nas mesas, comendo com prazer. Diversas videiras pesadas com flores brancas e românticas cresciam em vasos de cerâmica. Alguém tomara muito cuidado em organizar seus caules nas paredes para decoração.

Odiava este lugar.

Crest estava sentado em uma mesa de canto, estudando o cardápio. Parecia triste. Olhou para cima, me viu e congelou. Era tolice, mas o olhar bobo em seu rosto me fez me sentir melhor. Linda eu nunca seria. Mas conseguia ser atraente.

Movendo-se com a graça de um bailarino, o maître puxou a cadeira para mim. Agradeci — o que deveria ser contra as regras — e me sentei. Crest me encarou.

— Já nos conhecemos? — perguntei.

— Acho que assim — disse ele. — Você está diferente.

Era hora de quebrar a ilusão.

— Diferente? Incrível, radiante, linda, qualquer um desses elogios poderia me convencer a transar com você, mas diferente...

Funcionou. Ele parou de me olhar.

— Achei que você não viria.

— Estava ocupada com o trabalho — disse. — Além disso, já que eu o torturei com o Las Colimas, o mínimo que poderia fazer é deixá-lo retribuir o favor.

— Não gosta daqui?

Não. A atmosfera é abafada, a comida é ruim e a única coisa que eu posso pagar é uma tigela de cereais. Eles servem cereais aqui?

Dei de ombros.

— Não é tão ruim. Você vem sempre aqui?

— A cada três semanas, mais ou menos.

Meu Deus.

O garçom apareceu e começou a conversar com Crest algo que eu não entendia e nem escutei. Observei os clientes até o garçom murmurar as palavras-chave: "E a senhorita?"

— Quais são as saladas que vocês servem?

Pedi uma salada de vinte e dois dólares e o garçom partiu.

— Nenhum prato principal? — perguntou Crest.

— Hoje não.

O silêncio reinou na mesa. Crest parecia satisfeito em olhar para mim e eu não sabia o que fazer.

— Você está deslumbrante — disse ele finalmente. — Tão diferente.

— É uma ilusão — disse para ele. — Ainda sou eu.

— Eu sei.

Sorriu. Pela maneira que olhava para mim, eu sabia que ele estava pensando em como eu seria na cama. Por que eu não estava pensando a mesma coisa sobre ele? Estava bonito de terno escuro. Algumas mulheres olhavam para ele ostensivamente.

Peguei um homem olhando para mim de uma mesa próxima. Acho que deveria ter ficado lisonjeada.

— Como vai o trabalho? — falei por falar.

— Estou pensando em abandonar a prática — disse ele.

— Mesmo?

— Gostaria de passar mais tempo estudando o Vírus-L — disse ele. — Acho fascinante, particularmente, como a própria estrutura dos ossos muda sob a influência da magia. Desenvolver essa habilidade traria avanços incríveis para a cirurgia reconstrutiva. Sem procedimentos invasivos, sem implantes, sem recuperação, só a eliminação das imperfeições através da vontade.

Sorri para ele. Talvez algum dia o apresentasse a Saiman.

O garçom chegou com a carta de vinhos. Crest fez o pedido e então continuou a discursar sobre a natureza fascinante do Vírus-L, entrando em mais detalhes técnicos do que minha limitada compreensão podia lidar. Eu o observei zelosamente, me perguntando por que Olathe raptara as mulheres. Alguma coisa sobre isso não fazia sentido.

Crest parou de falar e eu pisquei, desligando o piloto automático.

— Você não está prestando atenção, está?

Não.

— Sim, por favor, continue.

— Estou deixando-a entediada?

— Um pouco.

— Me desculpe — disse ele.

Dei de ombros.

— Por favor, não se desculpe. Você está sendo você mesmo e eu estou sendo eu mesma. Para você, os metamorfos são um assunto novo e interessante. Para mim, fazem parte do meu trabalho. Eles são violentos, muitas vezes cruéis, paranoicos e extremamente territoriais. Quando encontro um deles, vejo um possível adversário. Você fica empolgado porque eles conseguem alterar sua estrutura óssea, enquanto eu fico puta porque suas mandíbulas não se encaixam bem quando estão em meia-forma e deixam cair cuspe no chão. E eles cheiram muito mal quando estão molhados.

Crest olhou para mim.

— Além disso, me falta o conhecimento médico para entender boa parte do que você disse durante os últimos cinco minutos. Odeio me sentir leiga. É demais para meu ego frágil.

Ele estendeu o braço e tocou na minha mão. Sua pele era quente e seca e, por algum motivo desconhecido, seu toque me consolou.

— Vou calar a boca — ele prometeu solenemente.

— Não precisa — disse. — Vamos falar sobre outra coisa. Livros, música, algo sem relação com trabalho.

— O seu ou o meu?

— Dos dois.

O mundo parou quando a magia deixou de funcionar. A conversa nas mesas morreu por um instante e continuou como se nada tivesse acontecido. Nosso jantar chegou. Minha salada consistia de folhas de alface dispostas com bom gosto para emoldurar as fatias finas de laranja e outras hortaliças. Cutuquei a alface com o garfo. Por algum motivo, não estava com fome.

— Como está a salada? — perguntou ele.

Peguei uma fatia de laranja com o garfo e comi.

— Boa.

Ele sorriu, com prazer estampado no rosto, e me lembrei do conselho que me deram tempos atrás. Se um homem a levar para um restaurante de sua escolha, não o elogie. Faça comentários entusiasmados sobre a qualidade da comida e ele ficará feliz de tê-la levado. Ficar entusiasmada não era muito a minha cara.

Conversamos por alguns minutos sobre trivialidades, mas a conversa continuou morrendo. A conexão que sentimos no Las Colimas escapara e não conseguíamos renová-la. Cutuquei minha salada, olhei para cima e vi Crest olhando fixamente sobre o meu ombro.

— Algum problema?

— Esse cara continua olhando para você — disse Crest. — Está beirando a falta de educação. Acho que eu deveria ir até lá e perguntar qual é o problema dele.

Voltei-me e vi uma figura familiar duas mesas abaixo. Encostado na cadeira, meio virado para ter uma visão melhor da nossa mesa, estava Curran.

Por que essas coisas acontecem comigo?

Uma mulher asiática deslumbrante num vestido preto minúsculo ocupava a outra cadeira de sua mesa. A mulher parecia nervosa, com os dedos finos torcendo o canto do guardanapo. Ela me deu um olhar assustado, como uma gazela em um poço d'água, e virou-se rapidamente. Curran parecia despreocupado.

Nossos olhares se cruzaram e Curran sorriu.

— Não acho que falar com ele seja uma boa ideia — disse.

— Ex-namorado? — disse Crest.

— Credo, não. Nós nos conhecemos profissionalmente.

Chamei o garçom e ele veio até nossa mesa.

— Sim, senhorita?

Acenei na direção de Curran.

— Vê aquele homem ali, de cabelo muito curto? Ao lado da mulher bonita?

— Sim, senhorita.

— Você faria a gentileza de entregar um pires de leite para ele com os meus cumprimentos?

O garçom nem piscou. Um autêntico testemunho do serviço excelente do Fernando's.

— Sim, senhorita.

Crest olhou para mim, obviamente se coçando de vontade de pedir uma explicação.

O garçom entregou o leite, falando com Curran. O sorriso dele se tornou predatório. Ele pegou o pires e o ergueu fazendo um brinde. Seus olhos brilharam dourados. O brilho se acendeu e apagou tão rapidamente que, se eu não estivesse olhando diretamente para ele, não teria visto. Ele levou o pires até a boca e bebeu o leite pela borda.

— Ele parece deslocado de calças jeans — disse Crest.

— Confie em mim, ele não se importa. E ninguém que trabalha no Fernando's seria louco de mencionar isso.

Na verdade, o Fernando's não parecia o tipo de restaurante ao qual Curran iria. Achei que ele fosse do tipo bife com fritas ou comida chinesa.

— Entendi.

Crest estava tentando dar um olhar intimidador para Curran. Se ele continuasse com isso, Curran teria um ataque de riso. De repente, fiquei com raiva.

O olhar de Crest se demorou em Curran. Algo novo se refletiu nos seus olhos, interesse, admiração? Atração, talvez? Curran piscou para ele.

Crest dobrou o guardanapo e o colocou sobre a mesa. Pelo menos metade do peito de frango continuava em seu prato.

— Acho que devemos ir — disse ele.

Afastei a salada quase intacta.

— Boa ideia.

Um garçom se materializou ao lado da mesa. Crest pagou em dinheiro e saímos noite adentro. Fora do restaurante, ele virou à esquerda.

— Meu carro está estacionado desse lado — disse eu, acenando para a direita.

Ele balançou a cabeça.

— Tenho uma surpresa para você. Já que encurtamos nosso jantar, ainda deve ser muito cedo. Importa-se de caminhar?

— Na verdade, sim. — Não com estes saltos e com uma agulha em brasas no meu quadril. — Importa-se de me levar até lá no seu carro?

— Seria uma honra.

Enquanto caminhávamos para o carro dele, senti alguém me observando. Parei para ajustar a tira da minha sandália e o avistei do outro lado da rua, encostado na parede de um edifício. A jaqueta de couro e o cabelo espetado eram inconfundíveis. Bono. Ghastek estava de olho em mim, mas, em vez de um vampiro, desta vez ele enviara seu oficial. Boa escolha. Bono ainda sentia raiva de mim por causa da nossa conversinha no Andriano's. Será que Ghastek descobriu que eu dera uma prensa no oficial que me contou sobre seus vampiros não marcados? Ou talvez eu estivesse entendendo tudo errado.

Bono se moveu um pouco para me manter no seu campo de visão. Para que me vigiar agora que Olathe estava morta? A não ser que Bono servisse a Olathe. Fazia sentido. Se ela quisesse assumir a operação de Nataraja, tentaria recrutar jovens oficiais e, com sua beleza e poder, atraí-los para seu lado não seria tão difícil. Bono estava aqui à procura de vingança? Ou havia outro jogador neste drama e agora Bono cumpria suas ordens?

Não acabou. Meus instintos me disseram que havia sido muito fácil, muito conveniente, e agora recebi a confirmação por Bono. O que ele sabia e eu não? Pensei em atravessar a rua e arrancar a informação dele, esmurrá-lo até ele me contar tudo o que sabia. Eu poderia bater a cabeça dele contra os tijolos e levá-lo para a escuridão do beco. Ou, melhor ainda, esmagá-lo contra a parede e o levar para o carro. Neste bairro, ninguém prestaria atenção a uma mulher num vestido de noite e seu belo companheiro, que bebera um pouco demais e teve que se apoiar nela. Eu poderia colocá-lo dentro do carro e dirigir para um lugar isolado.

— Kate?

O rosto bonito de Crest surgiu na minha frente. Que inferno.

— Qual é o seu carro?

— Aquele ali.

Sorri para ele, ou pelo menos tentei. Lançando um último olhar para

Bono, deixei Crest abrir a porta do carro para mim e me forcei a sentar. Até logo, Bono. Encontro você depois.

O carro de Crest era caro, de cor cinza metálica e em formato de bala. Ele segurou a porta para mim e ocupei o banco de couro do passageiro. Ele entrou e nós partimos. O interior do carro estava impecável. Sem lenços de papel usados e enfiados no porta-copo. Sem notas velhas ou recibos rasgados no chão. Sem sujeira nos painéis. Parecia imaculado, quase asséptico.

— Me diz uma coisa, você possui algum par de jeans surrado? — perguntei. — Uma calça tão velha que parece estar sempre suja?

— Não — disse ele. — Isso faz de mim uma pessoa ruim?

— Não — falei. — Você percebe que a maioria dos meus jeans é assim?

— Sim — disse ele, rindo com os olhos. — Mas eu não estou interessado nas suas calças jeans, só no que está dentro delas.

Hoje não.

— Ok, só para deixar claro.

A cidade passou por nós, suas ruas conduzindo um carro ocasional movido a gasolina, se alimentando da tecnologia agonizante. Contei o mesmo número tanto de cavaleiros quanto de carros. Há quinze anos, os carros dominavam as ruas.

— Então, quem era aquele homem? — perguntou Crest.

— Aquele era o Senhor das Feras.

Crest olhou para mim.

— O Senhor das Feras?

— Sim. O grande cão. — Ou gatão.

— E aquela mulher era uma de suas amantes?

— Provavelmente.

Um Buick branco como a neve nos ultrapassou, acelerando na pista e cantando pneus para parar no sinal. Crest revirou os olhos. As luzes do sinal piscaram, cintilando com intensidade ofuscante e morrendo até virar um brilho débil.

— Magia residual? — perguntou Crest.

— Ou fiação defeituosa.

O doutor estava pegando o jargão mágico. Eu me perguntei onde ele aprendera sobre os efeitos residuais da magia.

— Faz sentido. — Crest estacionou ao lado de um grande edifício. — Chegamos.

Um manobrista abriu minha porta. Desci para a calçada. O carro de Crest estava em boa companhia. Ao redor, Volvos, Cadillacs e Lincolns expeliam pessoas bem-vestidas para a calçada: mulheres com sorrisos tão largos que seus lábios ameaçavam rasgar e homens de ego inflado pela própria importância. Os casais seguiram seu caminho até o prédio alto diante de nós.

O manobrista entrou no carro e foi embora, nos deixando expostos à visão. As pessoas olharam para mim. E para Crest também.

— Você se lembra do Teatro da Fox? — disse Crest, me oferecendo o cotovelo. Abrir a porta era uma coisa. Pendurar-me em seu braço era outra. Eu o ignorei, caminhando para a porta com os braços esticados ao lado do corpo.

— Sim. Ele foi demolido.

— Pegaram as pedras do teatro e construíram este lugar. Genial, não é?

— Então em vez de construir um prédio novo, fresco e limpo, eles carregaram toda a agonia, desgosto e sofrimento que permearam as pedras do teatro antigo para o novo. Brilhante.

Ele me deu um olhar incrédulo.

— Do que você está falando?

— Artistas emanam muita energia. Eles se torturam sobre a aparência, a idade, os rivais. Os mais ínfimos detalhes podem se tornar uma questão de grande gravidade. O prédio em que eles atuam fica encharcado com seus fracassos, seus ciúmes, suas decepções como uma esponja e retém toda essa infelicidade. É por isso que simpatizantes vão no máximo a apresentações ao ar livre. A atmosfera os sobrecarrega. Foi incrivelmente estúpido transferir o peso de tantos anos para o teatro novo.

— Às vezes não entendo você — disse ele. — Como consegue ser tão pragmática assim?

Tentei adivinhar em que ponto fraco tocara. O Senhor Tranquilidade de repente ficou briguento.

— Afinal, existem outras emoções. — Seu tom de voz estava irado. — Triunfo, exaltação por uma apresentação magnífica, alegria.

— Isso é verdade.

Entramos no saguão escuro, iluminado por tochas apesar da presença de lâmpadas elétricas. As pessoas ao nosso redor se moviam num fluxo constante na direção das portas duplas na parede mais distante. Seguimos o fluxo, passando pelas portas para a grande sala de concertos cheia de fileiras de assentos vermelhos.

As pessoas olhavam para nós. Crest parecia satisfeito. Éramos o centro das atenções, o alto e elegante Crest e sua exótica companheira num vestido peculiar com uma cicatriz serpenteando pelo ombro. Ele não percebeu como a multidão me incomodava e não notou que eu estava começando a mancar. Se eu dissesse isso a ele, só pioraria as coisas. Continuei andando e sorrindo, me concentrando para não cair.

Nós nos sentamos bem no meio e soltei um pequeno suspiro de alívio. Sentar era muito mais fácil que ficar em pé.

— Então, quem nós estamos esperando? — perguntei.

— Aivisha — disse Crest com gravidade.

Eu não tinha a mínima ideia de quem era Aivisha.

— É a última apresentação da temporada — continuou ele. — Está ficando muito quente. Eu achava que ela não atuasse tão tarde, mas sua empresária me assegurou que ela não terá nenhuma dificuldade. Ela pode usar a magia residual.

Encostei-me na cadeira e esperei calmamente. Ao nosso redor, as pessoas se sentavam em seus lugares. Uma senhora num vestido impecavelmente branco e acompanhada por um distinto cavalheiro mais velho parou perto de nós. Crest se ergueu. Ah, merda, eu teria de me levantar. Levantei-me, sorri e esperei educadamente enquanto nos cumprimentávamos. A mulher e Crest tagarelaram por alguns minutos, enquanto seu acompanhante e eu partilhávamos em silêncio a infelicidade um do outro. Finalmente ela partiu.

— A senhora Emerson — disse Crest, acariciando minha mão. — Provavelmente a última socialite do Sul. Você foi muito bem. Acho que ela gostou de você.

Abri a boca e me calei. Não tinha feito nada além de ficar quieta e sorrir. Como uma criança comportada ou um cão disciplinado. Ele achou que eu fosse saltar na perna dela?

Um sino tocou, pedindo o silêncio da multidão. A quietude se apoderou da sala de concertos e lentamente a cortina de veludo se abriu para revelar uma mulher baixa. Era morena e pesada, com cachos lustrosos de cabelos negros presos no topo da cabeça. Um vestido longo de tecido prateado descia em drapeados de seus ombros, cintilante como a água banhada pelo sol.

Aivisha olhou para a plateia com os olhos escuros impenetráveis e deu um pequeno passo à frente, a cascata prateada movendo-se ao seu redor. Ela abriu a boca e deixou a voz soar.

Sua voz era incrível. Surpreendente em sua clareza e beleza, se elevou ganhando força, crescendo sobre si mesma, e a energia se transmitiu através dela, permeou a sala de concertos e a multidão espantada. Esqueci-me de Crest, Olathe, meu trabalho e apenas a ouvi, perdida na harmonia da voz encantadora.

Aivisha ergueu as mãos. Lascas finas de gelo cresceram a partir de seus dedos, em espiral, girando em perfeita consonância com a canção. Como um cordão de cristal incrivelmente complexo, o gelo estendeu-se pelo palco até subir pelas colunas laterais, desabrochando em feixes de plumas finas. Ele abraçou as dobras do vestido de Aivisha como um animal de estimação obediente e feliz em agradar, e eu não sabia dizer onde começava a prata do tecido e terminava a pureza cristalina do gelo.

Aivisha continuou cantando e o gelo dançou para ela, obedecendo todos os seus caprichos. Ela nos guiou e, hipnotizados, prendemos nossa respiração até que sua voz subiu em um crescendo irresistível. Uma explosão de luz azul pulsou através dela, saturando o gelo por um momento. O cordão de cristal estourou, evaporando no ar. A cortina caiu, escondendo Aivisha da plateia. Por um momento ficamos atordoados. Então a sala de concertos irrompeu em aplausos.

Crest apertou minha mão e eu apertei a sua.

Quarenta e cinco minutos depois paramos no estacionamento em frente ao meu prédio.

— Posso acompanhar você até a porta? — perguntou Crest.

— Hoje não — murmurei. — Desculpe. Não seria uma boa companhia.

— Tem certeza? — insistiu Crest, perdendo as esperanças. Me senti mal, mas não consegui. Algo me dizia que eu deveria terminar logo com isso.

— Sim — disse. — Obrigada pelo jantar e pela companhia.

— Não queria que a noite acabasse tão cedo — disse ele.

Toquei sua mão com a ponta dos dedos.

— Desculpe. Talvez outra hora.

— Tudo bem — disse ele. — Há sempre o dia de amanhã.

Abri a porta e saí do carro. Ele demorou-se por um momento e depois partiu. Percebi tarde demais que ele esperava um beijo de boa-noite.

Meu quadril doía cada vez mais e quando cruzei o estacionamento a fisgada chegou à agonia plena, temperada com espasmos agudos.

— Que ótimo. — Tirei os sapatos. Descalça, com as sandálias na mão, rumei para a porta.

Meu pé encontrou uma imperfeição no asfalto. Escorreguei e quase caí de bunda no chão. A dor subiu pela minha perna. Me inclinei para a frente, esperando a dor passar, e resmunguei baixinho.

— Quer que eu te carregue? — sussurrou uma voz no meu ouvido. — De novo?

Virei-me e dei um soco de direita no abdômen de quem falava. Meu punho foi de encontro a uma parede de músculos.

— Bom soco — disse Curran. — Para uma humana.

É, tá bom. Eu ouvi sua respiração quando atingi. Você sentiu.

— O que você quer?

— Onde está o seu namoradinho?

— Onde está a sua?

Recomecei a andar na direção do prédio. A única maneira de fugir dele era subir as escadas e fechar a porta na sua cara.

— Em casa — disse ele. — Esperando por mim.

— Bem, me faça um favor e vá vê-la.

Cheguei às escadas e me sentei. Minha perna exigiu uma pausa.

— Está doendo?

— Não, eu gosto de me sentar em degraus imundos com um vestido caro.

— Você está um pouco ranzinza esta noite — observou ele. — Deve ser falta de sexo.

Olhei o céu noturno, para os pontos minúsculos das estrelas.

— Estou cansada, minha perna dói e não consigo encontrar as respostas que preciso.

— Para quê?

Suspirei.

— Primeiro, não sei quem matou Greg nem o porquê. Segundo, não encontramos nenhuma evidência dos animais contaminados com magia necromântica que mataram seu povo. Terceiro, o arquivo de Greg mencionava mulheres. Por que Olathe as raptou e o que fez com elas?

Ele se abaixou perto de mim.

— Acabou — disse ele. — E você está com um caso grave de abstinência dos holofotes.

— Um caso grave de quê?

— Você é uma mercenária desconhecida e de repente todo mundo quer falar com você. Os poderosos da cidade sabem o seu número de telefone. Isso faz você se sentir importante. E agora acabou a dança. Eu me solidarizo com você. — Sua voz gotejava escárnio. — Mas acabou.

— Você está errado.

Curran se afastou.

— Ela chamou você de mestiço — disse para suas costas. — Por quê?

Ele me ignorou.

Forcei-me a levantar e subi as escadas. Entrei no apartamento, mudei de roupa, coloquei algumas coisas numa bolsa, peguei a Matadora e desci as escadas outra vez. Dei a partida na Karmelion, mordendo as palavras do encantamento como um cachorro faminto, e saí do estacionamento. Estava de saco cheio desta cidade maldita. Eu ia para casa. Para a minha casa.

CAPÍTULO 8

A luz do dia entrava pela janela, fazendo cócegas no meu rosto. Bocejei e me aconcheguei debaixo das cobertas. Não queria acordar. Ainda não. Em retrospectiva, sair da cidade perto da meia-noite com um quadril dolorido não foi uma ideia muito inteligente, especialmente considerando que a tecnologia voltou por volta das quatro da manhã e minha caminhonete parou de funcionar a um quilômetro e meio de casa. Mas consegui chegar antes do nascer do sol e agora nada disso importava. Eu estava em casa.

Enfiei o rosto no travesseiro, mas a luz do sol era insistente e me espreguicei, suspirando. Meus pés descalços tocaram o chão aquecido pelo sol e fui alegremente para a cozinha fazer um café.

Lá fora, o final da manhã atingia o auge. O céu estava azul. Não havia vento nos arbustos. A janela da cozinha implorava para ser aberta. Eu a destravei e empurrei a metade de baixo, para deixar o ar marinho entrar na casa. Minha casa. Até que enfim.

No quintal, localizado de modo que pudesse ser visto da cozinha ou da varanda, erguia-se uma vara. Espetada na vara, havia uma cabeça humana.

Cabelos compridos soltos em mechas endurecidas de sangue. Olhos pálidos saltados das órbitas. A boca aberta com moscas-varejeiras se reproduzindo entre os lábios rasgados.

Aquilo estava tão deslocado no meu mundo iluminado pelo sol que não parecia real. Não podia ser real.

Um inconfundível cheiro de podridão penetrou minha cozinha. Corri para o quarto, estremecendo de dor, peguei a Matadora e fui para a porta da frente. Meus feitiços de proteção estavam funcionando. Cautelosamente, abri a porta e saí para a varanda.

Nada.

Nenhum som. Nenhum poder.

Nada além de uma cabeça podre no meu quintal.

Aproximei-me da cabeça e a circulei lentamente. Pertencia a uma mulher jovem. Ela morrera recentemente — a expressão de terror ainda estava congelada em seu rosto.

Um prego prendia um pedaço de papel dobrado na parte de trás da cabeça. Levantei o papel com a ponta da lâmina da Matadora. Letras tortas olharam para mim.

Gostou do meu presente? Fiz especialmente para você. Quando vir seu amigo mestiço, diga que não vou desperdiçar a cabeça dele assim. Vou arrancar cada pedaço de carne dos seus ossos. Vou me empanturrar com sua carcaça até não conseguir mais andar e deixar meus filhos terminarem com o resto enquanto descanso fodendo mulheres mestiças. Carne de mestiço tem gosto de merda, mas tem boa textura. Olathe nunca soube apreciar isso. É uma pena o que você fez com o vestido dela. Eu gostava dele.

Entrei em casa e liguei para Jim.

A cabeça morta olhava para Jim. Jim olhava para a cabeça.

— Você conhece muita gente louca — disse ele.

— O nome dela deve ser Jennifer Ying — disse. — O cabelo tem textura mongoloide. Ela é uma das mulheres desaparecidas cujos nomes encontrei no arquivo do Feldman. A cabeça não estava aqui quando cheguei, por volta das quatro e meia da manhã.

Jim cheirou a cabeça.

— Morte fresca. Um dia, talvez um dia e meio no máximo — disse ele. — Você precisa ligar para Curran.

— Ele não vai me dar ouvidos. Acha que sou uma caçadora de glória.

Jim deu de ombros. Trabalhamos juntos tempo suficiente para saber que nenhum dos dois estava interessado em fama.

— Você o irrita demais.

— Tem outra coisa. — Levei-o até a varanda. Um amontoado de ossos humanos estava disposto sobre uma lona, abrangendo a varanda inteira.

— Você roubou um cemitério?

— Estava pensando em como ele esteve tão perto da casa sem acionar meus feitiços de proteção, então fui procurar e encontrei os ossos. Ele os arrumou em um círculo ao redor da propriedade na linha das árvores. É um tipo de feitiço. Muito antigo.

— Quanto?

— Neolítico. Os caçadores primitivos colocavam os ossos de suas presas ao redor dos acampamentos. A ideia é formar uma corrente de Pedra, Osso e Madeira. Você usa a Pedra e a Madeira para obter o Osso, vinculando todos os três, então, quando devolver o Osso para a Pedra e a Madeira depois que terminar de usá-lo, o feitiço irá lhe oferecer proteção. Ele criou uma passagem segura para poder andar pelo meu quintal sempre que quiser. É um feitiço fácil de quebrar. Tudo o que você precisa fazer é remover os ossos, e é por isso que ninguém mais o usa. Infelizmente, você não consegue detectá-lo a menos que tropece nele.

Peguei um crânio e entreguei a ele. Jim pegou e recuou, sibilando. Seus olhos brilharam verdes. A lenda afirmava corretamente que na morte o corpo de um metamorfo retomava a forma em que nascera, fosse ela humana ou animal, mas o Vírus-L fazia algumas alterações permanentes na estrutura óssea que permaneciam na vida e na morte. Longas tiras brilhantes de osso criado pelo Vírus-L marcavam o crânio em lugares reveladores acima da mandíbula e ao longo das maçãs do rosto.

— Um homem-rato — disse Jim, entregando-me o crânio como se estivesse quente.

— Adivinha quantos eu encontrei?

— Sete.

— E pelo menos três vampiros. Os esqueletos não estão completos. Alguns ossos estão faltando, mas há oito pélvis e nove crânios, três dos quais com as presas dos chupadores de sangue.

Jim olhou para os ossos.

— Você tem que separar os vampiros.

— O quê?

— Separe os ossos dos chupadores de sangue — repetiu. Ele estava agitado e rosnados baixos se insinuavam em sua voz.

— Por que você não levanta o rabo e me ajuda?

— Eu não vou tocar *isso*.

Suspirei.

— Jim, não sou criminalista. Sem um maldito lupino e um leitor-m, não sei quais ossos são de vampiro. Você, por outro lado, reconhece pelo cheiro.

Ele olhou para mim, com os olhos um pouco selvagens.

— Você procura os ossos e, se tiver alguma dificuldade, me avise.

Ele caminhou para o quintal. Suspirei e comecei a classificar os ossos.

Sentei-me na varanda entre duas pilhas de ossos, observando o homem-jaguar no meu quintal fazer pequenos círculos em torno da vara que apoiava a cabeça apodrecida de mulher. Falhei com ela. *Eu* vi as provas. *Eu* tirei as conclusões erradas. Ainda estava aqui, sentada na minha varanda, enquanto ela pagava pela minha estupidez. E minha arrogância.

Jim continuou andando, colocando um pé suavemente na frente do outro, perseguindo uma presa invisível. Seus olhos brilhavam amarelos e seu lábio superior tremia de vez em quando, mostrando suas presas. A menos que o gato estivesse bocejando na sua cara, você não veria suas presas até ele estar prestes a afundá-las em você. Jim estava prestes a afundá-las em *alguém*. Ele teria que esperar a vez dele.

— Pare com isso. Você está fazendo um buraco no meu quintal.

Jim parou de andar e me encarou.

Um furgão escuro estacionou na garagem. Era mágico e funcionava com água, como o Karmelion, e fazia tanto barulho quanto minha caminhonete horrorosa. Quatro metamorfos de rostos duros saíram e se aproximaram de mim, carregando várias sacolas de lona. Levantei-me e fiquei ao lado, dando-lhes acesso aos ossos. Eles começaram a embalar os esqueletos fragmentados de seus mortos, classificando e manipulando os ossos com o mesmo cuidado que um vendedor de porcelana emprega quando toca sua melhor mercadoria.

Doolittle saiu do furgão, vestindo macacão jeans e carregando um leitor-m portátil. Ele parou para falar com Jim e seguiu até a cabeça.

Jim se aproximou da varanda.

— Curran quer que você vá para a cidade.

Balancei a cabeça.

— Não posso ir. Depois que vocês terminarem, terei que chamar a polícia. Vocês recuperaram seus ossos. A família Ying merece receber os ossos da filha.

— E o que eu falo para Curran?

Doolittle arrancou o bilhete do prego e o virou.

— Parece que ele escreveu na parte de trás de uma página de revista.

Tirei o bilhete de seus dedos. A página era do *Volshebstva e Kolduni*, o recorte de "Feitiços e feiticeiros" cuja credibilidade Saiman rejeitara tão facilmente.

— Kate? — perguntou Jim.

Eu queria chorar. Como pude ser tão burra? Trouxe o Almanaque para eles e entreguei para Doolittle o artigo sobre o upir que Bono me dera. Ele leu algumas palavras.

— Aqui diz que essa criatura se alimenta de carne humana morta. Ela se acasala com animais e produz filhos mestiços, nem animais nem humanos. Onde você conseguiu isso?

— Um dos oficiais de Ghastek me deu.

— Ghastek sabia — rosnou Jim. — Ele sabia o tempo todo. Eu vou arrancar seu coração do peito!

— "Impulsionado pela necessidade de produzir um herdeiro, o upir acasalará com mulheres poderosas, porque apenas uma mulher poderosa conseguirá levar a gravidez de um verdadeiro upir até o fim..." — Doolittle olhou para mim. — Você não pode ficar aqui, Kate. Deve ir para o forte. — Abri a boca, mas ele me calou com um aceno de mão. — Somos sete contra uma. Vamos levá-la à força se for preciso.

O Conselho da Matilha sentava-se em cadeiras estofadas ao redor de uma mesa. No meio da mesa estava a cabeça de Jennifer Ying, trazida como prova por Doolittle e colocada sob um recipiente de vidro envolto em feitiços de preservação. Ela servia de testemunha silenciosa a tudo o que era dito. A seu lado, um telefone transmitia a voz tranquila de Saiman pelo viva-voz.

— Todos os upiri são do sexo masculino. A história de sua raça é bastante antiga: é provável que eles fossem parte integrante dos cultos de fertilidade nas sociedades agrárias no início da Idade do Bronze. Durante os ritos, mulheres jovens, que personificavam a Deusa, eram trazidas para o upir para que ele pudesse interpretar o papel de filho-marido ao acasalar com elas. Claro, muitas vezes o acasalamento resultava na morte da mulher, e nesse caso o upir completava o rito devorando seu corpo.

— A chegada da Idade do Ferro com seus deuses-heróis patriarcais sinalizou o fim do culto da Deusa e os upiri gradualmente migraram para regiões remotas, achando as vastas florestas russas particularmente adequadas. Embora sejam movidos pelo desejo de procriar, os upiri estão interessados apenas em produzir um macho poderoso, outro upir. Todas as crianças do sexo feminino nascem mortas. Quando um filho homem nasce, o upir dá a mãe para a criança comer e o expulsa, levando-o para fora de seu território. Deve-se notar que só uma mulher de poder mágico significativo é capaz de sustentar a magia o suficiente para produzir um bebê upir.

— E as crianças animais? — perguntou Curran.

— O upir acasala com qualquer animal que possa anatomicamente penetrar. A prole resultante, embora viável, é normalmente estéril. Um único upir pode ter dezenas dessas criaturas-servos. Mas, já que o culto agrário de fertilidade concentra-se na regeneração, é provável que o upir tenha vastos poderes de recuperação. Minha fonte o lista como imune a metal, madeira, dentes e garras. Ele é virtualmente impossível de matar.

Curran acenou para Mahon. O urso falou:

— A Matilha lhe agradece pelas informações.

— Agradeço a gratidão da Matilha. Vocês receberão minha conta no prazo de três dias.

Mahon desligou o telefone.

— Só pode ser Crest — disse Curran.

Assustada, perguntei:

— Como você sabe o nome dele?

— Eu sei mais sobre você do que você mesma. Acha que eu lidaria com você sem seguir cada passo seu?

— Você fez Derek de espião. Você me prometeu que ele não faria isso.

— Na verdade, eu coloquei um olheiro no apartamento acima de você — disse Jim. — O apartamento de Greg não é à prova de som.

Calei-me, atordoada com a traição. Eu deveria saber — a Matilha vinha sempre em primeiro lugar. Eles eram profissionalmente paranoicos.

— Como você e Crest se conheceram? — perguntou o lobo alfa.

Não respondi.

Jim estendeu o braço e tocou minha mão.

— Kate, este é um daqueles momentos em que o silêncio não é ouro.

Não havia nada a fazer. Nenhuma saída. Se Crest fosse um upir, eu não conseguiria derrotá-lo sozinha.

— Eu fui ao necrotério examinar um vampiro morto encontrado na cena do assassinato do cavaleiro-místico. Estava procurando sua marca quando Crest entrou na sala. Ele afirmou ser um cirurgião plástico que fazia o que chamou de "caridade" no necrotério. Usava uniforme e as listras de supervisor de unidade. Ele me chamou para almoçar. Eu recusei.

— Como ele reagiu? — perguntou uma mulher forte. Ela era de meia-idade e rechonchuda. Seus cabelos grisalhos estavam presos num coque no topo da cabeça. Os outros a chamavam de Tia B, a razão eu não sabia. Ela parecia a avó preferida das crianças. E também era a fêmea alfa das doze hienas que pertenciam à Matilha.

— Ele pareceu surpreso.

Um leve burburinho ecoou pelo Conselho.

— Ele tem acesso ao necrotério — disse Jennifer. — Um monte de cadáveres.

— E, sendo um cirurgião plástico, deve conhecer muitas mulheres bonitas — acrescentou o rato alfa com a boca cheia de batatas fritas. A cabeça apodrecida não diminuiu seu apetite.

— Por que ele não acasalou com Olathe? — perguntou-se Jennifer. — É óbvio que estavam trabalhando juntos. Ele a ajudaria a dominar a Nação e, em troca, teria toda a carne de vampiro que quisesse. E mais cadáveres frescos.

— Ela era estéril — disse Jim. — Roland provavelmente a operou antes de transar com ela.

— Você foi almoçar com ele? — quis saber Tia B.

— Sim. Foi um almoço normal. A próxima vez que o vi foi depois de Derek e eu encontrarmos aquele vampiro. Crest estava dormindo nas escadas quando eu trouxe Derek para casa.

— Dormiu com ele, querida? — perguntou Tia B. — Precisamos saber.

Tentei não ranger os dentes.

— Não.

— Então você não o viu em um ambiente não controlado. — Tia B balançou a cabeça. — Ele poderia estar disfarçado o tempo todo.

— O disfarce teria que ser excepcional — disse eu. — Não senti nenhuma magia. Nada.

Curran, que estava encostado na parede, cruzou os braços sobre o peito.

— Resumindo, ele nunca apareceu como upir. Parece surgir na vida dela sempre que ela faz algum progresso. Ela nunca viu seu apartamento nem conheceu nenhum dos seus amigos.

— Está familiarizado com a tecnologia. — Finalmente pensei em algo inteligente para dizer. — Ele tem um carro.

— Mais alguma coisa? — perguntou Mahon.

— Ele está fascinado com o Vírus-L.

— Eu gosto dele por isso — disse Jim. — E o garoto acha que ele é um babaca.

Obrigada, Derek.

Curran desencostou da parede.

— Ou ele é o upir, ou não é. Como podemos descobrir?

Doolittle se agitou.

— A única maneira de saber com certeza, meu senhor, é examinando uma amostra de sangue. O sangue não consegue esconder a magia quando separado do corpo. O tempo é essencial nesta questão. Quanto menos tempo o sangue tiver para se deteriorar, melhor. Sugiro usarmos um leitor portátil.

— Se ele for o que pensamos que é — disse o lobo alfa suavemente —, nós teremos que usar a força.

— E duvido que ele ofereça uma amostra. — disse Mahon.

— Nós não podemos obrigá-lo — disse o lobo alfa.

Obrigar uma pessoa a dar uma amostra de sangue para exame era ilegal. Era uma violação da privacidade e os tribunais exigiam o cumprimento dessa lei com firmeza. Se Crest provasse ser humano, ele poderia fazer aquilo feder o suficiente para deixar a Matilha de molho durante anos.

— Sem mencionar que ele vai saber quem vocês são — eu disse.

Eles refletiram sobre isso.

— Não importa — disse Curran. — Vamos resolver isso agora.

— Você não está se sentindo muito bem com isso, não é? — disse Jennifer, assim que descemos do furgão preto que nos levou até o apartamento de Crest.

— Não.

— Vai dar tudo certo. — Nós duas sabíamos que ela estava mentindo.

A matilha de metamorfos liberou as escadas que davam para o saguão de entrada. Havia um porteiro de plantão, um homem magro de cabelos ruivos que começou a se levantar quando nos aproximamos. Curran acenou para ele como se o conhecesse há anos e o homem afundou de volta na cadeira.

Nós seis subimos as escadas correndo, Curran na liderança, seguido por Jim, Jennifer, Doolittle e eu. O filho mais velho de Tia B ficou na retaguarda. Ele decidira trazer uma espingarda.

Chegamos à porta do apartamento de Crest. Atrás de mim, o filho de Tia B bloqueava as escadas. Fiquei pensando se a espingarda era para mim, caso eu mudasse de ideia.

Senti o estômago apertado. Aquilo estava errado. Deveria ter vindo sozinha. Não deveria ter deixado que eles me convencessem. *Não vou passar por uma situação destas novamente.*

Curran bateu na porta. A voz de Crest soou:

— Quem é?

Curran olhou para mim.

— É Kate — disse eu. — Não estou sozinha e preciso falar com você.

Ele ficou em silêncio enquanto digeria o que eu disse e afinal abriu a porta. Crest parecia ligeiramente desgrenhado. Olhou para a multidão mal-encarada à sua porta e recuou.

— Entrem.

Nós entramos. Os metamorfos se espalharam pela casa e Crest ficou no meio do círculo. Eles mantiveram uns poucos metros de distância entre eles e o ser humano. Espaço suficiente para dar impulso e saltar sem atrapalhar uns aos outros.

— Pode me dizer do que se trata? — disse Crest. Seu olhar se desviou para Curran.

— Essas pessoas são metamorfos — eu disse. — Vários de seus companheiros de matilha estão mortos. Estou envolvida na investigação e o assassino desenvolveu uma obsessão doentia por mim. Ele deixou uma cabeça apodrecida no meu quintal com um bilhete de amor.

O rosto de Crest perdeu a expressão.

— Entendo — disse ele. — Você acha que eu sou o cara.

Doolittle adiantou-se:

— Se você tiver a gentileza de nos oferecer uma amostra de sangue, o problema poderá ser esclarecido em poucos minutos.

Crest estava olhando para o garoto com a espingarda. Errado. Excluindo ele próprio, o garoto era o menos perigoso entre os presentes.

— E se eu não oferecer?

— Você deveria — disse Curran categoricamente.

Crest olhou para mim.

— Kate? Você acredita que eu sou o assassino?

— Não. Mas preciso ter certeza.

Uma mistura de emoções distorceu seu rosto. Ele achou que eu o traíra. E eu também.

— Você disse que queria ser parte do que eu faço — disse eu suavemente. — Agora é. Por favor, nos dê o sangue, Doutor Crest. — *Não quero que você se machuque.*

Crest cerrou os dentes. Ao meu redor, os metamorfos se retesaram. Com os olhos fixos em mim, Crest arregaçou a manga da camisa e estendeu o braço.

— É melhor acabar logo com isto.

Doolittle amarrou seu bíceps com uma tira de borracha. Uma longa agulha perfurou a pele e o sangue escuro esguichou no tubo claro.

— Então me diga — falou Crest. — O que exatamente eu deveria ser? Já que Kate está envolvida, vocês supõem que eu não seja um simples humano. Sou culpado de quê?

— Ela acha que você se alimenta dos mortos — disse Jim.

— Mesmo?

— Sim. Você os caça. Durante a noite. Humanos, vampiros, membros da Matilha, não importa. Você caça, mata e então come os cadáveres.

— Adorável. — O olhar de Crest não vacilou. Doolittle levou a amostra para o leitor.

— Fica ainda melhor, doutor. — Jim estava inspirado. Filho da puta. — Você também rapta mulheres jovens. Você transa com elas e depois as come. Você acasala com animais e procria. Hordas de pequenos Crests deformados que vagam pela cidade em busca de carne humana.

— Que ótimo.

O leitor apitou, imprimindo o resultado do exame. Jim se calou e inclinou-se para a frente, com os olhos fixos na presa. Os metamorfos pairavam a ponto de eliminar sua humanidade, prestes a estripar a carne quente. Eles respiraram fundo, com os músculos retesados pelo movimento oculto, os olhos arregalados e famintos. Sua presa, o ser humano no meio da sala, ficou cercada e sozinha, olhando para mim como uma criança perdida. Deslizei a Matadora da bainha e a empunhei.

— Humano — disse Doolittle. — Ele está limpo.

— Tem certeza? — disse Curran.

— Sem uma centelha de dúvida.

Um arrepio atravessou o grupo como se alguém desligasse um interruptor invisível. Guardei a Matadora.

Curran olhou para mim. Seu rosto estava calmo, com aquela calma peculiar que antecedia uma tempestade.

— Faça-me um favor — disse ele. — Da próxima vez que você tiver um palpite, não me conte.

Virou-se para Crest.

— Em nome da Matilha, ofereço um pedido de desculpas formal e a nossa amizade. Uma compensação adequada será oferecida pela ofensa à sua pessoa. Seria uma honra se você a aceitasse.

Crest fez um gesto desdenhoso com a mão.

— Não se preocupe com isso.

Curran passou por mim e os metamorfos saíram da sala, um por um, até que somente Crest e eu sobramos.

— Você realmente achou que eu fosse um monstro. — A voz de Crest continha um espanto tranquilo. — Diga-me, há quanto tempo você suspeitava de mim? Você foi jantar comigo pensando que eu estuprava e matava mulheres para me alimentar dos seus cadáveres?

— Não.

— Não? Por que eu acreditaria em você?

— Se eu suspeitasse de você, teria tentado matá-lo naquele momento.

— Em vez de estar pronta para me matar agora? — Ele começou a andar pela sala, de repente, como se ficar parado fosse um esforço grande demais. — Vi seus olhos. Se o resultado daquela impressão fosse diferente, você teria me atravessado com essa espada. E nem se importaria!

— Eu me importaria muito.

Ele se voltou para mim.

— Sabe, realmente pensei que tínhamos alguma coisa. Uma coisa boa. Mas eu estava errado.

Não havia uma boa resposta para isso, então fiquei de boca fechada. O rosto de Crest ficara pálido de amargura, sua boca, uma barra reta.

— O pior de tudo é que acho que você teria preferido que fosse do outro jeito. Você queria que eu fosse aquela coisa.

Balancei a cabeça.

— Não, queria sim. O que foi, Kate? Você precisa estar sempre certa ou eu estou muito distante do seu mundo? Tenho que ser um monstro para você foder comigo?

Vindo dele, o palavrão ganhou força, afiado como uma faca.

— Peço desculpas.

Ele apertou as mãos na frente do corpo, tentando agarrar o ar.

— Desculpas não são suficientes! — Ele olhou para mim e expirou energicamente. — Estou cansado dessa conversa e estou cansado de você. Vá. Apenas vá embora.

Saí. Ele fechou a porta atrás de mim. Queria que tivesse batido a porta, mas ele a fechou com cuidado.

Ninguém esperara por mim nas escadas. Desci para o saguão e caminhei até o porteiro.

— Há outra saída daqui?

Ele apontou para o corredor. Abri a porta de trás, saí do prédio e continuei andando. Os metamorfos podiam me encontrar pelo cheiro. Se eles realmente quisessem me rastrear, não havia nada que eu pudesse fazer para impedi-los. Mas eu tinha o pressentimento que Curran estava muito desapontado comigo para se importar. Chamei uma charrete e paguei cinquenta dólares para o motorista me levar até a linha ley.

CAPÍTULO 9

Sentei-me na minha varanda, alternando entre uma garrafa de vinho com limão e outra de vinho com morango Hard Boone's, observando a respiração da noite. Estava muito tranquila. A brisa noturna se fora e nada atrapalhava as folhas escuras nos ramos dos álamos. Nenhuma folha de grama se mexia no gramado abaixo.

Tomei um gole grande de cada uma das garrafas. Sem beber muito mas ficando bêbada. Fazendo meu corpo se sentir tão mal quanto minha mente. Queria ter um pouco de cerveja para acompanhar o vinho. Ficaria enjoada mais rápido.

Eu tinha realizado muita coisa. Era difícil me sentar aqui e não sentir orgulho de mim mesma. Não consegui encontrar o assassino de Greg. Ele mataria novamente, mataria mulheres e metamorfos e eu nem sabia onde procurá-lo. Eu acabara com qualquer credibilidade que tinha com a Matilha. E com a Ordem, aliás. Eu tinha um caso com um cara legal. Não era perfeito, mas ele *gostava* de mim. Ele se esforçara bastante. Um cara normal, decente. E eu destruíra completamente o nosso relacionamento. Ele não era parte do meu mundo, então eu o trouxe para ele. Do meu jeito.

Virei uma das garrafas na boca, engolindo o líquido sem saboreá-lo até quase me engasgar, e fiz um brinde às árvores distantes.

— Bom trabalho.

As árvores não disseram nada. Balancei a cabeça e peguei a outra garrafa.

E vi um monstro no meu jardim.

Ele estava sentado de cócoras, cheirando o vento. Era um filho da mãe grande, de pelo menos setenta quilos. O pelo longo acinzentado crescia em manchas sobre a carcaça magra. A pele nua, pálida e enrugada aparecia entre os pedaços irregulares de pelo, especialmente sobre o estômago, onde longas cicatrizes atravessavam a carne. Uma pequena corcunda se projetava das costas da besta e o pelo que a cobria era mais longo e grosso, formando uma juba emaranhada que crescia atrás da grande cabeça coroada com orelhas humanas redondas.

As pernas traseiras da coisa eram pesadas e musculosas e parecidas com as de um canino, mas com dedos maiores. Suas patas dianteiras, menores e de forma perturbadoramente humana, seguravam algo escuro. Apertei os olhos para distinguir a massa felpuda e úmida. Um esquilo. A criatura cheirou seu prêmio com o focinho comprido e enrugado, abriu as enormes mandíbulas e despedaçou o esquilo. Um barulho repugnante de ossos quebrados perturbou o silêncio da noite.

Ele mastigou com gosto, apertando a massa ensanguentada nas mãos, e olhou para mim. Os pequenos olhos injetados de sangue que brilhavam no rosto da besta eram inegavelmente humanos. Quando você olhava nos olhos de um metamorfo, via uma fera lutando para sair. Quando olhei nos olhos desta coisa, eles ardiam com entendimento e uma inteligência turva mas significativa, revelando tristeza e capacidade de sofrimento.

A coisa ergueu a boca horrível para o céu e fez um estranho ruído insistente, como se uma dúzia de vozes murmurasse a mesma frase em uma dúzia de idiomas de uma só vez. Em seguida, virou-se para o esquilo e arrancou outro pedaço.

Um ruído baixo de garras alcançou meus ouvidos. Olhei ao redor. Formas grotescas se escondiam em cantos escuros, algumas pequenas, outras grandes. Elas se empoleiraram nas cercas, se esgueiraram para baixo, em torno das escadas da varanda, e correram para debaixo da caminhonete na garagem, movimentando-se ao meu redor.

A borda da garrafa tocou meus lábios e eu bebi enquanto as bestas se aproximavam.

— Pobre Crest — murmurou uma voz de veludo. — Estou vivo há trezentos anos e não consigo me lembrar da última vez que ri tanto.

Depositei a garrafa no chão lentamente e olhei na direção da voz.

— É você — disse. — Merda. Eu nunca imaginei.

Bono sorriu para mim, mostrando os dentes regulares, brancos e inumanamente afiados. Havia muitos deles, também. Engraçado, nunca reparei nisso antes.

O cabelo preto, espetado e cheio de gel tinha desaparecido; mechas compridas e lisas caíam em seus ombros. Eles eram cinzentos, daquele tom estranho de cinza-escuro das fitas adesivas. Sua pele era pálida e suave e eu estava vendo muita coisa, já que Bono decidiu aparecer nu, exceto por algo parecido com um kilt ou saia pendurada em seus quadris, fazendo um péssimo trabalho de cobrir tudo o que deveria.

O mundo ficou confuso. Esfreguei a testa. O vinho estava fazendo efeito.

Bono deslizou da cerca onde estava recostado. Moveu-se com fluidez líquida pela varanda, ficando de quatro sem dificuldade e se abaixando sobre as tábuas do assoalho para se sentar ao meu lado.

Havia algo tão estranho na maneira como ele se movia, se sentava, cheirava, como olhava para mim com os olhos cheios de ódio, algo tão inumano que meu cérebro parou, esmagado contra aquela desumanidade como contra uma parede de tijolos. Eu queria gritar.

Forcei-me a ficar quieta. O esforço queimou um pouco de álcool e a visão não me pareceu tão embaçada.

No quintal, várias criaturas menores esperavam pacientemente enquanto a maior terminava com o esquilo.

— É difícil para você, não é? — disse o upir suavemente. — É difícil sentar perto de mim assim. Você quer gritar e correr tão rápido quanto puder pela grama, sem olhar para trás, sabendo que não pode escapar, mas ainda assim correndo, porque é melhor morrer de costas para mim. Sabe por quê? Porque o seu corpo sabe que você é alimento e deve ser usada, comida e descartada.

Levei a garrafa aos lábios e tomei um gole pequeno.

— Quantos livros ruins você teve que ler para mandar essa?

Ele se inclinou, abaixando-se até deitar de lado com a cabeça apoiada no braço dobrado.

— Pode rir, Kate. É a sua última chance.

Dei de ombros. No pátio, o caçador de esquilos golpeou outra coisa horrenda e menor que tentou morder a bola de pelo em suas mãos. A criatura menor uivou, se preparou para outra corrida e congelou no ar, sua cauda curta e quase translúcida tremendo, agarrada por uma mão invisível. Ela ficou rígida, com as pernas grossas afastadas. O tremor subiu pela sua coluna até seu pescoço vibrar. A mão fantasma apertou com força uma última vez e a soltou. A criatura se sacudiu e caiu. Cambaleando, ela se levantou e mancou para longe, gemendo baixinho, com o rabo entre as pernas.

— As crianças se comportam mal às vezes — disse Bono. — Elas precisam ser punidas. Se quiser saber, faço a mesma coisa com minhas mulheres.

Ele olhou para a criatura grande e ela caminhou na nossa direção.

— Vamos deixar as apresentações de lado — disse o upir. — Este é meu filho mais velho no momento. Eu o chamo de Arag. Arag, esta é o nosso jantar. Jantar, este é Arag.

Os olhos humanos de Arag, enterrados profundamente em seu crânio deformado, encheram-se de lágrimas.

— Que diabos você fez...?

— Um babuíno. — O upir balançou a cabeça. — Forte, cruel, agressivo. Infelizmente, ele puxou mais a mim do que à mãe. Ele consegue falar. Diga algo para Kate, Arag.

O monstro olhou para suas mãos. Ele trocou o pé de apoio, inseguro, e emitiu um longo grito distorcido, como unhas arranhando um quadro-negro.

— Saaangue — berrou ele.

— Triste, não é? — Bono sorriu. — Ele anda pela Terra, uma criatura miserável, pronunciando palavras ao acaso, ansiando por algo que ele mesmo não sabe o que é e odiando tudo e todos. Eu tentei arrancar suas cordas vocais, mas as coisas malditas voltam a crescer.

— Saaangue — balbuciou Arag.

O upir acenou-lhe para ir embora.

— Continue.

Arag retornou ao seu posto no quintal. O upir suspirou.

— Estou pensando em matá-lo quando terminarmos aqui. Acha que devo?

Engoli mais vinho.

— Isso não vai ajudar — disse Bono.

Dei de ombros e bebi um pouco mais.

— Por que fazer uma aliança com Olathe?

— Por que não? Era um bom plano. Mais cedo ou mais tarde, os mestiços e os necromantes entrariam em guerra e Olathe assumiria os estábulos de vampiros. Eu teria carne de vampiro suficiente para devorar até passar mal. A carne de vampiro é a melhor, Kate. É envelhecida e saborosa, como um bom vinho.

— Você também comeu metamorfos.

— Sua magia me fortalece. — Bono fez uma careta. — Mas eles têm gosto de merda.

Seus dedos tocaram meu cabelo. Ele pegou uma mecha e a levou até o nariz.

— Aposto que o plano original era colocar um pão no forno de Olathe.

Ele mostrou os dentes.

— A vagabunda era estéril, você acredita nisso? — Ele torceu meu cabelo ao redor dos dedos e olhou através dele para a lua. Me afastei e ele deixou os fios deslizarem de sua mão com uma risada. — Mas então tropecei em você. E você não é estéril, Kate.

— Por que eu?

Ele se aproximou, o hálito quente na minha bochecha.

— Eu sei quem você é. Subi a colina e farejei o túmulo daquele saco podre de ossos que você chamava de pai. Senti seu fedor e sei que o sangue dele não corre nas suas veias. Mas sei de quem corre. Todo aquele poder reunido em um pacotinho apertado e doce. Você sabia que seu pai verdadeiro caçou a minha espécie há milhares de anos? Sua mente insignificante não é capaz de compreender a extensão do meu ódio por ele. Você me dará um filho, Kate. E toda a magia da sua linhagem pertencerá a mim.

Ele riu suavemente e tive que engolir um grito.

— Por que você matou Greg?

— Ele estava chegando muito perto de descobrir quem eu era. Os subterfúgios de Olathe não conseguiram enganá-lo. Eu sabia que teria que matá-lo mais cedo ou mais tarde. O truque era fazê-lo de maneira que você deixasse sua preciosa casa cheia de feitiços de proteção e fosse atrás do assassino.

— Você queria que eu confrontasse Olathe. Queria saber se o meu sangue era mais forte que o dela.

— Sim. Demorou tanto tempo para você descobrir isso. Praticamente desenhei um mapa para você. Alimentei-a com cada migalha de pista. Tudo o que tinha que fazer era seguir a trilha, mas você serpenteava e voltava atrás. Um macaco conseguiria chegar mais rápido. Então você e um macaco estão a apenas um passo de distância.

Ele lambeu meu rosto.

— A magia está forte esta noite e eu fico com fome. Há um cadáver fresco à minha espera em casa. E mais virão. Há muitos necromantes entre os membros da Nação que prefeririam servir a mim em vez daquele idiota em seu trono dourado. Vamos acabar logo com isso, que tal?

Eu não disse nada.

— Nenhum comentário inteligente? Você está com medo, Kate? — Sua voz abaixou para um sussurro, mas as palavras que ele disse trovejaram com poder: *"Estene aleera hesaad de viren aneda." E agora você é minha para sempre.*

Deus do Céu. Para ele, as palavras de poder formavam uma linguagem. A força da magia antiga me agarrou, esmagando minha mente com sua grandeza. Um turbilhão de luz girou sobre mim, me levando para profundezas desconhecidas. Mordi a língua e provei do meu sangue. Algo desafiador e furioso ergueu-se dentro de mim e gritou. Cega pela luz, eu me ouvi falar uma única palavra:

— *Dair.* — *Libertar.*

A luz diminuiu e vi os olhos de Bono encarando os meus. Palavras desconhecidas vieram à minha mente, ressurgindo de um lugar há muito tempo esquecido, com significado claro: *"Em ner tervan estene." Eu mato você antes.*

Quebrei a garrafa contra as escadas. O vidro se despedaçou, derramando-se pelo concreto. Enfiei a borda afiada como uma navalha na sua garganta. O sangue jorrou em cima de mim.

— *Ud.* — *Morrer.*

O chão tremeu com o poder que infundi na palavra. O upir caiu, com sangue jorrando da garganta. Arremeti para a porta e pulei para dentro de casa. O feitiço de proteção se fechou atrás de mim.

Um barulho estranho e gorgolejante veio do upir. Ele saía com dificuldade da garganta arruinada, borbulhando com jorros de sangue escuro. Bono alcançou a garrafa. Seus dedos se fecharam sobre o vidro manchado de sangue, escorregaram, apertaram as bordas, o vidro cortando sua carne. Ele puxou e arrancou a garrafa do pescoço, soltando-a delicadamente sobre o piso.

O ruído gorgolejante aumentou, expulsando o sangue com cada tosse atormentada. Cacos de vidro deslizaram da ferida, levados pelo fluxo avermelhado. Uma criatura horrível se arrastou até a varanda para farejar a garrafa ensanguentada. Bono a pegou com uma mão e jogou a coisa de vinte quilos por cima da cerca como um gatinho.

Seus dedos roçaram o corte horrível, enxugando o sangue. A ferida estava se fechando. Enquanto sarava, o ruído estranho mudou, ficou mais alto, e percebi que Bono estava rindo.

— Boa tentativa — disse ele, exibindo o pescoço incólume. — Minha vez.

Ele saltou para a porta aberta. Uma explosão carmim ondulou pela porta e ele uivou, arremessado para trás.

Capotou e girou, seus olhos em chamas. Um líquido prateado vazou de seus olhos para as bochechas, manchando a pele. Não havia nada de humano nele agora.

Ele se atirou novamente e viu os ossos afiados e angulosos de vampiro guardando a porta por dentro.

— Vadia!

— Pedra, madeira e osso, Bono — disse eu em tom monótono. — Seu feitiço está reforçando o meu.

Ele gritou. A janela vibrou. Coloquei as mãos contra as orelhas. Bono bateu com os punhos no piso da varanda e as tábuas explodiram.

— Não adianta — eu disse para ele. — Você pode destruir a casa toda. O feitiço ainda vai funcionar.

Ele me encarou, as listras prateadas molhando seu rosto como se ele chorasse metal em vez de lágrimas. Suas crias tremeram e abraçaram o chão.

— Isso não acaba assim — uivou ele. — Vou matar todos que lhe dão proteção. Matarei o gato e devorarei sua carne. A magia dele será minha e então voltarei. Feitiço nenhum será capaz de protegê-la!

Ele saltou da varanda, correndo noite afora, e sua ninhada o seguiu.

Inclinei a cabeça contra a parede. A bebida tornava difícil pensar. Ele não morreu. Nem esperava que morresse. Alguém que conseguia entrelaçar as palavras de poder em frases não morreria por uma única palavra.

O gato? Ele disse que mataria o gato. Ele estava falando de Jim? Não, Curran, só podia ser Curran. Jim não era forte o suficiente para ameaçar meus feitiços. Mas Curran era. Todos os metamorfos possuíam uma resistência natural aos feitiços de proteção. Tinha a ver com a parte animal de sua natureza. A resistência de Curran era a mais forte. Eu poderia ligar para Jim e avisá-lo.

Quem acreditaria em mim?

— "E os homens zombarão do meu profeta!" — murmurei e me levantei com esforço.

De qualquer forma, liguei para Jim. Ele não atendeu a chamada e a secretária eletrônica não ligou.

O choque de um feitiço sendo quebrado devastou meu cérebro. Minha cabeça explodiu de dor e perdi o sono.

Havia alguém na minha casa.

Escorreguei a mão por baixo do travesseiro, encontrei o cabo de uma adaga de arremesso e soltei a lâmina.

Fiquei deitada acordada, respirando calmamente. O silêncio e a escuridão preenchiam os cômodos. Não havia necessidade de ir à caça. Quem quer que fosse viria até mim.

Uma sombra do tamanho de um homem pairou no corredor, uma escuridão mais profunda contra a parede. Ele hesitou por um segundo e se aproximou. Fechei os olhos, enxergando através dos cílios.

Quatro metros. Respire fundo.

Três.

Dois. Perto o suficiente.

Arremessei o punhal. A lâmina negra girou no ar e se cravou no ombro da sombra. Merda. Errei.

A sombra atirou-se em cima de mim. Tentei pegar a Matadora, mas o filho da mãe foi mais rápido. Chutei com força com os dois pés. A sombra se esquivou do meu chute e agarrou meu pulso direito. Dedos de aço me apertaram e minha mão ficou dormente. Atingi a garganta da sombra com a mão esquerda. Ela rosnou e percebi que estava olhando para olhos dourados.

— Solte a minha mão, idiota!

Curran me soltou e eu esfreguei meu pulso.

— Droga, você não sabe falar?

Ele me encarou, sem compreender. Procurei o abajur, lembrei que a magia estava em alta e em vez disso peguei uma vela na mesa de cabeceira. Acendi um fósforo. A lâmina estreita da chama da vela ardeu. Curran estava diante de mim, com os olhos grandes e arregalados. Pequenas marcas vermelhas cobriam suas mãos e o rosto, misturando-se em uma camada uniforme de carmim. Estendi o braço e toquei a palma de sua mão. A magia ferrou as pontas dos meus dedos. Sangue. Curran estava coberto de sangue, gotas minúsculas saindo por todos os poros. Ele atravessara meu feitiço de proteção e pagara o preço.

— Curran?

Ele não deu nenhuma indicação de me ouvir. Devia estar atordoado por quebrar o feitiço.

A dor de cabeça golpeava meu crânio como um martelo. Levantei-me, peguei Curran pela mão, levei-o para o banheiro e o coloquei debaixo do chuveiro. Liguei a água fria e deixei a cascata gelada cair em seu rosto.

Abaixei a tampa do vaso sanitário, sentei-me e apoiei a cabeça nas mãos. A água caiu. Eu faria qualquer coisa por uma aspirina.

Curran respirou fundo e entrecortado e expirou. A consciência penetrou em seus olhos.

— Frio — disse ele.

Tremendo, ele desligou a água e se sacudiu. As gotas apagaram a vela e a escuridão nos envolveu.

Procurei às cegas e joguei uma toalha para ele. Encontrando a porta, andei na direção da cozinha. Na metade do caminho do corredor, alguma coisa caiu na minha cabeça. Pulei para o lado e a agarrei. Meus dedos seguraram um galho.

Que diabos?

Olhei para cima e vi o céu noturno. Um buraco grande e irregular estava aberto no meu telhado. Curran escolhera o ponto mais alto da construção, onde o feitiço era mais fraco, e entrara pelo telhado.

Cerrei os dentes, fui para a cozinha e encontrei uma lanterna mágica. Com um pouco de encorajamento, ela se acendeu, sua chama azul espalhando uma luz suave. Curran apareceu na porta.

— Você quebrou meu telhado — disse para ele.

— Foi mais fácil do que a porta — disse ele. — Eu bati. Você não respondeu.

Esfreguei as têmporas. De agora em diante, chega de vinho.

Alguma coisa tilintou. Olhei para cima. Curran colocou minha adaga sobre a mesa.

— Como está seu ombro?

— Dolorido — disse ele.

Contar-lhe que mirei na sua garganta não era muito recomendável.

— Você estava certa — disse ele. — Não acabou.

— Eu sei — disse suavemente.

— Há um upir à solta.

— Eu sei.

— Ele pegou Derek.

Olhei para ele.

— Mandei Derek e Corwin para o Bosque — disse Curran. — Ele os atacou no ponto de encontro e levou Derek. Pelo que Corwin se lembra, o garoto teve a perna quebrada, mas estava vivo.

— E Corwin?

— Está ferido — disse Curran.

— Muito?

— Está morrendo.

— Na terceira árvore à esquerda — disse Curran.

Estávamos em pé na varanda, lado a lado, a noite se estendendo diante de nós.

— Estou vendo. — Uma coisa com aparência de réptil se agachava nos ramos do álamo, sua cauda comprida e escamosa enganchada num galho da árvore. O espião que Bono tinha deixado para me vigiar.

— Não podemos matá-lo. Bono acha que vou ficar em casa e me esconder atrás dos meus feitiços. Se o matarmos, ele vai saber. Há algum tipo de ligação telepática entre eles.

Curran caminhou até a árvore. A coisa o observou com grandes olhos redondos. Curran saltou, alcançou um galho baixo e subiu por ele. O monstro réptil sibilou. Fui ao barracão e trouxe um rolo de fios. Curran agarrou a coisa pelo pescoço. Ela gritou e soltou o ramo. Ele o atirou para baixo, eu pisei nele e amarrei o fio ao redor de seu pescoço. Sua pele era translúcida e de cor oliva clara, brilhando com escamas transparentes. Curran desceu da árvore e amarramos a outra extremidade ao redor dela.

Saímos em direção à linha ley.

Nós nos sentamos em uma plataforma de madeira estreita, montada às pressas com pedaços de tábuas descartadas. Elas eram chamadas de táxis de energia, construções de madeira baratas que se amontoavam em pilhas perto de todas as estações mágicas. Nada vivo podia viajar pelos trilhos da linha sem ter algum tipo de apoio sob os pés. Se você fosse tolo o suficiente para tentar, a corrente de magia cortaria suas pernas pouco acima do joelho.

A linha ley nos carregou para o norte na direção de Atlanta a cerca de cento e cinquenta quilômetros por hora. A magia mantinha o táxi completamente imóvel, tanto que parecia que a plataforma de madeira áspera ficava parada enquanto o planeta girava alegremente em torno dela.

— Explique o feitiço de ossos de novo — disse Curran em voz baixa.

— Ele matou os vampiros e se alimentou deles. A carne que consumiu criou o vínculo entre os ossos e ele. Ao levar os ossos para dentro de casa e vinculá-los à fundação de pedra e paredes, eu o forcei a lutar contra si mesmo. É quase impossível quebrar esse tipo de feitiço de proteção. Eu também larguei os marcadores do feitiço ao redor do quintal para que ele tivesse uma passagem livre até minha varanda. Ele estava muito feliz por me ver para notar.

— Você fez uma armadilha para ele?

— Sim.

— Então o feitiço de ossos pode ser revertido, mas os feitiços de sangue podem ser vencidos por uma pessoa de sangue semelhante?

— Maçãs e laranjas — disse, em tom monótono. Eu me sentia cansada e inquieta ao mesmo tempo. — O feitiço de sangue extrai seu poder diretamente do sangue, enquanto o feitiço de Pedra-Madeira-Osso é um feitiço ambiental. Ele extrai o poder da própria magia. A presença dos ossos apenas o define, como uma lente que só permite que a luz de uma determinada cor passe. Ele não pode entrar na minha casa quando a magia está em alta. E, já que é um ser mágico, não deve ter forças para tentar durante a onda de tecnologia.

Observei o planeta girar, os vales e colinas afogados na escuridão rodando ao nosso redor. Coitado do Derek. Cerrei os dentes.

— Não faça isso — disse Curran.

— Eu devia ter procurado alguém para me ouvir. — Não olhamos um para o outro, preferindo encarar o rosto da noite.

— Não faria diferença — disse Curran. — Eu ainda os mandaria para o Bosque. Era o lugar mais seguro para eles.

— Em retrospecto, tudo se encaixa. — Minha voz estava amarga. — Ele era oficial de Ghastek, bem no meio da equipe de reconhecimento da Nação. Sabia quando os vampiros saíam e para onde iam. Conhecia o caminho que os membros da Matilha pegavam para ir do forte à cidade. E passava todo o tempo livre pegando mulheres num bar. — Inclinei-me para trás. Eu tivera o benefício da visão de Anna e ainda assim não entendera. — Muito burra.

Curran não disse nada.

As estrelas brilhavam zombando de nós, rindo de dois seres humanos num pedaço de lixo. Fechei os olhos, mas o sono se recusou a vir.

— Coloquei uma garrafa quebrada em sua garganta — disse.

— Eu vi o vidro ensanguentado.

— Ele riu. A garrafa estava em seu pescoço. Ele estava sangrando por todo lado e rindo de mim.

— Ele não vai rir quando eu o encontrar. — Ele disse isso sem alarde, direto, da mesma maneira que a maioria das pessoas promete comprar pão no caminho de casa.

O Almanaque dizia que o upir era imune a metal, madeira, pedra, dentes e garras. Como diabos iríamos matá-lo?

Curran estendeu o braço. Sua mão quente repousou no meu antebraço por um momento e se retirou. Por algum motivo, aquilo me fez sentir melhor. Não havia nenhuma razão para isso, mas fez. Fechei os olhos, coloquei a cabeça nas tábuas com cheiro úmido e adormeci.

Um leve toque em meu ombro me acordou.

— Estação de energia — disse Curran. Sentei-me e vi a parada logo adiante, onde a visão do mundo normal ficava distorcida. Várias figuras altas esperavam por nós.

— Amigos ou inimigos?

— Amigos — disse Curran.

A plataforma cedeu, tentando se contrair sobre si mesma. As velhas tábuas rangeram, retesadas sob a tensão, e ficaram lisas enquanto a madeira expulsava a umidade. A estrada tremeu com um choque espasmódico e nos cuspiu nos braços deformados de uma dúzia de metamorfos. Mãos cheias de garras se estenderam para me ajudar a descer da plataforma. Fiquei de pé por conta própria.

— Quantos faltam? — perguntou Curran à líder feminina.

Ela rosnou, estalando as mandíbulas incompatíveis, e um metamorfo em forma humana se adiantou.

— Dois grupos, meu senhor — disse ele. — Uma pequena família de Waynesville e nove pessoas de Asheville. Houve um deslizamento de terra anormal e eles tiveram que cavar através da lama para chegar até o ponto de encontro.

Curran assentiu com a cabeça e caminhou até a estrada de terra, ladeada por arbustos espessos. Ao longe, eu conseguia ouvir o rugido horrível de um veículo recondicionado.

— Um cavalo seria mais silencioso — disse.

— Não gosto de cavalos — disse ele.

Ao nosso redor, os arbustos estavam vivos e com formas ágeis. Olhos brilhantes nos observavam, absorvendo cada movimento. A Matilha estava mobilizada, entrando no forte. Nenhum metamorfo permaneceria fora dos seus muros, e, até o último deles cruzar o limiar da fortaleza, as estradas que levavam até lá continuariam pesadamente protegidas.

— Ninguém pode ficar em alerta total para sempre — disse Curran, como se respondesse aos meus pensamentos. — Depois de matar Olathe, eu os deixei ir.

Só que ainda não estava acabado.

O rugido do carro movido a água ficou alto demais para conversarmos. Contornamos a curva na estrada e eu vi o jipe recondicionado protegido por três lobos. Subimos no carro e Curran dirigiu rumo ao forte.

A respiração difícil de Corwin ecoava pela enfermaria da Matilha como o lastimável badalar de um sino.

Seu rosto deformado parecia abatido, a pele cinzenta pendurada nos ossos. Seus olhos febris se fixaram em mim.

— O Bosque está chamando — sussurrou ele. Toquei sua mão e garras perversas saltaram para fora, rasgando minha pele. — Boa caçada — disse o homem-lince.

— Ele não sabe quem você é — disse Doolittle atrás de mim.

Delicadamente, eu libertei minha mão e acariciei a garganta peluda.

— Não vai demorar muito — disse Doolittle.

— Está doendo — grunhiu Corwin.

Olhei para Doolittle, mas ele balançou a cabeça.

— Não há remédio que alivie esse tipo de dor.

— Ele estava empalado num poste quebrado quando o encontramos — disse Curran suavemente.

Corwin se curvou para cima. Enormes mãos agarraram meus ombros e os olhos verdes arderam, subitamente lúcidos.

— Estou morrendo — grunhiu ele.

— Sim — respondi, ao mesmo tempo que Doolittle dizia "não".

O gato se agarrou em mim.

— Você não foi para o Bosque — disse ele.

— Não. — Eu o segurei delicadamente. O peito dele estremeceu, remexido pela dor. — Não fui.

— Uma pena... — sussurrou o gato.

Ele sucumbiu em meus braços e eu o deitei sobre o travesseiro. Tremeu. Uma cascata de sangue encharcou os lençóis, deixando o lince entre o emaranhado de ataduras. Seu pelo estava embaraçado e ensanguentado.

— Merda! — bradou Doolittle, me empurrando para o lado.

Afastei-me da cama enquanto ele agarrava com força uma seringa. Curran segurou meus ombros e me virou na direção da cama na parede oposta.

— Preciso que identifique alguém para mim — disse ele.

Olhei para a cama e vi um homem deitado de costas, coberto até o queixo com um cobertor. Sua pose rígida não era natural. Curran puxou o cobertor de lado e vi que o homem estava amarrado à cama. Examinei o cabelo castanho sujo e o rosto duro. Havia algo familiar nele. Eu já o vira antes. As pálpebras do homem se abriram e dei um passo para trás, reconhecendo imediatamente a expressão nos olhos pálidos. O vagabundo do escritório de Ted. As peças se encaixaram. Que estupidez a minha.

— Nós o encontramos ao lado de Corwin, nocauteado — disse Curran. — Aparentemente, ele entrou na briga para resgatar Derek, mas não me diz o porquê.

— Solte-o — eu disse.

Curran olhou para mim.

— Ele tem dificuldade para se controlar.

— Solte-o — repeti. — Você não deveria prender um Cruzado da Ordem na sua enfermaria, Curran.

Um som atormentado veio da cama de Corwin, o uivo rouco e doloroso de um animal em agonia. Por um momento, pareceu que Curran ia bater o punho contra a parede, mas o lapso durou apenas um segundo e então a expressão calma tornou a se firmar em seu rosto.

— Faça ele se comportar — disse Curran — e eu o solto.

Sentei-me na beira da cama. O olhar do Cruzado tinha um toque de insanidade. Todos os Cruzados eram loucos. Era requisito do trabalho. Se, neste momento, ele se libertasse das amarras, tentaria matar todos na enfermaria.

— Eu sei quem é o upir — disse para o Cruzado. — Sei o que ele quer. — Os olhos do Cruzado se fixaram em mim. Quando ele olhava para você, *realmente* olhava nos seus olhos, você começava a suar, seus músculos se retesavam e você sabia que tinha apenas duas opções: lutar ou fugir. Ele não estava me olhando duro agora. Estava me ouvindo. — O upir não consegue ficar longe — disse. — Em breve ele virá aqui e então eu lutarei contra ele. — Apontei para Curran. — E ele também. Enquanto Curran e eu estivermos lutando e sangrando, um homem vai estar deitado aqui, amarrado na cama, por ter sido muito teimoso para chegar a um acordo.

O Cruzado falou:

— Eles levaram minhas armas.

Curran assentiu com a cabeça.

— Eu as devolverei se ele se comprometer a não atacar o meu povo. E a permanecer no forte. Não posso permitir que ele fique correndo por aí, fazendo merda agora. Ou ele coopera, ou continua amarrado na cama.

Olhei para o Cruzado. A loucura inflamou-se em seus olhos e se apagou.

— De acordo — disse ele.

Peguei uma faca no meu cinto e cerrei as amarras que prendiam seus braços. O Cruzado sentou-se, esfregando os pulsos. Ofereci-lhe a faca e ele cortou as cordas nos tornozelos.

— Qual é o seu nome? — perguntei.

— Nick — disse ele. — Vestia os moletons da Matilha e parecia limpo.

Olhei para Curran.

— Você o forçou a tomar banho?

— Nós o lavamos — disse Curran. — Ele tinha piolhos.

— Minhas armas — disse Nick.

Curran fez um gesto com a mão para o seguirmos. Ele nos guiou para fora do quarto e pelo corredor até um quarto pequeno.

— Eu tenho que ir — ele disse para mim, com a mão na maçaneta da porta. Virou-se para Nick e os dois homens se entreolharam, avaliando um ao outro. — Fique onde está — disse Curran.

— Ele vai ficar — disse eu. Os Cruzados eram loucos, mas ainda eram Cavaleiros da Ordem. Eles tinham palavra.

Curran abriu a porta para nós e foi-se enquanto entrávamos na sala.

Uma solitária cama ficava encostada na parede ao lado de uma pequena cômoda e de uma escrivaninha cheia de metais. Não parecia que alguém usava o quarto — não havia itens pessoais nos móveis, nem roupas jogadas. Um pesado saco de pancadas se pendurava do teto e me perguntei se esse era o equipamento padrão dos quartos do forte. Nick foi até a escrivaninha, enquanto eu me sentei na cama.

Ele estava preparado para uma guerra quando os metamorfos o pegaram. Uma dúzia de adagas de dentes de tubarão brilhavam na mesa, ao lado de uma pistola Sig Sauer nove milímetros, um rifle calibre vinte e dois, uma espingarda, vários clipes e caixas de munição sortida. Uma corrente comprida estava enrolada ao lado da espingarda. De prata, a julgar pela cor do metal. Uma espada curta romana ao lado de várias adagas afiadas e uma lâmina serrilhada em forma crescente, projetada para fatiar a garganta. Um emaranhado de cordas e peças de madeira ocupava o canto da escrivaninha — um garrote. Havia um cinto utilitário, duas braçadeiras de couro, projetadas para armazenar as adagas de dentes de tubarão, uma bainha traseira, um kit-r e ataduras.

Nick se despiu até a cintura, exibindo um tronco cheio de cicatrizes. Seu ombro esquerdo estava enfaixado. Ele tirou as ataduras, expondo uma ferida irregular em carne viva, e colocou o kit-r sobre ela. Pegando um rolo novo de gaze da mesa, começou a enfaixar o ombro. Levantei-me, fiquei atrás dele e passei a bandagem pelas suas costas.

Trabalhamos em silêncio até atarmos completamente a ferida. Ele vestiu a camisa e prendeu o cinto utilitário sobre a cintura.

— Há quanto tempo você está atrás dele? — perguntei.

Ele não olhou para mim; sua atenção fora capturada pelos metais em cima da mesa.

— Quatro anos. — Ele depositou os dentes de tubarão um a um em seus lugares nas braçadeiras. — Primeiro, Quebec, em seguida, Seattle, Tulsa.

Toquei a escrivaninha.

— Nada aqui pode matá-lo.

Ele empurrou o gládio para dentro do cinto. Não importava que não tivesse nada. Ele ainda tentaria.

— Como sabia que o upir atacaria o garoto?

— O garoto foi vinculado a você. É um alvo natural.

— Eu sou um alvo melhor.

— Não: ele quer você viva. Para procriar. — Andou na minha direção e tocou meu braço. Uma luminescência pálida brilhou nas pontas de seus dedos e desapareceu. — O poder — disse ele — o atrai como a luz faz com uma mariposa.

Ele não precisava de demonstrações de poder. Sabia pelo toque. Tentei lembrar se ele me tocara no escritório de Ted. Nós tínhamos nos esbarrado.

— Você se responsabilizou pelo garoto — disse ele. — Deixou-o ser raptado.

Ele estava certo.

— Vinda de um homem que foi capturado pela Matilha e amarrado a uma cama, sua opinião não vale muita coisa. Vamos fazer o seguinte: você me traz a cabeça do upir e então pode me julgar.

Ele me encarou por um momento com o rosto inexpressivo e, em seguida, disse com voz áspera:

— Como quiser.

Nós nos movemos ao mesmo tempo e olhei para o cano da sua Sig Sauer enquanto a ponta da Matadora pressionava sua jugular. Não tinha certeza de como sabia que ele se moveria.

A porta se abriu lentamente. Alguém entrou no quarto e parou. Nenhum dos dois estava disposto a desviar o olhar. Um longo momento se passou e o recém-chegado saiu. A porta fez um barulho, se fechando. Uma batida alta na porta quebrou o silêncio.

Fiz uma careta para Nick.

— Se você vai fazer alguma coisa, faça logo, assim posso cortar a sua garganta e seguir em frente.

O cano da arma apontou para cima e desapareceu no coldre com o clique de segurança.

— Agora não — disse ele.

Deslizei a Matadora de volta para a bainha.

A batida continuou.

— Entre — falei.

A porta se abriu, revelando uma fêmea metamorfa. Ela se virou para mim.

— Curran quer ver você — disse ela.

A mulher me levou para a sala do Conselho na parte de trás do auditório e segurou a porta, indicando que devíamos entrar. Entrei e vi uma garota morta no chão. Ela estava deitada de lado, com as pernas abertas de maneira obscena e os braços esticados para a frente. A umidade manchava sua camiseta rasgada. Um pequeno coração pendurado numa corrente de ouro comprida, do tipo que as adolescentes gostam, se derramava pelo tecido desfiado para pousar no chão. Longos arranhões riscavam o piso de madeira, onde suas garras rasparam as tábuas. Ela deve ter mudado de forma antes de morrer.

Sua cabeça se projetava em um ângulo estranho, com os olhos azuis cegos olhando para o teto. Ela parecia jovem, assustadoramente jovem, quatorze anos no máximo. Alguém quebrara seu pescoço rapidamente, de forma limpa, com um único golpe devastador.

Curran estava olhando para o cadáver na escuridão. Mahon estava encostado na parede, esfregando a testa. Havia um pedaço branco de papel na sua mão.

— O upir mandou um número de telefone — disse Curran.

Mahon colocou a mão sobre o rosto. Uma cena se passou diante dos meus olhos: a menina se lançando para a frente, os olhos azuis loucos com os pensamentos do upir, se transformando numa fera raivosa em pleno salto; Mahon dando um passo à frente, os braços enormes a agarrando, quebrando os ossos frágeis por instinto, antes de o cérebro reagir, a menina se transformando de novo e caindo no chão... Nem perguntei em que lugar do corpo dela eles encontraram o bilhete.

— Vai ligar para ele? — perguntei.

— Sim — disse Curran. — Alguma sugestão?

— Ele perde as estribeiras quando as coisas escapam de seu controle — eu disse. — E pensa com o pau. — Não era muita coisa.

Curran pegou o telefone, colocou no viva-voz e discou o número. O longo toque soou pela sala duas vezes. Um clique anunciou que a chamada fora atendida e a voz de Bono disse:

— Vejo que recebeu minha mensagem.

— Recebi — disse Curran.

— Você matou a menininha, gato? Ela está deitada em algum lugar do chão? Você está olhando para ela agora, querendo saber se ela era boa de foda? Eu posso ajudar com isso. Ela era desajeitada e burra, mas doce. Um pouco seca também, mas ela sangrou muito e isso equilibrou as coisas.

O rosto de Curran estava relaxado, quase tranquilo.

— A sua namorada está aí com você? — perguntou Bono. Ele estava tagarelando, excitado, como se estivesse drogado. — A morena alta com olhos penetrantes? Eu a procurei, mas não achei, e então peguei a loura humana que você fodia antes dela. Vou comê-la no almoço de amanhã. O truque com a carne fresca é amaciá-la em algum lugar quente. Mas você come carne crua, portanto, educá-lo nas sutilezas do cozimento é perda de tempo. Meus filhos estão preparando sua garota para virar filé. Quer ouvi-la gritar?

Escutamos o som de uma porta se abrindo e uma voz de mulher interrompeu a conversa.

— Por favor, não — ela implorou em pânico. — Por favor, por favor, por favor...

Eu. Deveria ter sido eu. Não havia nada que eu pudesse fazer além de ouvir.

O rosto de Curran permanecia calmo. Ele pegou uma cadeira e dobrou as pernas de metal em curvas retorcidas.

De repente a mulher se engasgou, atingindo uma nova intensidade de terror, e começou a soluçar e a dar gritos altos de partir o coração. Seu desespero preencheu a sala. Ela não tinha mais esperanças. Sabia que estava morrendo e que não havia escapatória. Deu um grito agudo, e mais outro, e ficou em silêncio.

A voz de Bono rosnou:

— Idiota! — E o gemido desumano e inesquecível de Arag soou pelo telefone.

— Ele perfurou uma artéria — retornou a voz de Bono. — É tão simples... apenas cortar o estômago e retirar os intestinos, mas não, ele consegue enfiar as garras numa artéria. Agora precisarei lavar as entranhas. Vou ter que matá-lo mesmo.

O lamento abaixou, afastando-se do telefone.

— Diga-me uma coisa — disse Bono. — Que som ela fez quando você transou com ela? Ela não gritou para mim, só chorou. Uma verdadeira decepção, essa daí. Você está na linha, mestiço?

— Estou aqui. E também tenho algo para você ouvir. Diga olá, Kate.

— Olá — eu disse.

Houve um silêncio no telefone.

— Não é ela — disse Bono. — Ela ainda está em casa.

— Como está o pescoço? — perguntei. — Continua cuspindo vidro?

— Ela *está* aqui — disse Curran. — *Comigo.* Esta noite, enquanto você espera seu cadáver amolecer, pense em mim com ela. Pense nela me implorando por sexo.

— Eu vou pegá-la no final. — A voz de Bono estava tensa de irritação.

Curran deu um suspiro alto.

— Qual é o seu problema com os meus restos?

Bono bateu o telefone. Virei-me e saí da sala.

Andei pelos corredores até encontrar o quarto onde o Cruzado e eu quase tivemos nosso pequeno confronto. Nick se fora. Eu esperava que ele tivesse bom senso suficiente para permanecer no complexo. Irritar Curran agora seria puro suicídio. Fechei a porta e fui para a janela. Estava chovendo. O céu cinzento lançava água cinzenta sobre a grama fosca lá embaixo. A escuridão do lado de fora se infiltrava pela sala, sugando a cor dos poucos móveis. A chuva acabaria por fim, deixando a grama e as árvores verdes e brilhantes, vívidas com a cor fresca. Era estranho como algo tão sem cor e monótono conseguia rejuvenescer o mundo.

Havia um conjunto de moletom cinza e mais nada na cômoda pequena ao lado da cama. Coloquei a Matadora e sua bainha em cima do cobertor azul, me despi e vesti o moletom. Comecei devagar, me alongando e pulando uma corda invisível, até o calor se espalhar por meus músculos. Estalei o pescoço e ataquei o saco de pancadas.

Não sabia quanto tempo tinha passado. O suor encharcou meu moletom e a camiseta debaixo dele e o tecido grudou nas minhas costas. Algum tempo depois que minhas pernas começaram a doer, ouvi uma batida na porta. Meu cérebro ignorou o som. Dei outro chute, junto com um sólido soco, e mais outro antes de minha mente colocar os freios.

— Entre.

Curran entrou no quarto e fechou a porta. Limpei o suor da testa e me alonguei. Ele sentou-se em uma cadeira, com as mãos descansando sobre os joelhos e olhando para o chão enquanto me esperava terminar.

— Ele ligou de volta — disse ele quando terminei.

— O que ele disse?

— Delirou por um tempo. Prometeu me matar. Ele não vai atacar o forte.

— Você achava que ele fosse atacar?

— Não. Mas esperava.

Sentei-me na cama. As coisas não iam tomar o rumo que esperávamos. Bono se recusava a ser provocado para algo precipitado, quando a vantagem estaria com a Matilha. Neste novo tempo, o combate individual decidia o destino de muitos.

Bono desafiaria Curran. Era inevitável. Curran ameaçara sua masculinidade; ele tornou a questão pessoal, e, quando o desafio viesse, Curran teria que aceitá-lo. Ele era o líder da Matilha, o macho alfa que não tinha o luxo de desistir. Ele não se esconderia na segurança do forte enquanto o upir devastava o mundo, assassinando todos cuja morte ele achava provável que nos trouxesse dor.

Olhei para Curran.

— Sua... — Hesitei, procurando a palavra certa. Namorada parecia inadequada, e mulher, muito impessoal. — Sua amiga — disse finalmente. — Ela está segura?

— Sim — ele disse. — Ela está aqui.

Concordei, ouvindo os gritos da outra mulher ecoando nos meus ouvidos. Curran olhou para mim, com os olhos assombrados. Ele parecia mais velho e cansado.

— Não é que eu não me importe — disse ele. A gritaria também não parou para ele.

— Eu sei.

— Não posso deixá-lo me intimidar.

— Eu sei — repeti suavemente.

— Me desculpe — ele disse, e eu não soube exatamente por quê.

Ele saiu.

Sentei na cama e pensei. Todo mundo tinha uma fraqueza. Era a lei da natureza que para cada ser havia um predador, ou uma doença, ou uma vulnerabilidade incorporada em seu âmago. O upir tinha que ter uma fraqueza. Não estaria escrita em nenhum livro. Se fosse esse o caso, o Cruzado já a teria descoberto.

Pensei sobre tudo que acontecera desde a morte de Greg, repassando cuidadosamente os acontecimentos, tentando me lembrar de todos os detalhes. Pensei sobre Bono, os lugares que ele visitara, as pessoas com quem ele pode ter se encontrado, as coisas que fizera.

A chuva batia com mais força. As roupas molhadas de suor esfriaram nas minhas costas.

Meu quarto não tinha telefone. Levantei-me e caminhei pelo corredor, entrando em diferentes quartos até encontrar um que tivesse. Fechei a porta e disquei o número.

— Olá — disse uma voz masculina com a suavidade de alguém para quem a cortesia fazia parte do trabalho. — Você ligou para o escritório da Nação. Como posso ajudá-la?

— Preciso falar com Ghastek.

— O senhor Ghastek está ocupado no momento...

— Coloque-o na linha. Agora.

Ele não gostou do tom da minha voz. O telefone fez um clique e Ghastek atendeu com ruídos de fundo.

— Alô?

Ouvi vozes tranquilas discutindo alguma coisa. Ele não estava sozinho.

— Você tinha que saber — disse. — Ele foi seu oficial por dois anos.

— Não entendo...

— Não comece — rosnei.

Havia tanta fúria na minha voz que ele parou de falar.

— Conte para mim, Ghastek. Conte-me o que você sabe.

— Não — disse ele.

Fechei os olhos e tentei pensar com clareza. Poderia ir até lá e matar tudo no meu caminho. Tinha muita frustração para externar. Quando conseguissem me derrubar, os estábulos da Nação estariam inundados de sangue. Eu poderia fazer isso. Gostaria muito de fazê-lo, mas isso não resolveria o meu maior problema.

— Ele voltará para pegar você — disse para ele. — Ele o detesta. Está ocupado agora, mas, depois que matar todo mundo que odeia, ele o encontrará e você criará vampiros para ele e sua ninhada. Você vai ser seu cozinheiro.

— Você acha que não pensei nisso? — sussurrou Ghastek com ferocidade.

— Então me conte o que você sabe. Conte!

O silêncio me respondeu. Um momento se passou, em seguida, outro.

— Não tenho nada a dizer — disse Ghastek e a linha ficou muda. Lutei contra a vontade de atirar o telefone contra a parede.

— Pedir informações para a Nação é tão estúpido — disse Nick atrás de mim. — Eles não lhe venderiam um guarda-chuva extra numa tempestade de merda.

Voltei-me. Os cabelos de Nick, puxados para trás do rosto num rabo de cavalo, pareciam dois tons mais claros. A barba malfeita desaparecera, deixando um rosto duro, mas agradável e franco. Ele atravessou a sala, movendo-se como um praticante experiente de artes marciais, plenamente confiante em suas habilidades e não mais concorrendo para provar a si mesmo, mas ainda muito jovem e em forma para criar uma barriga de *sensei*. Eu conseguia perceber que ele era rápido e treinado, armado com a memória muscular que lhe permitiria combater um chute ou soco sem pausa ou pensamento.

Parou a uma distância respeitável e percebi que ele estava com cheiro de sabonete Dove. Por um momento não tive certeza se estava olhando para o mesmo homem, e então nossos olhares se encontraram. O impulso familiar de dar um passo para trás me invadiu.

— Vejam só, você está adorável — eu disse, tentando não dar um riso nervoso. — Tudo o que precisa é daqueles brinquinhos na orelha.

Ele me olhou com dureza.

— Só por curiosidade — falei. — Quando você faz isso, as pessoas geralmente começam a tremer e desmaiam de medo?

— Elas geralmente morrem surpreendidas — disse ele.

— Não deve ter funcionado com o upir então.

Ele colocou uma mochila grande por cima do ombro.

— Vai a algum lugar? — perguntei, sentada na cama. Meu tempo de reação era provavelmente aproximado ao dele, e havia distância suficiente entre nós. Se ele tentasse alguma coisa, eu tinha tempo para me esquivar.

— Sim.

— E como você pretende passar pelas sentinelas da Matilha?

— Pretendo que você me ajude a sair — disse ele. — Eles levaram meu acônito, mas sei que você tem um pouco.

Esfreguei o rosto com as mãos. Eu tinha o veneno de lobos — teria que ser muito idiota para me aventurar no território da Matilha sem trazer a planta. E provavelmente sabia usá-la melhor também.

— Por que eu o ajudaria a fugir? Você faz ideia de como Curran vai ficar puto? Seria melhor eu cortar logo os pulsos.

— Considerando como o upir planeja usá-la, talvez não seja uma má ideia.

Nick se aproximou de mim, estendeu o braço lentamente e roçou minha mão com os dedos. Um formigamento de magia beliscou minha pele e seus dedos brilharam com um resplendor branco, como se ele tivesse mergulhado sua mão em tinta fluorescente.

Eu me afastei.

— Quer parar de fazer isso?

Seu olhar me sondou.

— Quem é você? De onde você vem?

— Eu tenho quase certeza que vim da minha mãe e do meu pai — disse. — Sabe, quando um homem coloca o pênis dentro da vagina de uma mulher...

— Eu sei como matá-lo — interrompeu ele.

Eu me calei.

Nick se agachou ao meu lado.

— Em Washington, eu o segui até o Santuário da Górgona. Ele se banqueteou com as sacerdotisas e chacinou os sacerdotes, mas, antes de o Sumo Sacerdote morrer, ele me contou como matar o upir. Mas preciso das minhas ferramentas. Ajude-me a sair daqui e eu voltarei com a arma para lutar contra ele.

— Por que você não fala com Curran?

Ele balançou a cabeça.

— O Senhor das Feras não vai me ouvir. Ele tem visão limitada: só se interessa em manter a Matilha segura. Não me deixará sair.

— Conte para mim — disse.

— Você vai me ajudar?

— Conte primeiro e eu farei o que puder.

Nick se inclinou na minha direção.

— Osso de rapina — sussurrou. — Você o mata com ossos.

— Eu vou ajudar — disse. — Mas, enquanto você estiver fora, preciso que me faça um favor. Traga-me um presente, Nick.

Curran olhou para mim. Não estava me olhando com dureza. Ele olhava para mim sem nenhuma expressão.

— Onde está o Cruzado? —perguntou. Sua voz estava equilibrada.

— Ele precisava de um tempo para "si" — disse. — Posso estar errada, mas não acho que trabalhe bem em equipe.

Éramos sete na sala: Curran, Jim na forma de jaguar, Mahon, duas sentinelas lupinas, o tratador dos estábulos e eu. As sentinelas e o tratador dos estábulos pareciam decididamente desconfortáveis. Seus olhos ainda lacrimejavam por causa do acônito e a sentinela da esquerda tivera uma reação alérgica violenta, com irritação na pele e coriza que ele deveria desesperadamente querer limpar. Se não fosse por Curran, ele poderia correr para pegar o lenço, mas a presença do Senhor das Feras o mantinha preso em atenção, e assim ficou, parado ali, com as duas torneiras pingando.

Curran assentiu calmamente, fingindo compreensão. Ele estava composto demais para o meu gosto. No seu lugar, eu teria explodido. Flexionei o pulso de leve, sentindo a borda da braçadeira de couro cheia de agulhas de prata se esfregar contra minha pele. Mahon pedira educadamente para segurar a Matadora para mim enquanto Curran e eu conversávamos. Tanto faz. Não é como se pudesse matar Curran agora. *Deveria.* Não é como se eu *devesse* matar Curran agora. Eu sempre poderia tentar. Mais tarde.

O Senhor das Feras cruzou os braços sobre o peito. Seu rosto parecia plácido. A calma antes da tempestade...

O jaguar aos meus pés se retesou e tentou parecer menor. Nick precisava de um pouco de distração enquanto cavalgava como um louco no cavalo requisitado nos estábulos da Matilha. Forneci essa distração ao guiar Jim e seu bando de metamorfos irritadinhos numa corrida em círculos pelo campo.

— Só para que fique bem claro — disse Curran. — Você *entendeu* que eu não queria que nem você nem o Cruzado saíssem do forte?

— Sim.

— Foi o que pensei — disse Curran.

Ele me agarrou pelo pescoço e me atirou contra a parede. Meus pés não sentiram o chão. Seus dedos esmagaram meu pescoço.

Apertei a mão que me segurava e enfiei uma agulha comprida de prata no nervo entre o indicador e o polegar. Os dedos de Curran tremeram. Sua mão se abriu, me libertando. Deslizei para o chão, caí e golpeei suas pernas. Ele caiu. Rolei para o lado e me levantei. No lado oposto da sala, Curran se agachou, com os olhos queimando, dourados.

A coisa toda levou talvez dois segundos. O público chocado nem teve chance de reagir.

Curran segurou a agulha, tirou-a e jogou no chão, sem desviar os olhos de mim.

— Tudo bem — disse para ele. — Eu tenho mais.

Ele se projetou do chão para um salto espetacular. Eu corri para a frente, com o objetivo de ficar debaixo dele e espetar a agulha em seu estômago. E ambos colidimos com Mahon.

— Não! — rosnou o Urso.

Choquei-me contra sua perna e me sentei no chão, piscando estupidamente. Mahon agarrou Curran pelos ombros e se esforçou para mantê-lo imóvel. Músculos enormes se avolumaram em seus ombros e braços, rasgando as costuras de suas mangas.

— Não agora — resmungou Mahon. Sua voz sensata não teve nenhum efeito. Curran fechou as mãos nos braços de Mahon. Eu podia ver o início de um golpe no estilo do judô, mas Curran não deu prosseguimento. Em vez disso, a luta degenerou para uma competição de força bruta. O rosto de Mahon ficou roxo com o esforço. Seus pés escorregaram.

Levantei-me. Os braços de Mahon tremiam, mas o rosto de Curran ficara pálido de tensão. O Urso contra o Leão. A sala estava tão cheia de testosterona que você poderia cortar o ar com uma faca. Olhei para as sentinelas.

— É melhor vocês saírem com Jim — disse.

O licantropo mais novo se agitou.

— Nós não aceitamos ordens de...

O macho mais velho o interrompeu:

— Venha.

Eles saíram pela porta, levando o jaguar junto.

Andei até os homens atracados e muito delicadamente peguei o pulso direito de Curran e o puxei.

— Solte, Curran. Por favor, solte. Você está com raiva de mim, não dele. Solte.

Lentamente, a tensão desapareceu do seu rosto. O fogo dourado diminuiu. Seus dedos relaxaram e os dois homens se separaram.

Mahon tragava o ar como um cavalo de arado exausto.

— Você faz mal para minha pressão arterial — ele disse para mim.

Dei de ombros e apontei com a cabeça na direção de Curran.

— Faço mais mal ainda para a dele.

— Você saiu do forte — disse Curran. — Sabia o quanto era importante e mesmo assim saiu.

— Nick sabe como matá-lo. Ele precisa de uma arma e você não o deixava sair — eu disse.

— E se o upir tivesse pego você? — disse Mahon suavemente. — O que você faria então?

Peguei no bolso a esfera que Nick me dera e mostrei para eles. Do tamanho de uma noz, era metálica e pequena o suficiente para caber perfeitamente na palma da mão. Apertei os lados delicadamente e três espinhos saltaram da esfera, úmidos com um líquido.

— Cianureto — expliquei.

— Você não pode matá-lo com isso. — Curran fez uma careta.

— Não é para ele. É para mim.

Eles me encararam.

— As pessoas estão morrendo — eu disse. — Ele está rindo e tudo o que eu posso fazer é ficar quieta e segura.

Curran rosnou.

— Você acha que é fácil para mim?

— Não. Mas você está acostumado com isso. Você tem experiência em ser responsável pela vida de outras pessoas. Eu não. Eu não quero que ninguém morra por mim. Já estou com sangue até os joelhos.

— Tive que enviar três patrulhas — disse Curran. — Por sua causa. Nenhum deles morreu, mas poderiam ter morrido. Tudo porque você não suportava não ser o centro das atenções por alguns minutos.

— Você é um babaca.

— Foda-se.

Comecei a farejar.

— Que fedor dos diabos é esse? Espere, é você. Você está fedendo. Jantou um gambá ou é o seu cheiro natural?

— Já basta — rugiu Mahon, nos fazendo calar de surpresa. — Vocês estão agindo como crianças. Curran, você perdeu a hora da sua meditação e está precisando fazer. Kate, há um saco de pancadas no seu quarto. Use-o.

— Por que eu tenho que dar socos no saco enquanto ele medita? — resmunguei ao sair da sala.

— Porque ele quebra sacos quando os golpeia — disse Mahon.

Eu já estava quase no meu quarto quando me ocorreu que eu obedecera à Mahon sem questionar ou nem mesmo pensar no assunto. Ele tinha aquele jeito de pai que sempre conseguia me enganar. Não havia defesa contra isso, ou pelo menos não uma que eu conhecesse. Ele não o usou quando lutou contra Curran. Tentei descobrir o porquê enquanto dava socos no saco, obediente. Meus socos foram bem patéticos. Então fiquei exausta. Apenas vinte minutos mais tarde desisti, tomei um banho e caí na cama sem encontrar uma resposta.

CAPÍTULO 10

Havia alguém de pé diante de mim. Meus olhos se abriram e o rosto de Curran entrou em foco. Ele estava encostado contra a parede ao lado da cama, olhando para mim.

— O quê?

— Ele ligou — disse Curran.

Sentei na cama.

— Ele decidiu que quer lutar?

— Sim. E colocou Derek na linha. Ele quebrou as pernas do garoto e o mantém em pernas de aço para os ossos não cicatrizarem.

Cada vez melhor.

— Bono lhe disse os termos?

— Eu, o Cruzado e você. Hoje à noite.

Que ótimo. Uma festa para os três primeiros mais procurados na lista do upir.

— Onde?

— Estação de energia sudeste. Ele diz que vai nos avisar quando chegarmos lá.

— Você vai levar reforços?

— Não — disse ele. Ele não mencionou motivo algum, mas eu conhecia todos: sua palavra, seu orgulho, seu dever, o fato de que o upir mataria Derek. Qualquer um desses era suficiente.

Esfreguei o sono do rosto.

— Que horas são?

— Meio-dia.

As patrulhas me pegaram às sete da manhã e eu tinha ido para a cama por volta das oito, o que me dera um total de quatro horas de sono.

— Quando temos que sair?

— Às sete e meia.

Deitei de novo, levantei o cobertor e bocejei.

— Tudo bem, me acorde às sete horas então.

— Então, você vai?

— Esperava que eu ficasse escondida aqui?

— Ele se referiu a você como seu lanchinho.

— Ele é um fofo.

— E também é louco para transar com você.

Levantei a cabeça o suficiente para olhar para ele.

— Olhe só, Curran, o que você quer de mim?

— Por que ele quer acasalar com você?

— Eu sou boa de cama. Vá embora, por favor.

Curran ignorou minha gracinha.

— Quero saber por que ele tem tanto tesão em engravidar você.

Havia um trocadilho nessa frase em algum lugar, mas não parecia que ele estivesse disposto a perceber.

— E como é que eu vou saber? — disse. — Talvez a ideia de torturar um filho meu o excite. Eu só tive quatro horas de sono. Preciso de pelo menos mais quatro, Curran. Vá embora.

— Vou descobrir. — Ele disse isso como se fosse uma ameaça.

— Você está dando muita importância a isso.

Ele se afastou da parede.

— Como eu encontrarei o Cruzado?

— Ele estará aqui em algumas horas. Achou que receberia um convite. Por favor, não tire suas armas desta vez. Ele vem por vontade própria.

Curran saiu do quarto. Respirei fundo e forcei minha mente para que ficasse em branco.

Nick entrou pela porta vinte minutos antes das quatro horas. Eu estava acordada e calçando minhas botas.

Ele fechou a porta e se encostou contra ela. Seu rosto tinha ganhado uma barba e seu cabelo parecia oleoso de novo.

— O que você faz com o cabelo?

— Pó, gel de cabelo e um pouco de óleo de revólver.

— Já pensou em patentear a fórmula?

— Não.

Levantei-me. Ele trancou a porta e pegou um rolo de couro de dentro do sobretudo. Colocou-o sobre a mesa, desamarrou o cordão que o prendia e o desenrolou num piscar de olhos. Dentro havia duas lâminas amareladas, uma com quase trinta centímetros de comprimento e a outra do tamanho da minha mão. Peguei a maior. Era feita com um fêmur humano partido ao meio, e uma longa fenda corria ao longo do centro da lâmina no lugar da medula óssea.

— Muito pesadas — murmurei.

— E frágeis — disse ele suavemente. — Eu quebrei quatro.

— Por que você não estava com uma dessas quando disputou Derek com Bono?

Seus olhos piscaram.

— Eu estava — ele disse. — Despedaçou-se no meu casaco quando ele me chutou.

Corri o dedo pelas lâminas. Considerando o pouco tempo que ele teve, elas estavam incrivelmente benfeitas.

— Não vou chegar nem perto dele com esta aqui. — Larguei a lâmina grande e peguei a menorzinha. Com esta, eu teria que chegar perto do upir. Perto demais.

— Você tem uma chance — disse Nick.

Concordei e a guardei na minha bainha para facas.

— Você ainda tem a esfera? — perguntou ele.

Assenti com a cabeça.

— Ainda pretende usá-la?

Minha mão coçou para verificar o peso reconfortante do metal no meu bolso. No fundo, eu sabia que não a usaria. Lutaria até o fim, lutaria até ele ser forçado a me cortar em pedaços. Eu o faria me matar se fosse preciso. Afinal, eu era apenas humana. Não demoraria muito.

Olhei de relance para Nick e percebi que ele sabia exatamente o que eu estava pensando.

— Só se eu não tiver escolha — disse.

Montei num dos cavalos da Matilha, uma criatura sólida e musculosa de cor indeterminada, em algum lugar no meio do caminho entre lama e fuligem.

Ele batia no chão com os cascos como se suspeitasse que a fina camada de solo mascarasse um ninho de cobras e que ele conseguiria atingi-las se pisasse forte o suficiente.

— Vento — disse o lobisomem ranzinza após me dar as rédeas. Já que eu tinha sufocado seu rosto com acônito há menos de vinte e quatro horas, não estava no topo da sua lista de pessoas preferidas. — O nome dele é Vento.

Pensei em lhe perguntar quem tivera a ideia de dar a este filho bastardo de garanhão de guerra com cavalo de arado gigante um nome de cavalo de corrida, mas achei melhor não. Agora, Vento estava galopando alegremente através da cidade escura com a velocidade de um maratonista cansado. O jipe barulhento de Curran não estava nem mesmo se cansando e Nick não estava à vista. Seu cavalo vermelho decolara com o primeiro grunhido do motor alimentado por magia e insistiu em manter distância.

Acariciei o pescoço do corcel.

— Pelo menos você não é arisco.

Poderia muito bem ter gritado dentro de um tornado. O maldito jipe sufocou qualquer som na sua batalha torturante pela supremacia sônica.

A magia estava ficando cada vez mais densa, inundando a cidade sonolenta com poder inexplorado. Misturava-se com a luz da lua, rodopiava pelos becos e agitava-se entre as carcaças arruinadas dos edifícios eviscerados, alimentando-se de concreto e plástico. Enquanto cavalgávamos pelo distrito industrial abandonado, nos dirigindo para Conyers e a estação de energia, assistimos às ruínas destroçadas de estruturas, outrora orgulhosas, se desintegrarem lentamente enquanto a magia triunfava. Era impossível não encontrar significado na situação. Uma pessoa supersticiosa teria visto isso como um presságio, uma previsão sombria das coisas por vir. Olhei com desconfiança para o cemitério da ambição humana e continuei cavalgando. Esta noite, eu daria dez anos da minha vida para ter a tecnologia funcionando a pleno vapor por algumas horas. Do jeito que as coisas estavam, eu provavelmente não teria dez anos para dar.

A estação de energia brilhava em frente, um ponto pequeno e controlado de realidade espetado por uma agulha mágica. Nós a alcançamos ao mesmo tempo, os rosnados do jipe de Curran quase fazendo o cavalo de Nick entrar em pânico.

— Vê se desliga essa coisa! — gritei por cima do barulho.

— Não! Demora muito para esquentar! — rugiu Curran de volta.

— Por que não monta um cavalo?!

— O quê?

— Um cavalo! Cavalo!

O gesto de Curran me disse claramente o que eu deveria fazer com o cavalo em questão.

Um animal correu na nossa frente e parou diante de nós, rondando até ter certeza que o notamos. Assemelhava-se a um gato, mas apenas vagamente. Era grande demais, com quase trinta quilos, e a coluna vertebral e pernas eram muito compridas e desproporcionalmente estreitas, como as de um gato adolescente. A parte superior de seu rosto era incontestavelmente felina, enquanto a metade inferior ostentava uma mandíbula humana quase perfeita com uma boca pequena de lábios cor de rosa. O efeito era muito perturbador para mim.

Pelo menos agora eu tinha uma boa ideia de quem deixara aqueles pelos na cena do crime de Greg.

Convencido de que o vimos, o gato horripilante disparou pela estrada com velocidade inesperada. Nick o perseguiu, assim como Curran em seu jipe. Após o incitar por alguns momentos, Vento percebeu que eu queria que ele se movesse e obedeceu contente.

Seguimos o gato para fora da cidade e ao longo da rodovia por quase uma hora. Os cavalos começaram a se cansar, mas a besta não mostrou nenhum sinal de que ia desacelerar. Finalmente ela pegou uma estrada secundária, coberta por altos pinheiros. O asfalto estava quebrado, partindo-se com a pressão das raízes. Isso retardaria os cavalos e impediria o carro de seguir adiante.

Nick seguiu o gato, enquanto eu me demorei tempo suficiente para ver Curran estacionar seu jipe ao lado da estrada e desligá-lo. Ele saiu da cabine, mostrando toda a intenção de correr atrás de nós. Apertei a lateral de Vento com os joelhos — ele parecia não entender sinais sutis — e minha fiel montaria cavalgou atrás de Nick.

Alcancei o Cruzado no final da estrada, onde as árvores se separavam, na borda de uma grande clareira. Uma estrutura maciça e ameaçadora de concreto e tijolo vermelho se erguia diante de nós. Um muro de concreto de dois metros e meio de altura cercava o edifício, e somente os três andares superiores eram visíveis. Olhei em volta. Coberta de vegetação e descuidada, a clareira mostrava sinais do paisagismo antigo, e uma faixa reta de asfalto, meio sufocada pelas ervas daninhas, levava até uma abertura na parede, onde pesados portões de metal estavam parcialmente entreabertos, oferecendo um vislumbre do pátio interior. O gato monstruoso subiu pela passagem e mergulhou entre os portões.

Havia algo familiar no prédio. Era simples, quase cru em sua construção, somente uma caixa quadrada de cerca de quatro andares com janelas estreitas bloqueadas por grades de metal. No entanto, a visão me encheu de temor.

Curran chegou pela curva na estrada, correndo em ritmo tranquilo. Não havia suor em seu rosto.

— Red Point — disse ele, parando ao meu lado. — Tinha de ser Red Point.

Nick olhou para mim.

— Uma prisão local — eu disse para ele. — Os presos da ala esquerda viviam reclamando que fantasmas estavam tentando matá-los. Ninguém prestou atenção até as paredes ganharem vida durante uma forte flutuação mágica e engolirem os prisioneiros. Eles encontraram os corpos parcialmente enterrados.

— Prisioneiros semienterrados nos tijolos — disse Curran sombriamente. — A maioria ainda estava viva e gritando.

Mexi-me na sela. O que eu pensei ser uma pilha de escombros à esquerda da construção principal agora assumia a forma precisa de uma decrépita torre de guarda. Como é que as árvores cresceram tão rápido? Pareciam ter décadas de idade.

— Pensei que a UDMS tivesse demolido este lugar há anos — murmurei.

— Não — Curran abanou a cabeça. — Eles só a condenaram quando as paredes não pararam de sangrar. Eles não destroem nada a menos que saibam que não será útil.

Estendi a mão tentando sentir o poder e recuei. Uma magia densa e pavorosa envolvia a prisão. Permeava o muro, afogando o edifício, fluindo dele como um polvo invisível esticando os tentáculos em busca de sua presa. Busquei novamente e encontrei um emaranhado de fios contaminados com magia necromântica dentro da tessitura da magia. Algo se alimentava do poder da prisão, digerindo-o para se abastecer. Algo morto-vivo e muito poderoso.

— Um zumbi? — sussurrei.

— Tem cheiro de zumbi. — Curran fez uma careta, tremendo o lábio superior de leve para revelar os dentes.

Os portões de metal estavam parcialmente abertos, convidando-nos a entrar. Eu não queria ir. Um pensamento louco surgiu na minha cabeça — poderia simplesmente ir embora. Poderia virar meu cavalo e cavalgar para longe, muito longe, e nunca mais olhar para trás.

Eu não tenho que entrar.

Desmontei e amarrei Vento a uma árvore. Não era justo levá-lo para aquele lugar. Estiquei o braço para pegar a Matadora e a desembainhei.

— Já torceu o cotovelo fazendo isso? — perguntou Curran.

— Não. Treinei muito.

Nick desmontou e amarrou seu cavalo a uma árvore ao lado de Vento.

Sem esperar por ele, comecei a andar em direção ao portão.

— Você vai enfrentá-lo sozinha? — perguntou a voz de Curran ao meu lado. Ele parecia achar divertido.

— Se esperar mais, não entro — disse. Meus joelhos tremiam. Meus dentes batiam na boca.

Ele me agarrou e me beijou. O beijo enviou uma onda de calor dos meus lábios até os dedos dos pés. Os olhos de Curran sorriam.

— Para dar sorte — sussurrou ele, sua respiração uma nuvem quente na minha orelha.

Libertei-me e limpei a boca com as costas da mão.

— Quando acabarmos com o upir — rosnei — , vamos ter aquela luta que você tanto quer.

— Bem melhor assim — disse Curran.

— Se os pombinhos já acabaram — disse Nick —, saiam do meu caminho.

Curran se transformou com uma explosão de roupas rasgadas. Eu não sabia o que era mais assustador, seja lá o que fosse que nos aguardava do outro lado do portão ou o amálgama horrível de ser humano e leão pré-histórico perto de mim, mas no momento não me importava. Eu podia sentir o peso da esfera de cianureto no meu bolso.

Juntos, seguimos em direção aos portões. Curran os golpeou e eles se arreganharam, revelando o pátio adiante, iluminado por três fogueiras. Dei um passo para dentro da prisão e parei, atordoada.

O upir estava no meio do pátio, banhado sob a luz das chamas. Ele vestia um kilt. Um cinto de corrente de prata cercava sua cintura e amuletos de pelos e ossos se penduravam nos elos com cordões de couro. Ombreiras ornadas de metal prateado protegiam seus ombros, unidas por uma corrente de elos de metal sobre o peito nu. Braceleiras resguardavam seus braços do pulso ao cotovelo, deixando as mãos expostas. Suas canelas estavam enroladas por panos, mas nenhuma bota protegia seus pés e ele se postava levemente posicionado, prestes a saltar. Segurava uma lança encabeçada por uma lâmina de trinta centímetros de comprimento e curvada como uma cimitarra. A lâmina cintilava com a luz emprestada da fogueira, combinando com o brilho em seus olhos. Ele parecia tão estranho, parado no meio do pátio contra o cenário de fundo de um edifício moderno, um ser ancestral mas vivo, uma contradição em termos, como se um rasgo no tempo o tivesse cuspido de suas profundezas de kilt e cabelo cinzento selvagem.

— Merda — rosnou Curran. — Não sabia que era uma festa a fantasia.

Sua voz abalou a ilusão. Estalei os dedos.

— Ah, bosta. Deveria ter trazido minha roupa de empregada francesa.

O upir riu, com os dentes afiados brilhando.

— Olhe para as janelas, Kate. Olhe para suas irmãs.

Olhei para cima e as vi, posicionadas nas janelas como estátuas pálidas. Mulheres. Pelo menos duas dúzias, rígidas e ainda vestidas com roupas rasgadas e ensanguentadas nos peitoris das janelas. Algumas delas pareciam mortas, outras estavam de fato mortas, seus cadáveres pendurados em uma grande corrente que se estendia desde o telhado. Todas pareciam iguais, com as almas roubadas pelas expressões idênticas de medo que distorciam seus rostos. Elas não estavam lá quando eu inspecionei o lugar através do muro.

A Matadora fumegou, se alimentando da minha fúria, e um líquido opaco e grosso deslizou da ponta da lâmina, evaporando antes de tocar o chão.

Algo se moveu dentro de uma montanha de entulho na parede mais distante. O monte de lixo e de restos estremeceu, respirou e cresceu até ficar impossivelmente alto. Um cheiro nauseante me atingiu. Eu me engasguei. O lixo caiu, revelando ossos amarelos e pedaços de carne apodrecida, gotejando sucos pútridos. Moscas formaram um enxame espesso como uma nuvem negra. Um crânio enorme me encarou com olhos mortos e fundos. As mandíbulas gigantescas se abriram e fecharam, forçando os dentes do tamanho do meu braço a rasparem uns contra os outros. O cadáver horrível se moveu. Uma pata com garras se levantou e tocou o solo, enviando tremores pelo pátio. O dragão esqueleto avançou.

— Um dragão para um cavaleiro — chamou o upir. — Você não é sortudo, Cruzado? Dei-lhe uma desculpa para não lutar comigo.

Nick disparou por mim, chicoteando sua corrente de prata pela manga do sobretudo. Ele a lançou em cima do upir e Bono dançou para longe. Um enorme pé podre estrondou na frente de Nick, separando-o do upir. O dragão esqueleto investiu contra o Cruzado.

Uma horda da prole do upir estourou pelas portas e veio para cima de mim. Golpeei com a Matadora, quase dividindo uma carcaça peluda em duas, logo antes de ver Curran saltar sobre o ombro do dragão. Ele se demorou por um segundo e pulou para baixo, por trás da criatura, até onde Bono estava sorrindo.

As feras cresceram sobre mim. A Matadora cortava e sibilava. Garras afiadas arranhavam meus pés e se retiravam.

Havia alguma coisa errada.

Cortei um focinho de porco e vi a luz morrer nos olhos humanos da criatura. O corpo flácido caiu no chão. Seus irmãos se aproximaram por cima dele. Levantei a mão para desferir mais um golpe.

As feras não atacavam. Elas rosnavam e apalpavam o chão, mas as presas não me mordiam. Abaixei a lâmina.

Elas estavam lá para me conter. Eram distrações para o meu sabre, para me manter ocupada e longe da luta. Avancei. As criaturas mantiveram sua posição e rosnaram. Uma coisa malhada e de mandíbula grande atacou, errando meu braço por um fio de cabelo. Então elas não me deixavam passar.

Eu poderia simplesmente matar todas elas. Eu deveria simplesmente matar todas elas.

Algo em mim se rebelava contra a ideia de abater estes meio-animais lastimáveis enquanto eles me olhavam com olhos humanos. Virei-me, à procura de um líder, e encontrei Arag agachado, se balançando suavemente. Seu rosto horrível tinha uma expressão relaxada e contida.

— Arag — disse.

O monstro não deu nenhum sinal de ter me ouvido. Suas mandíbulas estavam abertas, expondo os dentes amarelos e a língua grossa.

— Arag!

A criatura olhou para mim estupidamente. Movi-me para cercá-lo pela esquerda e ele rosnou, voltando à vida. Continuei. Ele me atacou. A enorme cabeça martelou a lateral do meu corpo com uma força incrível. Caí e vi suas presas acima de mim. A baba escorria no meu rosto, pingando dos seus dentes. Ele pairou sobre mim, com os lábios negros tremendo e as pernas rígidas. A expressão relaxada voltou e ele recuou, voltando para o seu lugar no círculo de feras peludas.

Levantei-me. Sem confiar na sua prole, Bono os mantinha numa telepática rédea curta.

Além da fileira de costas peludas, o dragão esqueleto tentava morder Nick. O Cruzado mergulhou e atirou alguma coisa dentro da boca escancarada do zumbi. Esperei pela explosão, mas nada aconteceu. As granadas de Nick não funcionavam. A magia aqui era muito densa.

À esquerda, Curran e o upir lutavam. Bono se movia rápido, equiparando-se com o metamorfo em agilidade e velocidade. Com o cabelo selvagem voando, ele saltava e girava como um dervixe. Sua arma era um borrão em suas mãos, formando uma parede que Curran tinha dificuldade de penetrar. Um longo rasgão marcava as costas de Curran, inchado de sangue. A ferida não estava se curando — a ponta da lança era de prata.

Bono lutava contra Curran ao mesmo tempo que controlava seus filhos. Um homem de muitos talentos.

Está na hora de dificultar as coisas para ele.

Examinei a horda à minha frente e escolhi uma besta robusta e careca. Ela se erguia sobre as pernas desproporcionalmente finas, olhando para mim com olhos apagados. Sua barriga gorda chegava quase até o chão.

Girei o pulso. A pesada cabeça redonda rolou para a terra com um jorro de sangue. O coração da besta bombeou algumas vezes, sem saber que a criatura estava morta, e mais sangue borbulhou do toco do pescoço, saturando o ar com um aroma metálico.

A horda tremeu. A carcaça decapitada desabou no chão e o círculo de feras ao meu redor balançou a cabeça em conjunto, hipnotizado pela queda. Cortei a barriga da besta e o emaranhado de tripas ensanguentadas se derramou sobre a terra.

Cortei um pedaço das entranhas fumegantes, marquei-o com a Matadora e o mergulhei em uma poça de sangue. Os olhos da horda se fixaram na carne. Eu a levantei na ponta da lâmina e a segurei diante do nariz de Arag.

— Sangue — disse para ele.

As narinas de babuíno de Arag se contraíram. Ele absorveu o perfume. A língua grossa rolou da sua boca, lambendo o ar de gula. O trêmulo pedaço de intestino balançou, pingando sangue no chão. Dei um passo para trás e Arag se moveu comigo, seu olhar colado no pedaço nojento.

Dei outro passo. Arag me seguiu e se sacudiu, parado no meio do movimento. O pedaço macio e ensanguentado de carne estava diante de seu nariz, tão perto que ele teria apenas que se inclinar para tocá-lo. E ele queria. Muito. Mesmo assim, Arag não se mexeu.

O controle de Bono sobre eles era forte demais. Não havia nada que eu pudesse fazer para quebrá-lo. Cada minuto que me demorava, custava mais sangue para Curran e Nick.

A horda monstruosa olhava para mim, parecendo lastimável.

Atirei o pedaço de carne da lâmina da Matadora, arremessando-o alto no ar noturno. Arag morreu antes de a carne cair no chão.

Bono nunca me vira matar antes. Eu os cortei um a um, rápida e metodicamente, trabalhando com precisão mecânica. Alguns lutaram quando foram ameaçados, outros apenas assistiram estupidamente enquanto a lâmina fumegante os fatiava, partindo músculos e tendões. Em três minutos, terminei e corri pelo pátio até Curran e Bono.

O dragão esqueleto correu para me interceptar. Ele balançou a cauda esquelética sobre mim e eu rolei para o lado, enquanto o dragão batia com a pata enorme no chão, bloqueando o caminho. O zumbi tentou me abocanhar, suas mandíbulas estalando a poucos centímetros de distância. Eu me ergui e ataquei a pata podre. A Matadora cortou o tecido em decomposição liberando um jorro de líquidos pútridos. A cauda do dragão me acertou. A dor explodiu no lado do meu corpo, como se eu tivesse sido atingida por um caminhão. Voei pelo ar e caí em meio à carnificina que tinha feito.

Levantei-me e escorreguei no sangue dos filhos de Bono, me esparramando de cabeça nos cadáveres. Onde diabos estava Nick?

O dragão se aproximou para me matar. Os dentes enormes me procuraram e eu me afastei de um dos cadáveres, deslizando de costas pela confusão sangrenta. As mandíbulas esqueléticas morderam o lugar onde eu estava um segundo antes.

As órbitas mortas dos olhos giraram, encontrando minha nova posição, e o dragão atacou. Eu me contorci para o lado. Os grandes dentes rasparam o chão perto de mim e enfiei a Matadora na bochecha da besta morta-viva, lançando um choque de magia no ponto onde suas mandíbulas se encontravam. O dragão curvou a cabeça para cima, me levando junto. Fiquei pendurada seis metros acima do solo enquanto as mandíbulas do zumbi se abriam e fechavam, tentando esmagar minha espada. O fedor da degeneração me sufocou. Através das lacunas entre os dentes do dragão, vi uma língua fina como uma fita e quase apodrecida se debatendo contra a gaiola de presas.

A Matadora corroía a carne morta-viva, liquefazendo cartilagens e músculos. O dragão sacudiu a cabeça como um cachorro segurando um rato morto na boca. Algo dentro de seu crânio estourou com um estalo. A enorme mandíbula se quebrou e despencou no chão, levando-me com ela. Girei no ar, tentando pousar com os dois pés no chão, e caí em cima dos dentes irregulares. Um fragmento de osso afiado espetou minhas costelas. Gritei e engatinhei para longe dos ossos. Acima de mim, garras cobriram o céu. Mergulhei para o lado e a pata do dragão esmagou sua mandíbula quebrada.

Não importava. Eu poderia cortá-lo em pedaços e ele continuaria me atacando, um membro de cada vez.

Cerrei os dentes, lutando contra a dor, e vi Nick acima de mim subindo no telhado do edifício. Ele estava indo para a extremidade mais distante, onde várias silhuetas estavam agachadas ao lado de uma saída de ar. Os navegadores.

O dragão pulou atrás de mim. Recuei, quase pisando numa fogueira.

Nick correu pelo telhado para o grupo de vultos. Eram necessários vários navegadores para comandar o dragão. Se Nick tirasse um deles da formação, o zumbi poderia entrar em colapso. Ou se libertar.

Peguei um galho da fogueira e atirei-o no dragão. O galho fez um arco pelo céu e atingiu o peito do morto-vivo. Os tecidos apodrecidos falharam em inflamar. O dragão continuou investindo contra mim, sem temor. Corri ao redor do fogo, mantendo as chamas entre mim e a criatura.

A besta me atacou, mas ficou longe do fogo. Acima de mim, Nick se chocou contra os seres no telhado e um corpo caiu no chão, gritando como um louco durante a descida.

O dragão contornou a fogueira, obrigando-me a sair. Coloquei os dedos debaixo da minha camiseta enquanto corria. Eles tocaram em osso quebrado, enviando um choque de dor lancinante, e saíram grudentos. Nada bom.

O dragão hesitou e girou para longe de mim, levantando a cabeça enorme no pescoço impossivelmente comprido para alcançar o telhado.

Uma distração. Deus, por favor, faça com que o comandante do dragão seja um covarde. Tudo que preciso são dois minutos.

Comecei a entoar o encantamento baixinho, murmurando. A magia cresceu para mim, concentrando-se ao meu redor, seguindo minha pista como um gato oportunista sentindo cheiro de atum. Mergulhei a Matadora no chão e coloquei a outra mão contra as costelas. O sangue quente cobriu minha palma e coloquei as mãos no fogo. As chamas lamberam minha pele e o sangue sibilou, evaporando. Continuei entoando.

No telhado, Nick lutava ao lado de algo alto e com garras enquanto o dragão atacava, tentando espetar ambos com as presas.

A magia aumentou, fluindo para mim através do meu sangue e da minha carne vinculados ao fogo. Minhas mãos ficaram cheias de bolhas enquanto eu pagava ao fogo por seu serviço.

— *Hesaad* — sussurrei para a chama. *Minha*. Impregnado com meu sangue, o fogo dançou como uma coisa viva, não mais uma simples reação de oxidação, mas uma força viva com o poder emprestado da magia. — *Amehe*. — *Obedecer*. — *Amehe, amehe, amehe...*

As chamas se separaram do lixo que lhes servia de combustível. Uma enorme bola de fogo pairava diante de mim. Com um aceno de mão, eu a lancei. Ela correu através do pátio, rugindo com fúria, e colidiu com a espinha do dragão. O impacto partiu o dragão ao meio. A metade traseira caiu, queimando, enquanto a dianteira, sem apoio, cedeu até o chão com a cabeça enorme se estendendo impotente, ainda tentando alcançar os combatentes no telhado.

As chamas consumiram a carne morta-viva. Era muito tentador sentar no chão e assistir ao espetáculo, mas se eu fizesse isso não me levantaria novamente.

Agarrei o punho da Matadora e a pele da minha mão direita se dividiu. Gritei e soltei o sabre. A dor era forte demais. Meus dedos carbonizados encontraram um frasco de anestésico no meu cinto. Dormentes. Eu tinha que deixar minhas mãos dormentes. O cinto não soltava o frasco e meus dedos machucados eram muito desajeitados. Lágrimas molharam minhas bochechas. Finalmente, consegui pegar o frasco e puxei a rolha com os dentes. Cuspi a rolha no chão e agitei o frasco, lançando uma nuvem de poeira no ar. Entrei debaixo da poeira, com as mãos estendidas diante de mim. O mundo oscilou, ficou distorcido e a dormência veio.

Observei a mim mesma segurar o cabo que não conseguia sentir e puxar a espada. Voltei-me e atravessei o pátio até onde Curran ainda lutava com o upir.

Um uivo penetrante interrompeu o rugido do fogo, um grito de pura fúria crescente, tão potente que só poderia ser humano. Dois corpos despencaram do telhado para o chão. Um deles vestia um sobretudo.

— Adeus, Nick — sussurrei enquanto os corpos se espatifavam no entulho. O grito do Cruzado morreu com ele. O dragão estremeceu e derreteu, decompondo-se diante dos meus olhos em uma pilha de ossos e líquido. O comandante da abominação estava morto.

Arrastei-me através do pátio. Eu conseguia ver a mancha de sangue na minha camiseta agora. Não restava muito tempo.

Avistei Curran, exausto e sangrando em uma dúzia de lugares. O corpo de Bono parecia disforme, como se faltassem pedaços dele mesmo. Parecia que partes inteiras de músculo haviam sido arrancadas de seu corpo e sua pele simplesmente se fechara sobre elas.

O upir girou a lança acima da cabeça, segurando-a com facilidade, e fincou sua ponta na coxa de Curran. Curran rosnou e atacou o upir, rasgando pedaços grandes de carne do peito de Bono. O upir gritou e se afastou. Sua pele se costurou sobre a ferida.

Minhas pernas ficaram bambas e caí. A esfera de veneno rolou do meu bolso para longe do meu alcance. *Muito bem, Kate. Bom trabalho.*

Dobrei o pescoço e assisti à batalha de cabeça para baixo, incapaz de me afastar quando o sangue espirrava em mim.

Eles estavam cansados. Os dois. Não havia provocações nem rugidos ostensivos. Só luta horrível, sangrenta e dolorosa.

Mais uma vez Bono se lançou para longe, ágil. Curran rosnou baixo e me viu. Seu olhar se fixou em mim por um momento e eu soube que aquela era a hora.

Bono avançou. Curran atirou a lança, atingindo de raspão a perna do upir e errando, deliberadamente lento demais. A lança voltou em um arco brilhante. Bono a atirou. A ponta afiada como uma navalha entrou pelo estômago de Curran e saiu pelas suas costas, fixando-o no chão. Mas Bono se inclinara para a frente, colocando toda sua força no arremesso. As mãos enormes de Curran o agarraram pelos ombros. Músculos enormes se retesaram. Um rugido horrível saiu da boca do metamorfo. Ossos se quebraram, músculos se torceram e eu vi luz através do peito de Bono, quando Curran rasgou seu tronco ao meio. Por um momento, as duas metades do peito ficaram eretas, com a cabeça e o pescoço na metade esquerda formando um ângulo estranho, e em seguida o upir perdeu o equilíbrio e caiu por terra.

Curran cedeu contra a lança. O sangue se derramou de sua boca e seu rosto ficou relaxado.

— Não — me ouvi sussurrar. — Por favor, não.

O corpo do upir se sacudiu. Seu peito mutilado estremeceu e ele lentamente se ajoelhou. Ficou ereto por um momento, caiu novamente e se arrastou pelo chão sujo de fuligem na minha direção.

Eu o observei rastejar, seu corpo se esforçando para reparar os danos. Sua cabeça ficou no nível da minha. Eu conseguia ver o saco vermelho do seu coração pulsando através da abertura no peito, meio escondido pelos pulmões esponjosos arruinados.

— Boa luta — disse ele, por entre os lábios manchados de sangue. Seu olho direito não parava de piscar. — Algo para eu me lembrar na nossa lua de mel.

Enfiei a lâmina de osso em seu coração.

Bono gritou. Seu uivo sobrenatural sacudiu a prisão e as janelas explodiram. Suas mãos se agitaram, tentando alcançar o punhal, mas não conseguiram encontrar a pequena lâmina. Ele arranhou meu pescoço com as garras, mas eu não consegui sentir nada. Não importava. Aquele último golpe acabara com todas as minhas forças.

Não havia nada a fazer além de me deitar aqui. Eu o veria morrer antes de mim. Isso seria o suficiente.

Bono se deitou de costas.

— Não quero morrer — sussurrou entre respirações curtas e roucas. — Eu não quero morrer...

Seu corpo começou a fumegar. Um brilho fino de nevoeiro cobriu sua pele e então cresceu, formando longos anéis e escapando para o céu da noite.

— Meu poder... está me abandonando — grunhiu Bono. A fumaça ficou espessa e o upir começou a sussurrar na linguagem de poder. Suas palavras não faziam sentido para mim. Ele entoou o encantamento de um jeito febril. Se estava tentando se agarrar à vida ou apenas rezando, eu não sabia dizer.

Um estremecimento agitou seu corpo arruinado. Sua fala vacilou. Seus calcanhares se enterraram no chão. A fumaça azul desapareceu como a luz de uma vela apagada pelo sopro de alguém. Os olhos arregalados do upir encararam a noite. Acabou.

Eu queria conseguir me arrastar um pouco e alcançar Curran. Talvez eu tivesse alguém com quem lutar no além-vida se morrêssemos juntos.

Foi um baita de um beijo...

A escuridão se apoderou de mim.

EPÍLOGO

O inferno parecia muito com a minha casa.

Eu estava deitada debaixo do que parecia ser um dos meus cobertores, no que parecia ser a minha cama. Uma dor desagradável corroía minhas costelas. As pessoas ainda sentem dor após a morte?

Havia um copo d'água na mesa de cabeceira ao lado da cama. De repente, fiquei com muita sede. Estiquei o braço para pegar o copo e descobri que minhas duas mãos estavam pesadamente enfaixadas. Olhei estupidamente para os curativos e em seguida para o copo.

Uma mão usando luvas cortadas nas falanges dos dedos pegou o copo e o ofereceu para mim.

— Por um segundo, pensei que poderia realmente estar viva — disse, olhando para o rosto barbado de Nick. — Agora eu sei: fui para o inferno e você é minha enfermeira.

— Você não é tão engraçada como pensa — disse ele. — Beba a água.

Bebi. Engolir fez minha garganta doer.

Ele pegou o copo da minha mão e se levantou, roçando o sobretudo na beirada do meu cobertor.

— Cuidado com os germes — eu disse.

— Meus germes são o menor dos seus problemas — disse ele. Estendeu a mão, passou os dedos pelo meu braço e estudou o brilho. — Não costuma brilhar tanto. Ou durar esse tempo todo. — Virou-se lentamente, examinando minha casa: o velho e surrado sofá, a mesa de cabeceira riscada, o tapete antigo, a cesta cheia de roupa limpa, só jeans surrados e camisetas desbotadas, e acenou os dedos cintilantes. — Viu só? Ainda brilha.

Levantei a mão enfaixada e a coloquei sobre seus dedos, sufocando o brilho. Tantas pessoas morreram por minha causa. Toda vez que pensava nisso, meu peito doía e eu queria agarrar alguém que me dissesse que ficaria tudo bem, como queria ouvir no funeral do meu pai. Mas não havia mais ninguém. E, se alguém me tranquilizasse, estaria mentindo.

Eu sempre saí à procura dos problemas de outras pessoas. Estranhos me contratavam para resolver seus problemas. Passei anos me certificando que os problemas não bateriam na minha porta e destruíriam minha vida. Não funcionou. Tanto tempo perdido. E qual foi o resultado de todo meu esforço, além da contagem de corpos?

— Responsabilidade é uma merda — disse Nick.

— É.

Ele tirou minha mão de cima da dele. Uma fraca radiância branca ainda dançava em sua pele. Balançou a cabeça, espantado.

— Se eu estivesse sozinho, acumulando poder, e sem querer ser encontrado por qualquer motivo, ficaria sem chamar a atenção por um tempo. Mas eu saberia que mais cedo ou mais tarde teria que sair da toca, porque quem quer que seja que está procurando por mim acabaria me encontrando. Começaria a fazer amizades. Sabe qual é o problema do lobo solitário? Quando você o encurrala, ele não tem ninguém a quem recorrer.

Colocou um pequeno retângulo de papel sobre o cobertor e foi embora. Virei o cartão. Um número de telefone sem nome nem endereço. Coloquei-o debaixo do travesseiro.

— Curran? — gritei para dele.

— Ele sobreviveu — disse Nick.

Mais tarde, Doolittle veio me visitar. Ele trocou minhas ataduras, me ajudou a ir ao banheiro e me contou que Mahon enviara batedores à nossa procura, apesar das ordens de Curran, e que eles não nos encontraram por causa do encantamento em Red Point. Nós poderíamos ter morrido se Nick não tivesse saído pelos portões.

Eles encontraram dezesseis mulheres em Red Point, agredidas e abusadas quase até a morte. Para outras sete, nós chegamos tarde demais. Seus corpos escaparam ao horror de Red Point em sacos pretos. Eles também encontraram Derek, trancado em um dos quartos menores.

Alguém finalmente chamou a polícia e a Divisão de Atividades Paranormais desceu sobre a velha prisão como uma matilha de cães num gatinho perdido. Eles desenterraram um cemitério de ossos humanos em um dos porões, esqueletos suficientes para deixar o necrotério ocupado até o ano que vem.

Doolittle me proibiu de mexer nas ataduras por mais quarenta e oito horas e foi embora, prometendo mandar uma enfermeira em seu lugar. Enquanto ele estava fora, a magia voltou e eu passei duas horas murmurando os cantos para consertar minhas mãos e os feitiços de proteção da minha casa. Quando a enfermeira chegou, as defesas já estavam funcionando e ela não conseguiu entrar. Escutei-a gritar por cerca de vinte minutos e depois ir embora.

Não queria ninguém comigo. A solidão me faria bem por enquanto.

Fiquei deitada na cama, fazendo uma jornada heroica até o banheiro de vez em quando, e pensei muito. Não havia muito para fazer além de pensar.

Mais tarde recebi uma visita da Divisão de Atividades Paranormais, a quem os feitiços, infelizmente, não detiveram. Dois detetives à paisana tentaram alternadamente me convencer e intimidar para lhes prestar depoimento sem um representante da Associação presente. Perdi minha paciência depois de quarenta e cinco minutos de conversa e fingi cair no sono, forçando-os a sair.

Na manhã seguinte comecei a andar, não muito bem, mas ainda assim andei. Considerando meu rápido progresso, tirei os curativos das mãos. Estava sem unhas, mas, fora isso, minhas mãos pareciam normais. Muito pálidas, mas normais. Se não fosse pela magia, elas demorariam meses para sarar. Por outro lado, se não fosse pela magia, eu não teria acabado nesta confusão.

Anna me ligou. Conversamos e depois de alguns minutos nossa conversa ficou cada vez mais tensa, até que ela disse:

— Você está diferente.

— De que maneira?

— Parece ter envelhecido uns cinco anos.

— Muita coisa aconteceu — disse eu simplesmente.

— Quer me contar?

— Não agora. Talvez algum dia.

— Entendo. Precisa de ajuda?

Eu precisava, mas não a queria por perto e não sabia o porquê.

— Não, estou bem.

Ela não insistiu e fiquei agradecida.

A noite seguinte trouxe outra visita de Doolittle, que fez um escândalo até eu o deixar entrar. Ele soltou minhas costelas das ataduras, revelando uma longa cicatriz em ziguezague que serpenteava pela minha caixa torácica. Ele achava que sumiria com o tempo. Eu não concordei. Mesmo se sumisse, o dano à minha pessoa já estava feito e magia nenhuma iria apagá-lo.

Uma semana se passou sem novidades. Tão logo consegui segurar uma caneta satisfatoriamente, escrevi um longo relatório detalhando a investigação, amarrei-o com uma bonita fita azul, enderecei-o à Ordem, incluindo uma solicitação para encaminhar uma cópia para a Associação, e o entreguei para o carteiro.

Minhas unhas começaram a crescer e fiquei grata. Meus dedos pareciam muito esquisitos sem elas. A pilha de cartas fechadas também cresceu, se acumulando lentamente na cesta ao lado da minha porta. Eu a ignorei. Deveria haver alguns avisos de banco ali, ameaçando fazer coisas horríveis comigo se eu não pagasse o meu cheque especial. Não queria lidar com isso.

Pensei muito, enquanto me sentava sob o sol bebendo chá gelado durante o dia e café, à noite, lendo. Anna ligou de novo, mas, sentindo que eu não queria conversar, encurtou o assunto.

Durante um desses dias de sol, assaltei o armário onde guardava meu vinho e joguei tudo na pia, deixando apenas uma única garrafa do vinho com morango. Para uma ocasião especial.

No domingo seguinte, acordei cedo, perturbada por um barulho alto. Ecoava pela casa inteira, ricocheteando nas paredes. Escutei por alguns momentos, certificando-me de que não era um produto da minha imaginação, e então me arrastei da cama, de má vontade, para investigar.

Um rápido reconhecimento identificou o ponto de origem do som, o meu telhado, e fui para o quintal dar uma boa olhada nele. O sol já estava alto e sua luz começava a bater no chão. Olhei para o topo da casa e vi o Senhor das Feras de camiseta rasgada e calças jeans manchadas de tinta. Ele segurava um martelo de maneira compenetrada e o estava usando no meu telhado. Derek se sentava ao lado dele, passando-lhe as telhas obedientemente.

O mundo tinha enlouquecido.

— Posso fazer uma pergunta? — gritei.

Curran parou de martelar e olhou para mim.

— Claro.

— O que você está fazendo no meu telhado?

— Estou ensinando ao garoto algo útil — disse Curran.

Derek tossiu. Eu matutei naquilo por um momento e abri a boca, mas, antes que pudesse responder, o telefone tocou.

— Saia do meu telhado — disse e fui atender.

— Senhorita Daniels? — disse uma voz masculina desconhecida no telefone.

— Kate.

O buraco acima do meu corredor havia quase desaparecido. Curran não mostrava sinais de parar.

— Kate, sou o detetive Gray da DAP.

— Qual dos dois buldog... policiais que vieram à minha casa é você?

— Nenhum dos dois.

O martelar ganhou nova intensidade como se Curran estivesse tentando pregar a casa no chão. Acho que ele estava tentando colocar os pregos com um só golpe.

— Estou aqui com o cavaleiro-protetor Monahan. Ele me informou do seu envolvimento com os assassinatos do Estuprador de Red Point.

Estuprador de Red Point. Credo. Parecia o nome de algum filme de mistério meia-boca feito para TV.

O martelar alcançou níveis ensurdecedores.

— Estamos impressionados. Se você não se importa de eu perguntar, o que é esse barulho?

— Só um minuto. — Coloquei o aparelho sobre a mesa e gritei:

— Curran!

— O quê?

— Pode esperar um minuto? Estou no telefone com a DAP.

Ele grunhiu algo, mas parou de martelar.

— Desculpe. Você estava dizendo...? — perguntei ao telefone.

— Estava dizendo que estamos muito impressionados com o seu trabalho. Entramos em contato com a Matilha e o Senhor das Feras falou muito bem a seu respeito.

— Falou?

— Sim.

— Só um minuto. — abaixei o aparelho. — Curran?

— O quê?

— Você recebeu uma ligação da DAP sobre mim?

— Talvez.

— O que disse a eles?

— Não me lembro. Acho que mencionei sua disciplina e capacidade de seguir ordens. Posso ter dito algo sobre você trabalhar bem em equipe.

Derek deu uma tossidela abafada.

— Por quê? — exigi saber.

— Parecia uma boa ideia na hora. — Curran recomeçou a martelar.

— Desculpe — disse ao telefone, abafando a orelha com a outra mão para conseguir ouvir. — Sua Majestade tem uma tendência a exagerar as coisas. Eu não trabalho bem em equipe. Sou indisciplinada e tenho problemas com autoridade. Além disso, o Senhor das Feras não sabe martelar por nada neste mundo.

No telhado, Derek estava morrendo de rir.

— Eu não estava procurando alguém para trabalhar em equipe — disse Gray.

— Ah.

— O que você sabe sobre Marduk?

— É uma antiga divindade. Prefere o sacrifício humano. E é exigente sobre os preparativos. Por quê?

— Estou procurando um representante da Ordem para ajudar minha equipe em um dos nossos casos. Sugeriram seu nome.

— Estou lisonjeada, mas não tenho autoridade para representar a Ordem.

— O cavaleiro-protetor diz que sim.

— Ah. — "Ah" era uma boa palavra. Curta e neutra.

— Falei com a Associação; eles estão de acordo. Reconhecem a necessidade de um contato entre eles e a Ordem e parece que todo mundo ficaria feliz se você aceitasse o trabalho.

Contato entre a Associação e a Ordem. Um salário. Um salário de verdade — provavelmente embaraçosamente pequeno —, mas, ainda assim, um salário. Infelizmente, no meu atual estado financeiro, "pequeno", seria um problema.

— Sinto muito — disse. — Eu adoraria ajudar, mas não posso. Estou falida. Para dizer a verdade, no momento não tenho nenhum centavo, e eu vou ter que pegar um trabalho regular com a Associação antes de poder me comprometer com qualquer outra coisa.

Houve um som abafado de conversa e Gray disse:

— O cavaleiro-protetor está perguntando se você checou sua correspondência nos últimos dias.

Cutuquei a cesta de correspondência com o pé e as cartas se derramaram pelo chão.

— O que eu deveria estar procurando?

— Um envelope azul.

Pesquei o envelope azul da pilha e o abri, apoiando o telefone entre a orelha e o ombro. Uma linda declaração olhava para mim, gabando-se sobre seis mil dólares depositados na minha conta bancária. A legenda dizia: "Por serviços prestados como indicado nos termos do artigo Ml." O Ml cobria os Cruzados. Ao contrário da maioria dos cavaleiros, eles não tinham um salário fixo, mas eram pagos por trabalho.

— Por favor, agradeça a ele por mim. — Nunca me tornaria um Cruzado, Ted sabia muito bem disso. Mas estava agradecida pela ajuda.

— Claro — disse Gray. — Então, você aceita o trabalho?

Obrigada, Ted.

— Sim — disse. — Aceito.

— Ótimo. Quando pode começar?

Olhei lá para fora, onde um belo dia estava apenas começando e, pensei sobre os dois metamorfos no meu telhado.

— Amanhã — disse. — Posso começar amanhã.

LEIA NAS PRÓXIMAS PÁGINAS UM TRECHO DO

LIVRO DOIS DA SÉRIE KATE DANIELS

CAPÍTULO 1

O telefone tocou no meio da noite. A onda de magia estava em pleno auge e o aparelho não deveria funcionar, mas ele tocou mesmo assim, repetidamente, indignado por ser ignorado, até que finalmente estendi a mão e o atendi.

— Siiim?

— Acorda, Kate. — A voz suave e culta na linha sugeria um homem fino, elegante e bonito, todas as coisas que Jim não era. Pelo menos não em sua forma humana.

Obriguei-me a abrir os olhos o suficiente para olhar o relógio do outro lado do quarto.

— São duas da manhã. Algumas pessoas dormem durante a noite.

— Temos um trabalho — disse Jim.

Sentei-me na cama, bem acordada. Um trabalho era uma boa notícia — Eu precisava do dinheiro.

— Cinquenta por cento.

— Trinta.

— Cinquenta.

— Trinta e cinco. — A voz de Jim endureceu.

— Cinquenta.

O telefone ficou mudo enquanto meu antigo parceiro da Associação ruminava a proposta.

— Ok, quarenta.

Desliguei. O quarto ficou quieto. As cortinas estavam abertas e o luar se infiltrava no quarto através das grades de metal da janela. O luar agia como um catalisador e as grades de metal brilhavam com uma fraca pátina azulada onde a prata na liga interagia com o feitiço de proteção. Além das grades, Atlanta dormia como alguma descomunal besta lendária, escura e enganosamente pacífica. Quando a onda de magia desvanecesse, como era inevitável, a besta acordaria com uma explosão de luz elétrica e, possivelmente, um estrondo de armas de fogo.

Meus feitiços de proteção não deteriam uma bala, mas manteriam os perigos da magia fora do meu quarto, o que já era bom o suficiente.

O telefone tocou. Deixei-o tocar duas vezes antes de atender.

— Tá certo. — A voz de Jim tinha um rastro de grunhido. — Cinquenta por cento. — Onde você está?

— No estacionamento sob sua janela, Kate.

Ligando de um telefone público, que também não deveria funcionar. Fui pegar minhas roupas, deixadas ao lado da cama para ocasiões como esta.

— Qual é o trabalho?

— Algum incendiário maluco.

Quarenta e cinco minutos mais tarde, eu avançava por uma garagem subterrânea e amaldiçoava Jim baixinho. Com as luzes inutilizadas pela magia, eu não conseguia ver minhas mãos na frente do meu nariz.

Uma bola de fogo se formou na escuridão da garagem. Enorme e produzindo um vermelho e amarelo violentos, ela estrondou na minha direção. Pulei para trás de uma coluna de concreto, com a adaga de arremesso nas mãos suadas. O calor me envolvia. Por um momento não consegui respirar, e em seguida o fogo passou por mim para estourar contra a parede numa explosão de faíscas.

Uma tênue gargalhada alegre emanou das profundezas da garagem. Espiei por trás da coluna na direção do som. Nada além da escuridão. Onde estava a tecnologia quando você precisava dela?

Adiante de mim, na próxima fileira de colunas, Jim ergueu a mão e tocou os dedos com o polegar algumas vezes, imitando um bico se abrindo e fechando. Negocie. Ele queria que eu conversasse com um lunático que já transformara quatro pessoas em carne defumada. Sem problemas. Eu sou boa nisso.

— Tá certo, Jeremy! — gritei para a noite. — Dê-me a salamandra e eu não precisarei cortar sua cabeça!

Jim colocou a mão no rosto e se agitou. Achei que ele estivesse rindo, mas não tinha certeza. Ao contrário dele, eu não possuía a vantagem da visão noturna melhorada.

A gargalhada de Jeremy alcançou um crescendo histérico.

— Piranha burra!

Jim se separou da coluna e se fundiu na escuridão, rastreando a voz de Jeremy. Sua visão funcionava melhor que a minha com pouca luz, mas nem mesmo ele conseguia ver muito na escuridão absoluta. Ele teve que caçar através do som, o que significava que eu tinha que manter Jeremy falando. Enquanto Jim perseguia a voz melodiosa de Jeremy, este, por sua vez, me perseguia.

Nada com que se preocupar, simplesmente um homicida piromaníaco armado com uma salamandra confinada em uma esfera de cristal encantado e disposto a pôr fogo no que restava de Atlanta. O principal era manter a esfera da salamandra a salvo. Se aquela coisa se quebrasse, meu nome ficaria mais famoso que a vaca da senhora O'Leary.

— Caramba, Jeremy, você precisa melhorar o seu vocabulário. Com tantos nomes para você me chamar e o melhor em que consegue pensar é piranha? Dê-me a salamandra antes que se machuque.

— Chupa o meu pau... puta!

Uma pequena faísca se inflamou à minha esquerda. Permaneceu suspensa na escuridão, iluminando tanto o contorno escamoso da boca da salamandra quanto as mãos de Jeremy, que agarravam a esfera de cristal com força. O cristal encantado se partiu e as faíscas se soltaram. O ar atingiu a pequena fonte de energia e a faísca explodiu em uma bola de fogo.

Encolhi-me para trás da coluna no momento em que o fogo colidia contra o concreto. As chamas me rodearam por ambos os lados. O odor acre de enxofre irritou meu nariz.

— Essa última bola de fogo passou a mais de um quilômetro de distância de mim. Você atira às cegas com sua outra salamandra também, Jeremy?

— Vá se foder!

Jim tinha que estar muito perto agora. Saí de trás da coluna.

— Vamos, seu idiota choramingão! Você não consegue fazer nada direito?

Eu vi as chamas, atirei-me para o lado e caí no chão rolando. Acima de mim, o fogo uivava como um animal enfurecido. O cabo da faca queimou meus dedos. O ar em meus pulmões esquentou e meus olhos lacrimejaram.

Pressionei o rosto contra o concreto empoeirado, rezando para que não ficasse mais quente, e então subitamente tudo acabou.

Que se dane. Levantei-me e corri na direção de Jeremy. A salamandra inflamou-se dentro da esfera. Vi um relance do sorriso torto de Jeremy acima do cristal. Uma expressão que desapareceu quando as mãos escuras de Jim se fecharam em torno da garganta de Jeremy. O incendiário caiu lânguido como um boneco de trapos e a esfera deslizou de seus dedos sem força...

Mergulhei atrás dela, peguei-a a poucos centímetros do chão e me encontrei cara a cara com a salamandra. Os olhos vermelhos me observaram com curiosidade, os lábios negros se separaram e uma língua filamentosa longa e fina como teia de aranha deslizou da boca da salamandra e beijou a esfera de cristal no reflexo do meu nariz. Olá, eu também te amo, querida.

Cautelosamente, ajoelhei-me e, em seguida, me levantei. A presença da salamandra se cravava em minha mente, tão ansiosa por agradar como um gatinho entusiasmado arqueando as costas para receber carinho. Tive visões de calor e chamas diante de mim. *Vamos queimar alguma coisa...* Fechei minhas barreiras mentais e a expulsei da minha mente. Melhor não.

Jim afrouxou as mãos ao redor de Jeremy e o incendiário escorregou para o chão como um cobertor molhado. O branco de seus olhos parecia fixo no teto e seu rosto flácido tinha a expressão de quem foi surpreendido pela morte. Não era necessário verificar seu pulso. Merda. Já era a recompensa pela captura.

— Você disse que a recompensa pela captura era mais alta — murmurei. — Jeremy valia muito mais vivo do que morto. Nós ainda seríamos pagos, mas tínhamos perdido um terço do dinheiro.

— E era. — Jim torceu o corpo de lado, expondo as costas de Jeremy. Um eixo de metal fino, rematado com três penas pretas, sobressaía entre as omoplatas de Jeremy. Antes de ter tempo para digerir o significado daquilo, deitei-me no chão, protegendo a salamandra nos braços. Jim, de alguma forma, chegou antes de mim. Perscrutamos as sombras. Escuridão e silêncio.

Alguém eliminara nosso alvo com uma besta. Poderia ter nos abatido também. Ficamos perto do corpo por pelo menos quatro segundos. Tempo mais que suficiente para disparar dois projéteis. Toquei Jim e, em seguida, o meu nariz. Ele balançou a cabeça. Com todo o enxofre no ar, ele provavelmente não conseguiria sentir o cheiro de um gambá se ele o pulverizasse no rosto. Permaneci imóvel e tentei respirar silenciosamente. Aguçar os ouvidos era nossa melhor opção.

Um minuto se arrastou, longo, viscoso e silencioso. Muito lentamente, Jim se pôs de cócoras e apontou com a cabeça para a esquerda. Eu tinha a vaga sensação de que a porta ficava à direita, mas, na escuridão e com alguém armado com uma besta, preferia confiar nos sentidos de Jim.

Jim agarrou o cadáver de Jeremy, pendurou-o por cima do ombro e marchamos dali, com as cabeças baixas, correndo rápido, ele na frente e eu, meio cega na escuridão, ligeiramente atrás. As colunas de concreto desfilaram por nós, uma, duas, três, quatro. A tecnologia chegou de repente e, antes de dar o próximo passo, a magia desapareceu do mundo, deixando a tecnologia estropiada no seu rastro. As lâmpadas fluorescentes no teto piscaram e acenderam com um zumbido, banhando a garagem com um débil fulgor artificial. O retângulo negro da saída se recortava a uns três metros diante de nós. Jim mergulhou dentro dele. Eu fui para a esquerda, atrás da coluna mais próxima. A salamandra dentro do globo parou de brilhar e dormiu, parecendo um inofensivo lagarto negro. Estava empunhando minha arma de longo alcance.

Eu a pousei no chão e tirei a Matadora de sua bainha. As salamandras são superestimadas.

— Ele se foi — disse Jim na entrada e apontou para trás de mim.

Voltei-me. À distância, a parede de concreto desmoronara, revelando uma estreita passagem que provavelmente levava até a rua. Ele estava certo. Se o arqueiro quisesse nos eliminar, teria tido tempo de sobra para fazê-lo.

— Então, ele matou nosso alvo e se mandou?

— É o que parece.

— Não entendi.

Jim sacudiu a cabeça.

— Sempre acontecem coisas estranhas quando você está por perto.

— Este trabalho era seu, não meu.

Uma chuva de faíscas caiu da parte superior da porta e um letreiro verde de SAÍDA se acendeu.

Jim olhou para o letreiro por um momento, suas feições distorcidas por uma expressão inconfundivelmente felina, uma mescla de desgosto e fatalismo, e ele balançou a cabeça novamente.

— Fico com a flecha nas costas dele! — gritei.

— É toda sua.

O pager de Jim disparou. Ele verificou e seu rosto assumiu uma máscara neutra familiar.

— Ah, não! Eu não consigo carregá-lo sozinha.

— Negócios da Matilha. — Ele se dirigiu para a saída.

— Jim!

Contive a vontade de jogar alguma coisa na entrada vazia. Era nisso que dava aceitar um trabalho com um cara que pertencia ao Conselho da Matilha. Não é que Jim fosse um mau amigo. Mas, para os mutantes, os negócios da Matilha estavam sempre em primeiro lugar. Em uma escala de um a dez, a Matilha era onze e todo o resto era um.

Olhei para Jeremy morto e deitado como um saco de batatas no chão. Ele deveria ter cerca de setenta quilos, peso morto. De modo nenhum eu conseguiria carregá-lo e a salamandra ao mesmo tempo. Tampouco poderia deixar a salamandra ali. A magia poderia voltar a qualquer momento, colocando o pequeno lagarto em chamas. Além disso, o atirador ainda poderia estar por perto. Eu precisava sair rápido daqui.

Jeremy e a salamandra, cada um valendo quatro mil dólares. Eu já não trabalhava muito para a Associação e trabalhos dessa importância eram incomuns. Mesmo dividindo o lucro com Jim, a recompensa cobriria duas hipotecas por dois meses. A ideia de deixar quatro mil no chão me deixava fisicamente enjoada.

Olhei para Jeremy. Olhei para a salamandra. Escolhas, escolhas.

O funcionário da Associação dos Mercenários, um homem baixo, elegante, de cabelos escuros, olhou para a cabeça de Jeremy sobre o balcão.

— Onde está o resto?

— Tive um pequeno problema de logística.

O rosto do funcionário se dividiu em um largo sorriso.

— Jim te deixou na mão, não é? Será somente um recibo de captura então?

— Dois recibos. — Jim poderia ser um idiota, mas eu não o deixaria sem sua parte. Ele receberia o recibo de captura, o que lhe dava direito à metade da recompensa.

— Kate, você é uma pusilânime — disse o funcionário.

Eu me inclinei sobre o balcão e lhe ofereci meu sorriso mais transtornado.

— Quer descobrir até que ponto?

— Não, obrigado. — O funcionário depositou uma pilha de formulários sobre o balcão. — Preencha todos.

Pela grossura da pilha, calculei que levaria mais de uma hora para terminar. A Associação tinha regras muito relaxadas — sendo uma organização de mercenários, seu interesse maior era o lucro e pouco mais que isso —, mas as mortes tinham que ser relatadas para a polícia e então a burocracia era necessária. A ínfima relevância da vida de Jeremy reduzia-se ao preço por sua cabeça e um monte de espaços em branco em um pedaço de papel.

Observei com olho crítico o primeiro formulário.

— Não preciso preencher o R20.

— É verdade, você trabalha com a Ordem agora. — O funcionário retirou oito páginas do topo da pilha. —Aí está, tratamento VIP para você.

— U-hu. — Peguei minha pilha.

— Kate, deixe-me fazer uma pergunta.

Eu queria preencher os formulários, ir para casa e tirar uma soneca.

— Fala.

Ele colocou uma mão embaixo do balcão. A Associação dos Mercenários ocupava o velho Hotel Sheraton no limite do bairro de Buckhead e o balcão fora o bar da recepção naquela vida anterior. O funcionário tirou uma garrafa marrom-escura e a colocou na minha frente junto com um copo...